Dakota Song

DU MÊME AUTEUR

Romans

Le Gardien de nos frères, Belfond, 2016
(Prix WIZO 2016, prix d'honneur Marc Galabru de la ville de Mazamet, prix André Armengaud de la ville de Vabre)
Sans oublier, Belfond, 2014
(Prix Charles Exbrayat 2014 de la ville de Saint-Étienne)
Le Monde d'Hannah, Robert Laffont, 2011, et J'ai Lu, 2014
Et le jour pour eux sera comme la nuit, Ramsay, 2009, et J'ai Lu, 2010
(Prix du premier roman 2009 de la ville de Dijon ; lauréate de la bourse Thyde Monnier de la Société des gens de lettres, automne 2009 ; prix 2010 « Un livre, une commune » de Combs-la-Ville)

Nouvelles

Dernières nouvelles du front sexuel, L'Éditeur, 2012

Ouvrages collectifs

Lignes de vie, 18 écrivains disent leur rapport à la poésie, L'Atelier imaginaire, Le Castor Astral, 2015
Petit traité à l'intention des rossignols, Lilo, 2014
Livres secrets – 18 écrivains racontent, Le Castor Astral, 2014

Ariane
Bois

Dakota Song

Belfond

Belfond | un département **place des éditeurs**

place
des
éditeurs

« J'aime New York bien que ce ne soit pas à moi. »

Truman CAPOTE

Prologue

Une chose est sûre : ces gars-là n'habitaient pas le quartier. Je l'ai deviné tout de suite, à leur allure, leurs mouvements, la manière dont ils évitaient mes pièges. Ils n'avaient rien de commun non plus avec ces ploucs du New Jersey qui venaient s'encanailler le samedi soir à Harlem, se goinfrer de poulet frit et de queues de porc dans les restaurants qui servaient des buffets tout au long de la 125e Rue, nos Champs-Élysées à nous, avant de rentrer dans leur banlieue proprette, cent pour cent blanche. Et ce n'étaient évidemment pas des junkies, toujours hagards, errant dans la nuit. Il suffisait de voir à quelle vitesse ils nous filaient le train, cette maîtrise, ces mouvements souples et silencieux. On aurait dit des pros (je ne parle pas de flics, bien entendu).

Cela avait commencé devant chez Rick's, un bar miteux sur Amsterdam Avenue, devenu mon QG. Le patron me laisse de temps en temps y entrer bien que je n'aie que dix-neuf ans et que la loi me l'interdise. J'aime y suivre les matchs de base-ball, emmener une fille boire une Budweiser, ou rester les fesses sur mon tabouret, absorbé par le spectacle de la clientèle. Des vieux soliloquant, des types sapés comme des milords en costumes de lin blanc, chemises roses et mocassins rouges, des gazelles aux cuisses bronzées gainées de jupes de cuir, des clochards avinés et pouilleux, et même des évangélistes en goguette.

En sortant donc de chez Rick's ce soir-là vers 23 heures, l'un de ces deux types m'a bousculé. Pas d'excuses, juste un regard mauvais et un rictus énigmatique crocheté sur un visage osseux. Je n'ai pas relevé, j'avais trop envie d'un hot-dog. Et puis Sly, mon meilleur copain, était avec moi, et il n'aime pas se battre. Moi, si. Je boxe presque tous les soirs dans une salle délabrée qui a connu des jours meilleurs. Nous nous sommes éloignés sans broncher. Comme tous les week-ends, le quartier bouillonnait. Personne n'aurait l'idée de rester chez lui le samedi soir à Harlem. La rue écoulait son stock de filles en short au regard d'Égyptiennes, de mamies en tenue pastel, de bandes de garçons hâbleurs, de petits voyous que je connais depuis la maternelle, de couples qui vont écouter de la musique, se rendent à l'église ou vont se faire coiffer – à minuit, c'est encore ouvert. J'ai tardé à m'apercevoir que le type au rictus nous suivait. Flanqué d'un acolyte plus grand, en tenue noire et baskets lui aussi. Allure vaguement menaçante. L'air d'avoir tout leur temps. Sly et moi, on a d'abord tenté de les semer, en prenant des raccourcis que l'on connaît par cœur. Mais trois rues plus loin, les deux gars nous filaient encore, impassibles. J'ai vu l'inquiétude poindre dans les yeux de mon ami : qui étaient-ils et que nous voulaient-ils, à la fin ? On a coupé à travers une venelle pour se retrouver dans une allée sombre empestant le rat crevé. J'ai la frousse de ces bêtes, même mortes. Curieux pour un type d'un mètre quatre-vingt-douze bâti comme une armoire à glace, mais voyez-vous, j'ai été attaqué dans mon berceau par l'une de ces saletés. Un lobe d'oreille arraché. Ça aussi, c'est Harlem. Nous nous sommes cachés derrière un amoncellement de poubelles et d'ordures qui nous dépassaient d'une tête. Les pas se sont rapprochés lentement, comme si les deux mecs se baladaient au clair de lune. Et là, j'ai vu luire le canon d'un revolver. Ils étaient armés ! Je me bagarrais souvent, rentrais à la maison le nez en sang ou un œil au beurre noir, au grand dam de ma mère, mais je n'avais jamais fait face à une arme. Sly non plus, qui tremblait à mes côtés. Alors, sans réfléchir, j'ai saisi le couvercle d'une poubelle, l'ai plaqué contre moi en guise de bouclier et j'ai chargé celui qui se trouvait devant. J'ai fait voler l'arme de sa main et lui ai envoyé une série de coups de poing, avant de prendre un direct du droit qui m'a fait vaciller ; le type avait une sacrée allonge. Sly se battait comme il pouvait contre le plus baraqué. Les bruits me parvenaient à moitié étouffés. Le mec avait dû m'exploser le tympan, la sueur ruisselait sur mon front et m'aveuglait. C'est là que j'ai entendu Sly pousser un cri rageur. Son agresseur venait de lui lacérer la main avec un couteau. Ces types tenaient visiblement à en découdre ! Mieux valait déguerpir. On a contourné le tas de poubelles, sauté par-dessus un frigo abandonné et longé un bloc qui n'était plus qu'un trou grillagé, où tout le monde balançait ses ordures. Des cadavres de voitures gisaient tels des monstres préhistoriques aux aguets entre les rares lampadaires brisés. La pénombre nous camouflait. Noir sur Noirs. Plusieurs minutes se sont écoulées dans un silence hachuré de sirènes de police au loin.

— On les a semés, a chuchoté Sly. J'ai eu la trouille !

Sa peau couleur d'aubergine luisait, ses cheveux ressemblaient à des fils électriques, son menton tremblotait. Notre amitié datait de la petite école. Ensemble, on avait joué au ballon, traîné dans la rue ou au Trinity Cemetery près de l'Hudson, séché les cours, pris nos premières cuites, embrassé les mêmes filles. Sly savait tout de moi et m'aimait quand même.

— Tu les connais ? ai-je demandé.

Sly a grimacé en baissant ses yeux noirs comme du café sur sa main rouge de sang. Une sinistre intuition m'a traversé.

— Tu les as déjà vus quelque part ? ai-je insisté.

— Oui… Je crois… Ils viennent du Bronx.

— Du Bronx ? Ne me dis pas que c'est encore une de tes magouilles à la noix.

Sly a soupiré. Contrairement à moi, il avait quitté le lycée pour obtenir son diplôme de caïd. Un séjour à la maison de correction de l'État de New York l'avait ensauvagé, il trempait dans un paquet de trafics. Il n'y a aucun job à Harlem, prétextait-il. En ce moment, il fourguait des lots d'électroménager tombés d'un camion. Ni la camelote ni le véhicule ne lui appartenaient. J'avais beau lui répéter que c'était risqué, qu'un gang avait jeté un gosse du haut d'un immeuble et qu'un lascar de ma rue avait pris une balle dans le cœur en volant des draps qui séchaient au soleil, Sly rigolait et continuait de plus belle.

Il allait me répondre quand il a écarquillé les yeux. Des pas martelaient le sol, le duo de cinglés avançait droit sur nous.

— Cours, Sly, cours !

On a galopé, les autres sur nos talons.

— Le métro, a soufflé Sly en tenant sa main ensanglantée.

Plus que deux cents mètres, cent mètres, la bouche du métro de la 155e Rue s'approchait. On a renversé un vieillard plié sur sa canne et bousculé un groupe qui attendait Dieu sait quoi sur le trottoir crasseux. Sly a dévalé l'escalier, enjambé le portillon d'entrée, couru au bout du quai. Un des mecs a déboulé de l'autre entrée sur la droite et remonté le couloir jusqu'à nous. Un bruit de pas signalait que son copain se pointait sur la gauche. Ils nous prenaient en tenaille. Une seule solution : sauter et courir entre les rails comme quand on était gamins. Trop tard. Le costaud a bondi sur Sly et l'a attrapé par le sweat-shirt. Au même moment, la rame s'est annoncée dans un crissement d'enfer et une gerbe d'étincelles. Le type m'a défié du regard. Avant de pousser Sly sur les rails comme s'il avait écarté un insecte. Dernière image : le cou gracile de mon pote, un cou d'adolescent et sa coiffure afro. Après le choc sourd, les ténèbres se sont abattues sur moi.

Comment suis-je rentré à la maison ? Franchement, je n'en sais rien. Un pompier m'a examiné, donné à boire, demandé mon nom. Il répétait : « Shawn Pepperdine ? Tu en es sûr ? », comme s'il en doutait. Je ne voulais qu'une chose, rester avec Sly. Mais on m'a interdit de monter dans l'ambulance : je n'appartenais pas à la famille. S'ils savaient ! Avant de partir vers le Metropolitan Hospital, un flic au nom italien s'est adressé à son collègue :

— Une pizza de nègre, mec. Il ne risque pas de prendre de la place sur le brancard, celui-ci !

C'est Joe, le cireur de chaussures vivant dans mon immeuble, qui m'a ramené, je crois. Maman m'attendait, elle m'attend toujours. Ma mère, Dolorès, est femme de ménage la nuit dans une tour étincelante de Wall Street ; le jour, elle tient la caisse d'une supérette sur Broadway. Elle a commencé par me hurler dessus à cause de l'heure tardive, mais Joe l'a emmenée à l'écart et elle s'est vite calmée. J'ai senti ses mains toutes sèches sur moi tandis qu'elle me déshabillait comme si j'avais quatre ans, en marmonnant une prière. Ma mère a deux passions : Dieu et ses enfants. Enfin, trois, si l'on compte son sacro-saint loto du lundi soir. Elle se rend tous les jours à la Bethany Baptist Church et s'y emploie le dimanche comme bénévole. Elle aurait aimé que je devienne prédicateur, comme son frère, là-bas dans le Sud, « au vieux pays », son expression favorite. Aucune chance, maman, même si Harlem compte plus d'églises que toute la ville de New York ! Je vis dans notre deux pièces avec elle et mes trois sœurs, Chanelle, douze ans, Thelma et Jolene, des jumelles de quatre ans mignonnes à croquer. Pas d'homme à nos côtés, ou si peu. Mon père est parti dès qu'il a appris mon arrivée prochaine, il a écrit une carte de Chicago, puis plus rien. Celui de Chanelle était une vraie peau de vache. Peut-être me détestait-il à cause d'un de mes ancêtres qui avait dû fauter à La Nouvelle-Orléans : j'étais clair de peau, du moins par rapport à lui, car je reste nègre, d'une couleur entre l'acajou et le cuivre, avec des yeux verts et des cheveux bouclés, soyeux et non pas crépus. Il me faisait manger par terre sur un journal, comme un chien, et me réveillait pour m'empêcher de pisser au lit. Il est mort quand j'avais dix ans. On l'a retrouvé dans un square désolé, la tête dans la neige. Overdose d'héroïne, banal dans le quartier. Bon débarras, si vous voulez mon avis. Quant au père des jumelles, il vit ailleurs et passe de temps en temps coucher avec ma mère. Je les entends de l'autre côté de la cloison. Je dors avec ma sœur et maman a installé un matelas au pied de son lit pour les jumelles. Je connais ses soupirs, la cadence de ses coups de reins, la façon dont elle accueille le plaisir. Ces nuits-là, je peine à m'endormir. Heureusement, le père des filles décolle des draps à l'aube, je ne supporterais pas de le croiser en plein jour.

— Shawn, réveille-toi ! Oncle Eddy est là. Il veut te parler.

J'ouvre un œil, scrute la lézarde au plafond, qui court jusqu'à la fenêtre noircie de moisissures malgré l'impétueux ménage de maman. Elle se penche sur moi comme pour me donner le sein, avec sa poitrine à faire craquer sa robe fleurie. J'ai mal partout. Brusquement, la soirée d'hier me revient : les deux types à la sortie du bar, la traque, la bagarre, le métro, Sly tombant sur les rails et cette histoire de pizza et de brancard…

— Je dois aller à l'hôpital, maman. Tu as des nouvelles de Sly ?

Les yeux rougis, elle psalmodie « Jésus-Christ est notre Sauveur » et m'enjoint de prier. Je veux me lever, mais mes jambes flageolent et je m'affaisse lentement.

— Rien de cassé, mon garçon ?

La voix d'Oncle Eddy. Le mari de Clorinda, la sœur de maman. Il n'est pas noir comme nous, mais portoricain. Avec beaucoup de ses congénères latinos, il habite El Barrio, entre Park Avenue et Pleasant, dans l'un de ces immeubles rouges de cinq ou six étages à la façade ornée et aux escaliers extérieurs en fer. Il a un vrai job dans l'Upper West Side, je n'ai jamais bien compris lequel, chez les rupins. Petit, râblé, une forte personnalité. Je me suis parfois opposé à lui mais il aide financièrement ma mère.

— Non, rien. Mais Sly…

— Garçon, ton copain est mort. Je suis désolé.

Je me suis mis à chialer. Doucement, puis par saccades, comme si le chagrin jaillissait de mon corps. Je ne me souviens pas d'avoir déjà pleuré ainsi, même aux obsèques de mes grands-parents, même à la salle de boxe où les grands me corrigeaient à douze, treize ans. Je revois la bonne bouille de Sly, nos blagues de gosses, la fois où nous avions attrapé un chien si gros qu'on voulait le monter comme un poney à la façon des gosses de riches blancs qui, paraît-il, se pavanaient dans Central Park sur leurs montures !

Eddy se racle la gorge.

— Ces types, ce sont des durs. Le Crimson Gang, tu connais ?

— Non, ai-je bredouillé.

— Ils viennent du Bronx et cambriolent des entrepôts. Des fours, des frigos, des machines à laver, des fers à repasser. La marchandise que Sly revendait leur appartenait. Ils ont voulu se venger et faire un exemple.

Comment Sly était-il tombé sur ces mecs-là ? Au lycée, on se contentait de broutilles, chaparder à l'épicerie du coin, resquiller au cinéma, téter de la bière, fumailler des joints… Des copains s'étaient mis au vol de voiture, l'un d'eux avait été coffré et on lui avait coupé ses dreadlocks, ce qui nous avait plus choqués que ses délits. Sly, lui, aimait provoquer des incendies dans le quartier. Entre Adam Clayton Powell Junior Bd et Edgecombe, dans la 154e Rue, à Bradhurst Section, près des sinistres tours Polo Ground, il y a toujours quelque chose qui brûle. Les gamins jouent à enflammer les ordures, les junkies réchauffent leur sang pourri dans les terrains vagues et les immeubles désaffectés. Beaucoup de propriétaires mettent le feu à des ruines pour toucher la prime d'assurance. En cette belle année 1970, mon quartier est devenu une zone de non-droit régie par la loi de la jungle. L'espérance de vie se rapproche de celle d'un jeune en Afrique, à cause des armes disponibles partout. Plus de flingues que de jobs. La zone bat des records de criminalité qui découragent les flics du 48e district tout proche, ils ont trop la trouille. Les sirènes des ambulances et des pompiers passent en trombe mais s'arrêtent rarement chez nous.

Pour son dernier feu de joie, Sly avait pris trois mois de maison de redressement. En sortant, il s'était mis à vendre de l'herbe à des gars des banlieues… De l'herbe qui poussait dans la rue. Une farce. Sly n'était pas méchant et on l'avait tué sauvagement. Oncle Eddy s'est assis au bord de mon lit.

— Ces salopards du Bronx ne plaisantent pas. J'ai toujours pu vous protéger, mais là, c'est différent.

Eddy était venu plusieurs fois me chercher au poste après que j'avais dérouillé des mecs qui m'avaient traité de « sale nègre » ou corrigé un mac qui avait osé parler à ma sœur. Il ne fallait pas me chercher, non plus… Mais mon casier judiciaire était plus blanc qu'un Blanc. Après l'école, je travaillais dans une laverie pour aider maman à payer le loyer – cent dollars par mois. J'avais d'autres buts que de finir en prison, comme la plupart de mes copains, ou de bosser toute ma vie, un badge épinglé sur la poitrine, pour un job insignifiant.

— Tu as vu ces types, reprend Eddy. Tu sais à quoi ils ressemblent, non ?

Me reviennent le rictus de l'un, ses traits en lame de couteau, et la carrure de l'autre… J'ai froid tout d'un coup.

— Viens avec moi, dans mon immeuble sur le West Side, ces assassins ne s'y risqueront pas. Je te trouverai un peu de boulot et tu reviendras quand les choses se seront calmées.

Quitter la maison, mes sœurs, mon job, mon quartier ? Je n'ai jamais bougé de ce deux pièces humide, avec sa fenêtre cassée, couverte d'un bout de carton et d'un drap, où les lits prennent toute la place, avec des affiches sur le mur en guise de tapisserie. Je n'ai connu que la toilette avec un gant et une cuvette en plastique, des piles de vêtements par terre faute de place pour une armoire, et les ordures dans les corridors bordés de cafards. Le palier et l'escalier zébrés de graffitis abritaient toutes sortes de trafics : drogue, recel, sexe… Sur le mur de l'immeuble, un poète urbain avait écrit « enculés ». Ce n'était pas le Ritz, mais je ne tenais pas à laisser maman et les filles seules.

— Vas-y, Shawn ! insiste ma mère d'une voix mouillée. C'est une chance que Dieu t'envoie. On se débrouillera.

Ma mère est forte. Il faut la voir arpenter le trottoir le dimanche pour aller à l'église avec son parapluie, ses gants beurre frais et son plus beau chapeau : personne n'oserait lui manquer de respect à Harlem, même pas les voyous. Malgré un diabète carabiné, elle régente la maison d'une main de fer.

— D'accord. Mais pas pour longtemps… et après l'enterrement de Sly.

Maman et Eddy acquiescent. Je sombre dans un sommeil haché où Sly me tient la main dans la cour de l'école parce que me mêler aux enfants était impressionnant. À six ans, on s'était trouvés, on n'avait pas besoin des autres.

Des obsèques de mon meilleur copain, mon frère, je ne dirai rien. Un cercueil fermé, vu l'état du corps, une foule éplorée. À Harlem, les funérailles, trop fréquentes, sont célébrées dignement. Chacun a perdu un proche : drogue, meurtre, suicide ; la mort fait ici son marché librement. Toute la rue du défunt, parfois le quartier entier, est conviée à la cérémonie. On pleure sur des airs de gospel, on dévore le buffet dressé pour l'occasion, on y drague aussi, peut-être plus qu'ailleurs. Des inconnus s'y glissent souvent dans l'espoir d'un repas gratuit et avec la certitude de n'être pas refoulés. Disons que la famille de Sly a vu les choses en grand. Je n'ai pas tout de suite reconnu sa mère. Les larmes gondolaient son visage, ses yeux enfoncés se réduisaient à une simple fente. Personne d'autre ne m'a approché, à part ma sœur Chanelle qui a mis sa main frêle dans la mienne. La peine devait irradier de tout mon être, on s'écartait sur mon passage. Parfois j'entendais quelques mots : gang, violence, Bronx, mafia, ennemis… J'ai filé dès que possible et marché au hasard dans les rues, malgré les appels à la prudence d'Eddy. La « Mecque noire » des États-Unis, comme on appelle Harlem depuis quelques années, ressemblait à ce que j'avais toujours connu : la drogue et le crime prospéraient. On entendait des coups de feu et même les gamins savaient qu'il ne s'agissait pas de pétards. Au-delà de la frontière imaginaire de la 96e Rue, seuls demeuraient les plus pauvres, les moins instruits. Les propriétaires négligeaient l'entretien des immeubles, coupaient progressivement le chauffage, toute une population survivait sans eau ni électricité. Détenteur de 65 % des bâtiments, l'État aurait dû prendre le relais, mais la ville frôlait la faillite depuis la fin des années soixante. Et franchement, qui se souciait du sort des nègres ?

« Mogadiscio sur Hudson », voilà comment on surnommait mon quartier de bruit et de fureur dans les allées chic de Manhattan. Et on nous laissait nous entretuer. La moitié d'entre nous estimait ne jamais atteindre l'âge de trente-cinq ans : eh oui, au XXe siècle ! Cela me rendait fou car je l'aime, mon ghetto, malgré ses vitres crevées, ses squatters, ses collines de déchets où des arbres s'obstinent à pousser. J'apprécie les parades dominicales, les rythmes de jazz dans les parcs, les vieux en pantoufles trouées assis sur une chaise sur le trottoir qui ergotent à n'en plus finir, le gospel à l'église, le goût du poulet frit de chez Sylvia's, les filles qui se baladent par trois le samedi en se tenant la taille. Je gagne la 125e Rue, le cœur de Harlem palpite d'une agitation bon enfant. Commerces jamaïcains et immenses fresques murales se succèdent. Les camelots vendent tout et rien sur le trottoir, la musique couvre le bruit des conversations. Des marlous en chapeau rose font de l'œil aux matrones sphériques, les enfants dribblent les adultes, bars et cabarets font recette. À l'Apollo Theater, la salle de spectacle la plus courue du coin, j'invite des filles pendant l'Amateur's Night. J'y ai entendu James Brown l'an dernier, un pote à la caisse m'avait refilé des billets. Une soirée mémorable. Sly était de la partie. Le chagrin remonte comme une houle, je titube jusque chez moi dans l'odeur de porc rôti et de haricots des restaurants cubains. Sur un mur, en lettres rouge sang, quelqu'un a tracé « La drogue, c'est l'enfer ». Sûrement. Mais ce n'est pas le seul sur terre.

J'ai à peine eu le temps de ramasser quelques affaires et d'embrasser mes sœurs. Eddy devait reprendre son service après avoir pris une longue pause pour l'enterrement de Sly. Les jumelles me regardaient sans comprendre ; avec leurs nattes enrubannées et leurs robes du dimanche, elles ressemblaient à des poupées. J'ai rassemblé mes économies, du linge, quelques livres. Maman m'a glissé deux, trois billets dans la main et m'a béni comme si je partais combattre au Vietnam. Contrairement à d'autres, je n'ai pas reçu d'ordre de départ pour la guerre. Pas question de toute façon d'aller se faire crever la panse dans les rizières, j'irai plutôt me cacher au Canada comme tant de jeunes de mon âge. Je ne crois pas à leur mission sacrée, à la menace communiste sur l'Oncle Sam. Nous, les Noirs, on a d'autres combats à mener.

Dans le métro, Eddy épiait la foule, comme si le meurtrier de Sly nous suivait toujours. Je m'en moquais. Sly était mort, je quittais la maison pour l'inconnu, je n'avais plus de job et l'avenir s'annonçait mal. Ma mère avait beau répéter que je pouvais entrer au City College, l'université gratuite de Harlem, avoir un vrai métier, je secouais la tête. « Un jour, tu verras, on aura même un président noir », serinait-elle. Je n'oubliais pas la formule du pasteur devant la tombe de Sly : « Nous sommes les visages au fond du puits. » Alors maman pouvait continuer à rêver.

— Tu as déjà entendu parler du Dakota, fiston ? me demande Eddy.

— Non, pourquoi ? Je devrais ?

— C'est là où je travaille. La plus belle adresse de New York, l'un des immeubles les plus luxueux de l'Upper West Side. Un château sur une colline.

— C'est quoi, ton métier, exactement ?

— J'ai débuté il y a dix-sept ans comme ouvrier. Je m'occupais du chauffage et de l'électricité. Aujourd'hui, je dirige les employés de l'immeuble. Quarante-neuf membres du personnel, de jour et de nuit, pour quatre-vingt-treize appartements. Des liftiers, des portiers, des factotums, un type dans chaque ascenseur, des concierges, un préposé au courrier... Une véritable armée !

Fixant les parois du wagon couvertes de graffitis, je me disais que je n'y croupirais pas longtemps, dans son palace. Quelques semaines et je reviendrais chez moi, à Harlem.

À mesure que nous progressions *downtown*, l'allure des passagers changeait : des types en costume, attaché-case à la main, des filles habillées en gris ou noir et coiffées sagement, des Juifs hassidim avec chapeaux bizarres et bouclettes sur les côtés. La couleur variait aussi, les Blancs dominaient. Et ils nous regardaient furtivement. J'ai l'habitude. Est-ce mes muscles ou ma couleur qui les effraie ? En tout cas, ils gardent généralement leurs distances et je décrypte leur gêne silencieuse, je suis devenu expert à les deviner. « Chacun à sa place », semble me dire cette secrétaire de Wall Street qui serre son sac contre sa poitrine comme si j'allais le lui arracher. Un jour, un rouquin a pointé son doigt sur mon torse.

— Tu l'as volé à qui, ce polo, bouffeur de pastèques[1] ?

Au lieu de lui mettre une claque, j'ai souri de toutes mes dents.

— C'est un cadeau de ta mère pour l'avoir bien fait jouir !

Le wagon a éclaté de rire et le type a viré du rose au rouge. L'humour est une arme, mais parfois, face à un regard haineux ou à une moue de dégoût, la fureur inonde mes veines comme une maladie. Je me retiens. Pas question de leur donner le plaisir de me mettre derrière les barreaux. Je suis un homme libre, quand mes arrière-grands-parents se sont tués à la tâche, esclaves dans les plantations du Mississippi, près de Biloxi, à ramasser du coton et à biner des champs de maïs.

1. *Watermelon nigger.*

Première femme libre de la famille, ma grand-mère avait vu des Noirs pendus aux arbres. Dès qu'elle avait pu, ma mère avait fui le Sud, où la chasse aux nègres passait encore dans certains milieux pour un hobby comme un autre, pour venir à New York.

Par quel miracle ou quelle volonté, je n'en sais rien. Car cette maîtresse femme dans son quartier redoutait les Blancs et n'osait leur parler. Trente ans plus tard, sa voix tremblait encore d'indignation quand elle évoquait les familles aristocrates du Mississippi tout comme les restaurants du New Jersey où elle travaillait, mais où on aurait refusé de la servir. Pour elle, le diable prenait souvent la forme d'un flic blanc, qui lui parlait mal, voulait l'emmener au poste ou pis encore.

Né à New York, je n'avais peur de personne, moi. Mais, à vrai dire, je fréquentais très peu le monde blanc. Aucune famille blanche n'habitait mon quartier et je ne connaissais personne de mon âge d'une couleur différente de la mienne. La seule Blanche qui venait à la maison était l'assistante sociale, au temps où nous touchions un chèque de revenu minimum, avant que maman ne trouve un job, et même deux. Ma mère détestait être assistée par l'État. Elle se sentait aussi honteuse que si elle volait l'argent de la quête le dimanche. Pleine de compassion, la fonctionnaire inspectait les trous dans les murs, que nous bouchions pour barrer le passage aux rats, et plissait le nez devant l'odeur d'humidité qui flottait dans l'appartement dès les beaux jours. Je serrais les poings, remerciais du bout des lèvres pour les pulls élimés qu'elle tirait d'un sac en plastique, et j'attendais qu'elle s'en aille. Après quoi maman pleurait, les jumelles accrochées à son ventre. Même si un foyer du quartier sur deux vivait grâce aux chèques de l'État, c'était dur à avaler. Je ne déteste pas les Blancs, mais je ne supporte ni la pitié ni le mépris et je refuse que mon destin soit écrit sur mon visage. Ma mère dit qu'il n'y a rien de personnel dans tout cela, juste beaucoup d'ignorance. Peut-être. Je sors très peu de mon quartier. Une fois, avec l'école, je suis allé admirer la statue de la Liberté et Ellis Island. L'océan aux vagues de cristal, le soleil rasant les flots, le vent tonique m'ont subjugué. Les gratte-ciel, leurs massifs de cubes et de tours, brillaient comme des glaciers. La ville nous perfusait d'énergie, ressemblait à une sève folle. Euphoriques, nous bombions le torse : nous aussi, nous étions new-yorkais ! J'ai parfois accompagné ma mère chez Macy's, le grand magasin, mais il m'a fallu attendre quinze ans pour entrer dans Central Park. C'était l'été indien, de l'or brillait à la cime des arbres, embrasait la queue des écureuils qui dansaient dans toute cette verdure offerte aux sens. J'étais soûl sans avoir bu une goutte.

Oncle Eddy me prend le coude comme quand j'étais gosse.

— Allez, on descend.

72e Rue. La lumière nous mord après la pénombre du métro.

— Nous avons beaucoup de stars dans l'immeuble. Lauren Bacall depuis 1961, Leonard Bernstein, Judy Garland, et même un grand danseur, Rudolf quelque chose… Tu vois de qui je veux parler ?

Je ne réponds pas, saisi par le décor. Ici, tout est propre, pas d'ordures, on ramasse même les feuilles ! Les fenêtres des immeubles brillent. On se croirait dans un feuilleton télé, avec des garçons blonds sortant de maisons cossues, des femmes en tailleur pastel, des enfants sages donnant la main à des Mexicaines en uniforme. L'air pressé, les gens filent droit devant eux. Rien ne pourrait les faire dévier d'un destin tout tracé.

— Et voilà le Dakota ! s'exclame Eddy. Neuf étages de splendeur absolue. Un monde caché en plein Manhattan !

Le jour où il perdra son job, il pourra toujours se reconvertir en guide. D'un geste large, il me désigne un immeuble massif qui occupe un bloc entier au coin de la 72e Rue et de Central Park West. On dirait un manoir, comme dans les films, avec un toit d'ardoises hérissé de cheminées, de flèches, de tourelles. La façade compose un damier de briques jaunes et marron foncé. Au-dessus d'une porte cochère, un Indien sculpté semble nous scruter. Curieux.

— Quatre-vingt-treize appartements, tous différents ! plastronne Eddy, comme s'il avait acheté l'immeuble. Certains ont jusqu'à vingt pièces. Cinq mètres de hauteur sous plafond, mon gars !

Saisissant, mais sinistre et presque inquiétant. On dirait une forteresse noircie par la pollution. Un ghetto de rupins.

Sous le porche voûté, un gardien d'un certain âge en costard gris-bleu nous interpelle de sa guérite en cuivre.

— Salut, Eddy, ça boume ?

— Oui, super, Daniel. Je te présente mon neveu, Shawn.

— Bonjour, Shawn.

— Daniel est chargé de vérifier les entrées et d'aider les invités, jour et nuit, m'explique Eddy.

— Normalement, on entre par la porte de service, sur la 73ᵉ Rue… mais pour l'occasion, je t'offre la voie d'honneur, la porte cochère qui voyait passer des calèches.

Saluant Eddy d'un signe de tête complice, deux portiers en uniforme ouvrent en grand des grilles donnant sur une cour et une fontaine.

Les lambris en acajou, les grosses poignées de porte en cuivre étincelant diffusent une lueur fantasmagorique. Quatre ascenseurs, des murs épais d'un bon mètre, des tableaux dans les couloirs, un plafond haut comme deux étages, des miroirs dorés, des guéridons et des canapés vides. Peut-être n'ose-t-on pas s'y asseoir.

Il y a vraiment des gens qui vivent ainsi ? Je le savais par les livres que je lisais, les films que je regardais à la télévision tard dans la nuit, quand tout le monde dormait chez moi, mais bien sûr je n'avais jamais approché cette magnificence. L'entrée seule pourrait contenir trois appartements de mon quartier. Pas le temps de lambiner, Eddy me conduit au sous-sol. En chemin, nous croisons des petites bonnes au chignon haut. Les bras chargés de linge, elles saluent l'oncle avec déférence et baissent les yeux devant moi.

— Voilà, mon garçon ! Tu dormiras là quelque temps, dit-il en me montrant la chaufferie. Je t'apporterai à manger. Tu as l'eau, l'électricité et… le chauffage !

En effet, l'immense chaudière diffuse une température caniculaire, et nous ne sommes qu'en septembre. Dans un coin traînent un sommier et un matelas. Une serviette élimée trône sur un lavabo fêlé. Le sol est couvert de vieux journaux. Une ampoule dénudée éclaire le tout d'un halo jaunâtre. Quel contraste avec la splendeur du hall ! Mais j'ai connu pire dans notre premier logement, un taudis sur la 110e Rue. Ici, au moins, on est au sec. Et l'odeur de linge fraîchement lavé s'échappant de la buanderie m'enivre un peu.

— Je viendrai te voir, ne t'inquiète pas, ajoute Oncle Eddy comme s'il lisait dans mes pensées. C'est l'affaire de quelques jours, une semaine ou deux, maximum.

Sur le pas de la porte, il se retourne.

— Rappelle-toi, ne te montre à personne. Ni au personnel ni aux résidents. Sinon je perds mon job. Et qui s'occuperait de vous, alors ?

Il referme la porte. Soudain, l'air me manque. J'ai l'impression d'être bouclé en prison.

Sly, où es-tu ?

1970

Nigel. Appartement 24

— Tu sais, c'est curieux…

— Hum, hum…

Nigel Downson aurait bien grappillé quelques minutes de sommeil supplémentaires, mais Don joue avec ses mèches blondes qui dépassent des draps.

— Laisse-moi dormir.

— Il fait trop beau pour paresser au lit ! C'est dimanche, rappelle-toi, le jour de la brocante au Village.

Don nourrissait une passion inexplicable pour les objets les plus inutiles et encombrants. Dernièrement, il s'était entiché d'un berceau victorien démantibulé. Le meuble occupait un coin du salon et Nigel l'avait rempli d'exemplaires de l'édition dominicale du *New York Times*. Ce n'était pas comme s'ils allaient un jour y déposer un nourrisson !

— Tu disais ? C'est curieux ?

Nigel caresse d'un doigt la joue de Don, contemple son visage si viril, ses yeux de lapis-lazuli aux ridules en soleil, ses lèvres vermillon, couleur de baisers. Entre eux, tout avait commencé par une contravention.

Nigel devait récupérer un tableau sur Broadway, « la large voie » utilisée par les Indiens bien avant les Hollandais. C'était un cadeau pour sa tante Lilian chez qui il habitait au Dakota. Il avait emprunté la voiture d'un copain – sortant peu de Manhattan, il ne voyait pas l'intérêt d'être motorisé – et s'était garé en double file, le temps de récupérer le précieux objet destiné aux quatre-vingts ans de Lilian. Il sortait d'une galerie quand un policier à cheval s'était avancé. Derrière lui, la forêt de gratte-ciel rougeoyait, Nigel distinguait mal son visage. Il n'oublierait jamais la sensation de puissance dégagée par cet homme-centaure, ses bottes étincelantes, cette silhouette massive flottant dans l'air humide qui rappelle, si l'on vient à l'oublier, que New York reste un port. Plus âgé que lui, ce flic à l'air rogue avait exigé ses papiers.

— La photo sur votre permis ne vous avantage pas, avait-il lancé après un long silence.

Cette phrase prononcée avec l'accent du Midwest l'avait décontenancé, comme l'attitude de l'homme qui continuait à le fixer de ses yeux d'un bleu affolant. Ils s'étaient mis à parler sur le trottoir, lui toujours à cheval, Nigel adossé à la portière, tous deux indifférents aux klaxons des taxis. Donald Williamson venait de Chicago, Nigel de l'Ohio, ce n'était pas si éloigné. Honnêteté, discrétion, goût du travail bien fait : ils devaient partager les valeurs fondatrices de la région. À sa grande surprise, Donald avait proposé un verre le lendemain à Chelsea, dans un café semblable à des centaines d'autres. Ils s'étaient embrassés dès ce samedi soir sous un ciel mélanique, puis avaient fait l'amour chez Donald, à l'East Village, dans l'innocence d'une aube new-yorkaise. Nigel se rappelait l'impression de sécurité éprouvée dans les bras de son aîné de douze ans, l'aisselle duveteuse et tendre où il avait enfoui son visage. Cela faisait quatre ans qu'ils étaient heureux, ainsi, à deux. Ils ne vivaient pas ensemble, Donald aimait son studio au coin de Saint Mark's Place, et Nigel n'aurait jamais quitté le Dakota. Donald le rejoignait le week-end, discrètement, car les résidents craignaient le scandale. Nigel ne connaissait aucun couple gay, ne fréquentait pas ces bars du Village où les hommes se retrouvaient, et il avait horreur des folles efféminées qui musardaient main dans la main sur Christopher Street avec, quand même, un sifflet autour du cou au cas où une bande les attaquerait... Il habitait ce manoir de style victorien, ce château néogothique, grâce à Lilian qui l'avait accueilli après son départ de la maison de ses parents, dans la banlieue de Toledo, à la fin du lycée. Le père de Nigel, militaire de carrière aux muscles puissants et aux idées courtes, ne le supportait pas. Il le jugeait trop délicat, jetait ses livres pour l'obliger à jouer au base-ball, lui parlait de ses petites amies d'une façon toujours plus salace. À la torture psychologique s'ajoutaient les corvées, au prétexte d'assainir son corps et son esprit, voire les sévices. Un jour, il l'avait poussé dans l'escalier, lui cassant le bras ; un autre, il l'avait obligé à rester agenouillé des heures sur des gravillons. Sa mère tentait bien de le protéger, mais elle finissait toujours par capituler en détournant ses yeux navrés.

Alors la claque, le coup de poing ou de pied survenaient comme une délivrance. Pauvre maman ! Elle avait toujours su, pour lui, sans aborder le sujet. On ne parlait pas d'homosexualité à la maison, sauf pour en ricaner ou la condamner. D'après le père de Nigel, les « fiottes », comme il les appelait dans un rire hargneux, n'étaient qu'un ramassis de pervers, de malades, qu'il fallait éradiquer d'Amérique.

À Toledo, Nigel avait passé des années à fantasmer sur un garçon de sa classe, sans jamais oser l'approcher, et à prier le soir qu'on le délivre d'un péché satanique. Un vœu jamais exaucé, malgré les lazzi des autres lycéens. Le lycée terminé, il avait foncé acheter un billet de bus, direction la Grosse Pomme. Il avait échoué dans un hôtel minable près de la 42e Rue, coincé entre des boutiques de souvenirs en plastique et des sex-shops. Des adolescentes en blouson de lapin blanc tapinaient au pied de l'immeuble. Quand il était allé voir son premier film porno, un type l'avait suivi dans les toilettes. Malgré les relents de pisse, de sueur et d'infamie, il y était revenu plusieurs fois, dans les interstices laissés par ses petits boulots : plongeur dans un restaurant, vendeur de journaux à la criée, serveur dans un *diner* ouvrier, coursier à vélo… Il se nourrissait de hamburgers rances et de Coca, et la ville lui paraissait un chaudron d'énergie pure. Restaurants et bars ouvraient jusqu'à quatre heures du matin, il y avait foule dans la rue, on discutait, se disputait, fumait encore à l'aube. Quel contraste avec son enfance sous cellophane !

Mais cette année-là, l'hiver new-yorkais était terrible. La neige cristallisait Central Park comme du sucre glace, les patineurs du Rockefeller Center ressemblaient à des astronautes dans leurs anoraks rebondis. Perdu dans la foule des badauds, rêveur devant le spectacle, Nigel ne sentait plus le froid qui perçait son blouson de cuir trop fin. Frappé d'une double pneumonie, il avait cru mourir dans son studio de la West 12e Rue, une caverne aux murs gris infestée de souris et de cafards, dont un ivrogne semblait garder la porte. C'est là qu'il s'était résolu à appeler Tante Lilian, une cousine de sa mère qu'il ne connaissait pas plus que le Dakota. Courbé sous un vent glacé, il avait vu se découper dans le brouillard une façade chargée de serpents de mer décoratifs, d'urnes comme des fleurs, de balcons et de balustrades, tel un château de la Renaissance allemande. À l'accueil, un bureau fleurant la cire et le bois, un portier ganté de blanc en livrée bleu marine et pantalon gansé l'avait toisé, avant de l'annoncer du bout des lèvres. L'appartement de sa tante lui rappelait ces intérieurs haussmanniens qu'il avait vus en photo, autant qu'il pût en juger du moins, car il s'était évanoui à peine entré, et Lilian avait dû le caler tant bien que mal dans un fauteuil en soie rouge avant d'alerter le médecin. Une forte fièvre avait cloué Nigel au lit pendant dix jours. Quand il s'était senti mieux, l'appartement semblait flotter dans le ciel, au-dessus des frondaisons du parc d'où l'on apercevait les beaux immeubles de Central Park South, le monumental musée d'Histoire naturelle et, plus loin, le nez vert de Staten Island, les eaux de la baie qui nappaient le bas de la ville… Le tout infusé de rouge au crépuscule. Un rêve éveillé.

Tante Lilian lui avait offert l'hospitalité et l'avait poussé à reprendre ses études. Finis, les jobs miteux et la mouise. Grâce à sa bonté, il était devenu professeur de littérature française – sa passion depuis la lecture de *Madame Bovary* – et enseignait à l'université Columbia, l'une des meilleures facs du pays, membre de la prestigieuse Ivy League. Il s'entendait à merveille avec sa bienfaitrice, sortait le soir avec elle au Lincoln Center tout proche, pour admirer le New York City Ballet, les créations de George Balanchine, dont ils mesuraient le génie chaque nouvelle saison. Nigel aimait la danse depuis l'enfance – en secret, car les siens n'auraient pas compris. Il pouvait enfin assouvir cette passion inavouable grâce à la meilleure compagnie du monde. Il disséquait ensuite avec Lilian les séquences marquantes de la chorégraphie. Tous deux fréquentaient aussi le cinéma Le Paris, près du Plaza, qui projetait des films en français : Godard, Truffaut, Bresson. L'été, ils séjournaient en Grèce, en Italie, en France. Cela avait duré cinq ans, cinq merveilleuses années.

La mort de Tante Lilian, un matin dans son lit, avait dévasté Nigel. Sa solitude avait ressurgi comme un diable dans la boîte dorée du Dakota. Il avait presque rompu avec les siens. Son père avait voulu qu'il parte se battre au Vietnam « comme un homme, un vrai », et depuis son refus de s'enrôler dans une guerre qu'il jugeait injuste ils ne s'adressaient plus la parole. Ses frères et sœurs aussi lui battaient froid. Quand sa mère lui écrivait, c'était en cachette. Se montrer aussi soumise à son tyran de mari en 1970 rendait Nigel fou.

La lecture du testament de Lilian dans une étude cossue du West Side l'avait abasourdi. Elle lui léguait l'appartement du Dakota ! Comment refuser ? Depuis, il coulait des jours heureux entre ses cours de Full Professor, ses lectures, ses balades dans New York, ce beau monstre urbain, lieu de son éternel désir. Toujours seul néanmoins. Des étudiants essayaient bien de le draguer en vue d'obtenir de meilleures notes, mais il résistait. À Columbia, comme à NYU, l'université du bas de la ville, certains professeurs n'hésitaient pas à profiter de leur statut pour se repaître de chair fraîche, enchaîner des aventures forcément éphémères. Mais Nigel n'était pas loin de considérer son homosexualité comme un vice, un défaut de fabrication génétique. Il avait même consulté un psy pour « guérir » et tenter de se marier. Il se serait bien vu fonder un foyer, comme son père ou ses oncles, avec des fistons chroniquement affamés qu'il emmènerait à Disneyland ou aux matchs des Mets. Le rêve américain, quoi ! L'irruption de Don avait chassé ses fantasmes de classe moyenne. Il l'aimait de tout son être, cet homme si différent de lui, aux jambes un peu arquées, qui ne lisait ni Foucault, ni Barthes, ni Derrida, et s'en portait très bien.

— Tu disais ? Curieux…

— Tout à l'heure, je suis descendu à la buanderie et j'ai croisé un jeune mec qui semblait sortir de la chaufferie. Grand, très grand, le type, et… noir !

— Et alors ? interroge Nigel, encore ensommeillé.

— J'ignorais que vous hébergiez des passagers clandestins au Dakota.

— Comme dans les soutes d'un paquebot, s'amuse Nigel.

— Il s'est presque enfui à mon arrivée. Bizarre, non ?

— Tu es sûr qu'il était black ?

— Un membre éminent du NYPD sait encore distinguer un Noir d'un Blanc dans la pénombre !

Nigel s'esclaffe en préparant un espresso ristretto comme à Little Italy. Il a toujours détesté le café américain, de l'eau chaude colorée, et rapporté de ses voyages en Europe le goût d'un vrai breuvage.

— Bizarre, en effet, reprend-il. Il n'y a pas d'employé noir au Dakota. La Coop, la société immobilière qui permet d'acheter des parts de l'immeuble et de choisir ses voisins, y veille scrupuleusement…

Comme tous les immeubles des quartiers chic du haut de la ville, le Dakota obéissait à un système complexe. La Coop comprenait un *board*, comité de gestion de l'immeuble qui fonctionnait comme un club. Il ne suffisait pas d'avoir les moyens d'acheter un appartement – en ouvrant des valises de billets comme certains gangsters –, il fallait remplir des liasses de formulaires, présenter ses déclarations d'impôts, passer un oral balisé de questions plus indiscrètes les unes que les autres. Malgré l'ampleur de son héritage, Nigel avait dû se plier à un long interrogatoire, produire des lettres de recommandation de sa hiérarchie universitaire. Heureux homme : un professeur à Columbia, cela rassurait. La copropriété refusait même les diplomates, susceptibles de changer de résidence. On devait montrer patte blanche, et l'on ne comptait aucune famille noire au Dakota, à part la chanteuse Roberta Flack. S'y trouvaient en revanche pas mal de Juifs : mal vus dans l'Upper East Side, ils s'étaient installés à l'ouest de la ville dans les années trente. Pour le personnel, les règles, tacites mais admises par tous, étaient encore plus contraignantes. Les postes s'obtenaient par cooptation.

Don hausse les épaules. Le système du Dakota lui a toujours paru archaïque, une survivance du passé, avec son personnel qui n'avait pas droit à la barbe, ses promeneurs de chiens, ses concierges zélés, toujours prêts à aller chercher du lait à l'épicerie, surveiller les enfants, arroser les plantes ou nettoyer la litière des chats, et même, le cas s'était trouvé, à rompre avec une maîtresse à la place de son amant ! Dakota ou le règne de l'assistanat. Aux antipodes de son quotidien de policier truffé de filles défigurées, de gosses sur le trottoir accros à l'héroïne à douze ans, de corps jetés dans le port. New York était la ville la plus dangereuse des États-Unis ; le métro, un coupe-gorge. Les classes moyennes et supérieures fuyaient vers les banlieues, l'État de New York, ou le Connecticut pour les plus aisés, diminuant encore les recettes fiscales d'une ville saignée à blanc. Le Dakota, forteresse palatiale en plein Manhattan, faisait figure de petit royaume, un écrin d'irréductibles privilégiés au cœur de la cité. La Grosse Pomme pourrissait lentement mais le Dakota ne changeait pas. Et Don préférait encore le tempo sale des rues de son quartier à l'air filtré de l'immeuble de son amoureux.

— En tout cas, si tu le croises au sous-sol...

— Quoi ? Tu as peur qu'il m'agresse ? s'amuse Nigel.

— Pas du tout. Ça m'intéresse, c'est tout.

Encore un truc de flic, pense Nigel. Ils n'étaient pas du même bord. Nigel votait démocrate, faute de trouver plus à gauche. Très républicain, Don trouvait du charisme et de la poigne à ce voyou de Richard Nixon.

Dans le long couloir menant à l'ascenseur, Nigel se tient comme toujours à quelques mètres de Don, pour éviter les rumeurs ou les remarques désobligeantes. Don aimerait croiser plus souvent Lauren Bacall, qui sort promener son chien dans Central Park, mais leurs horaires diffèrent. Plus chanceux, Nigel a partagé plusieurs fois l'ascenseur avec l'héroïne du *Port de l'angoisse* et de *Comment épouser un millionnaire*. « *The Look* » méritait toujours son surnom : sourire énigmatique et regard bleu glacé. On disait que son appartement, acquis en 1961 pour la modeste somme de quarante-huit mille dollars, comptait neuf pièces, avec trois chambres de quatre mètres de hauteur sous plafond, trois salles de bains, un cellier et une buanderie ! La star y élevait ses trois enfants et recevait le gratin de l'intelligentsia new-yorkaise. La première fois, Nigel n'avait pas osé la saluer. Ensuite ils avaient échangé des propos anodins sur le cinéma, ou la météo, sujet toujours sensible à New York où les saisons semblent souvent monter sur un ring. Nigel avait plus d'affinités avec Rudolf Noureev, qui avait emménagé au quinzième étage dans un appartement de six chambres et dont il suivait les ballets avec passion. Les deux hommes s'appréciaient, ce qui rendait Don un peu jaloux.

— Bonjour, monsieur Downson, lance le liftier très enrobé en ouvrant la porte de l'ascenseur lambrissé – Don n'a droit qu'à un hochement de tête, ce n'est pas lui qui lui glisse une enveloppe dans la poche pour les étrennes.

— Bonjour, Jerzy. Comment va le genou ?

— Pas si mal, monsieur Downson, pas si mal.

Jerzy est si gros que ses cuisses frottent quand il marche. Il doit souvent poser son quintal sur la banquette de l'ascenseur, offrant un singulier spectacle : les résidents debout, l'employé assis confortablement derrière.

Les chênes de Central Park saluent la façade martiale du Dakota. On entend déjà le klaxon des taxis, les sabots des chevaux des calèches foulant Central Park West. Dans le taxi cabossé, Nigel prend la main tiède de Don. Le Broadway du petit matin a rangé ses couleurs criardes, ses réclames étincelantes. Sur le terre-plein central, des vieux sirotent leur premier café dans des gobelets en plastique ou quémandent quelques pennies.

— Ce sera une belle journée, chuchote Don en pressant les doigts de Nigel.

Abigail. 57e Rue

— N'insiste pas, papa, c'est non !

Comme tous les dimanches, Abigail Marbury est attablée au Russian Tea Room, le célèbre restaurant de la 57e ouvert par des membres du Ballet impérial russe en 1927, ce qui à l'échelle de la ville équivaut à peu près à l'Antiquité. Henry et elle y avaient leur table, toujours la même, au fond de la pièce au décor extravagant. Les lustres scintillants, les nappes rouges, les samovars anciens en cuivre en faisaient un endroit singulier, comme exilé à New York. Henry se plaçait près de l'immense horloge qui dominait la salle à manger et glissait souvent à sa fille unique « il est toujours plus tard que tu ne penses, ma chérie » en désignant le cadran du doigt. Il ne manquerait pas, cette fois encore, de lui rappeler que le temps filait et que, à l'âge respectable de vingt-sept ans, elle n'avait pas encore trouvé de mari.

— C'est un garçon très bien, reprend Henry entre deux bouchées de bortsch. Jeff Westinghouse est sorti de Yale comme moi. C'est un as au polo et il…

— … est ennuyeux comme la pluie ! Des types de son acabit, j'en croise tous les soirs. De vrais somnifères. Leurs problèmes d'impôts, la saison à Palm Beach, leurs exploits au tennis…

Henry contemple sa fille, amusé. Ses vêtements sont impeccables, ses cheveux lisses et brillants, sa silhouette racée, si mince. Une WASP dans toute sa splendeur, dont les aïeuls maternels avaient débarqué du *Mayflower*. Son pedigree impeccable en aurait fait une aristocrate si le sang bleu avait circulé dans les veines du Nouveau Monde. Henry l'avait élevée seul depuis la mort de Trish, sa mère, emportée par un cancer des ovaires alors que la petite n'avait que sept ans. Il lui avait offert une éducation à l'européenne, l'avait envoyée en France, en Angleterre, en Italie, puis lancée dans la haute société américaine. Elle avait été présentée au bal des débutantes à l'hôtel Waldorf Astoria, en robe blanche et gants de satin, avec deux escortes, comme il se doit. Abigail avait fêté ses dix-huit ans au Pierre et côtoyé l'élite new-yorkaise, les Vanderbilt, les De Forest, les Whitney. Elle parlait français, montait à cheval et ses cartes de vœux la montraient toujours rayonnante au bas d'une piste de ski à Saint-Moritz ou à Gstaad.

— Rencontre-le au moins. Un dîner n'engage à rien.

— Mais papa, j'ai le temps ! Vingt-sept ans, ce n'est rien aujourd'hui. Regarde les filles de la NOW[1]…

— Ah, non, pas elles ! grimace Henry.

1. *National Organization For Women.*

— Elles manifestent à San Francisco et font la grève du ménage et du lit. De sacrées nanas ! Il paraît qu'on prévoit des cours sur le féminisme au programme de Yale. Les temps changent, comme dirait Dylan. Tu crois que toutes les filles cherchent un mari aujourd'hui ? Pas moi. Et si j'ai besoin de compagnie, j'ai mes chéris…

— Tu parles de tes cabots, là ? lance Henry, incrédule.

— De qui d'autre, d'après toi ? le taquine Abigail.

Ses « chéris » ? Deux loulous de Poméranie, des boules de poils blancs qu'elle adorait, au désespoir de son père, pour qui ces bestioles offensaient la race canine. Celles-ci le sentaient et l'ignoraient avec superbe.

Comme à son habitude, Abigail dissèque sa salade. Obsédée par son poids, elle compte chaque calorie, s'épuise dans des sports où elle excelle – l'équitation, le ski, la natation. Henry la trouve trop maigre mais s'abstient d'aborder la question lors de leurs déjeuners dominicaux. Les sujets de conversation ne manquent pas. Depuis cinq ans, il dirige l'administration du *New York Times*. Un vaisseau amiral fort d'environ deux mille employés, avec sur le pont les journalistes les plus compétents et les plus libres du pays – les plus réticents aussi aux principes de gestion et d'économie.

— Sais-tu avec qui je dîne ce soir ? demande Henry pour évacuer le sujet nuptial.

— Elvis Presley ? badine Abigail.

— Un autre King…, sourit son père. Henry Kissinger. Chez nos amis les Rehnquist.

— Tu le féliciteras pour moi. Il fait du bon boulot comme secrétaire d'État.

Fervents républicains, le père et la fille comptaient parmi leurs amis tout le gratin de Washington. Ils avaient un faible pour cet ancien de Harvard, brillant stratège, honni par la gauche pacifiste.

— Nous serons en petit comité, ajoute Henry en repoussant son assiette. Veux-tu nous rejoindre pour le café ? Je suis sûr que Deborah Rehnquist serait ravie. Elle t'apprécie beaucoup.

— Non merci, répond Abigail en étouffant un petit rire gêné. Ce soir, je suis prise…

La conversation dérive vers la politique intérieure, l'inflation galopante, le sort de New York qu'ils ne quitteraient pour rien au monde, même si, à l'aube de cette nouvelle décennie, leur ville natale, en mal d'infrastructures et de programmes sociaux, s'enfonce dans un marasme hargneux. Le *New York Times* ne cesse d'interpeller le maire démocrate John Lindsay, à propos de Harlem et du Bronx où les gangs font la loi dans des rues qu'on dirait bombardées. Même leur quartier, le West Side, se voyait menacé par la drogue. À Sherman Square, sur la 72e Rue, tout près du Dakota où Henry avait offert un appartement à sa fille pour ses vingt ans (il habitait en face, au Majestic), de sinistres pantins en veste de cuir noir se shootaient dans l'indifférence générale. À vingt dollars la dose, il y avait toujours preneur. Ils titubaient, de l'héroïne plein les veines, dans ce square où Abigail jouait jadis. On avait rebaptisé

Sherman Square « *Needle Park*[1] », la mairie avait baissé les bras. Central Park West restait à peu près sûr, mais non loin, Columbus Avenue se tachait parfois de sang. Les New-Yorkais apprenaient la peur jour après jour. Désormais, dans Central Park, à la nuit tombée, on pouvait se faire agresser pour une poignée de dollars.

Abigail participe à quantité de galas de charité au profit de New York et en préside certains. À son niveau, elle agit pour sa ville, et cette pensée la réjouit. Après Nightingale, l'école privée la plus sélecte et la plus chère de Manhattan, sur la 92e Rue, elle avait étudié l'histoire de l'art à Vassar, comme Jackie Kennedy et Jane Fonda, juste avant que cette université prestigieuse ne devienne mixte. Elle aurait pu entrer chez Sotheby's ou Christie's, où les filles de bonne famille achetaient un mari aux enchères, mais, après trois années à arpenter le campus de Vassar, elle n'avait eu aucune envie de se plier à des horaires et d'obéir à des *boss* qui, fatalement, essaieraient de lui mettre la main aux fesses après les heures ouvrables, peut-être même pendant. Elle ne travaillait donc pas à proprement parler, tout en étant constamment occupée. Ces dîners philanthropiques, ces ventes aux enchères, c'était tout un art ! Parmi les causes pour lesquelles elle levait des fonds, il y avait bien sûr le cancer, qui avait emporté sa mère à trente-cinq ans, mais aussi la sclérose en plaques, le sort des enfants africains, l'alphabétisation en Inde, toute la misère du monde. Les combats humanitaires

1. *Needle* : aiguille.

ne manquaient pas et le scénario s'écrivait à l'avance. Discours spirituel, champagne et cuisine de chefs, souvent français. Était-elle heureuse ? Cette vie de *socialite* représentait une vocation. Elle n'en changerait pour rien au monde. Belle, mince et riche, elle ne laisserait personne fouler son jardin secret.

Abigail fait quelques pas sur le trottoir avec son père que son chauffeur, garé en double file, attend de ramener dans le West Side. Depuis le décès de Trish, il vit seul, et s'il sort parfois avec des amies, elles ignorent la blessure secrète de cet homme aux traits réguliers, au regard vif. Le père d'Abigail n'a jamais éprouvé le besoin de refaire sa vie. Trish avait été sa compagne, son amante, son double. Ils s'étaient rencontrés à Yale, elle l'avait soutenu au seuil de sa carrière et, maintenant qu'il en récoltait les fruits, qu'ils auraient pu jouir de la vie et d'une fortune considérable, elle était partie.

— On se voit mardi au MoMA ? demande-t-il à sa fille, chassant ainsi les mauvaises pensées qui l'assaillent.

— Bien entendu.

— Prends soin de toi, ma chérie. Et n'oublie pas...

— ... qu'il est toujours plus tard que je ne le crois... Dis bonjour pour moi à ce si charmant Jeff de Yale !

Abigail descend dans le métro, souriante, indifférente aux regards insistants qu'elle aimante. Le sous-sol de New York ressemble à un égout puant mais elle ne le remarque plus. Pour ses trajets *downtown*, malgré les grèves dans les transports publics, elle délaisse les taxis à cause des embouteillages.

Elle pense à son père, son grand homme, son héros depuis toujours. Avant la tragédie maternelle, ils étaient déjà si proches. Devançant les papas beatniks, Henry emmenait son bébé partout. À la mort de Trish, ils avaient puisé l'un dans l'autre la force de continuer, de se lever le matin, d'affronter le monde extérieur. Pendant un an, la petite avait dormi blottie contre son père, avant qu'une gouvernante ne s'en émeuve. Elle gardait comme un trésor quelques images de sa mère : des promenades au parc ou aux Hamptons, une tempête de neige si puissante qu'on ne distinguait plus le ciel de la terre sur Park Avenue, des jeux avec des poupées, le soir. Elle lui manquait à chaque heure de sa vie. À qui d'autre aurait-elle pu confier ce qui lui était arrivé ce jour sordide de janvier 1961 ? Elle s'efforçait de ne plus y penser, mais son esprit vagabondait, surtout la nuit.

Dans la rame, il lui semble soudain que les passagers la dévisagent. Malgré la chaleur, elle frissonne et se hâte de sortir à la station Astor Place. Elle fend la foule de Washington Square qui écoute les chanteurs de rue, paresse sur les bancs scarifiés d'inscriptions, déchiffre des tracts tendus par des chevelus insistants, suit les parties des joueurs d'échecs. Il est loin le temps où les personnages de Henry James se donnaient rendez-vous sous l'arche blanche de la place. Elle a lu quelque part qu'on parle huit cents langues à New York. Cette Babel donne le tournis.

Bleecker Street est chargée d'effluves d'ordures. Encore une de ces grèves qui paralysent la Grosse

Pomme. La voilà presque arrivée à son rendez-vous. Négligeant l'ascenseur, Abigail grimpe l'escalier. Des airs cubains montent de la cour. Au troisième étage, elle frappe à une porte. Qui s'ouvre à la volée.

— *Mi corazón*, te voilà enfin !

Ricardo l'entraîne dans l'ombre du loft. Son amant sent l'acrylique mêlé à une odeur de transpiration aigrelette, signe qu'il a peint toute la journée. Ricardo venait d'une banlieue pauvre de Caracas, attiré par la réputation artistique de New York, ses installations éphémères dans les rues, ses collages étranges, ses œuvres composites mêlant le plastique, le bois, l'acier, les bouteilles et canettes de Coca vides... Depuis quelques années, la ville prenait des allures d'expo à ciel ouvert. Sortis de lofts qui ne coûtaient presque rien – trois cents dollars par mois –, des artistes d'avant-garde brisaient les canons de l'esthétique classique, exposaient sur le trottoir, dessinaient de drôles de graffitis sur les murs. Il s'agissait moins de vendre des œuvres que de changer le monde. Abigail ne saisissait pas toujours l'intention, mais elle captait cette folle énergie et réglait de bon cœur le loyer et la plupart des dépenses de Ricardo.

— Comment trouves-tu ce tableau ? demande le garçon aux cheveux très noirs en mordillant son oreille ornée d'une perle nacrée. Pas mal, non ?

Abigail se cabre, elle déteste qu'on s'attarde dans son cou – trop de mauvais souvenirs –, mais se pend à sa bouche.

— De mieux en mieux ! Si tu me laissais montrer ton travail à mon ami galeriste sur Madison...

— Plus tard, *mi querida*, plus tard…

Il la guide vers le lit défait, un simple matelas posé au sol, loin, bien loin de cette soirée maudite, de son père qu'elle aime pour tout ce qu'il sait et ce qu'il ne sait pas, et du Dakota.

Shawn

— Alors, mon neveu, comment trouves-tu ce job après les poubelles ? Moins salissant ?

Oncle Eddy passe me voir tous les jours.

— C'est surtout moins lourd et ça sent meilleur !

Les premiers jours, au sous-sol du Dakota, j'ai cru devenir cinglé. Je me cognais aux murs et aux souvenirs. Comment Sly avait-il pu m'abandonner ? Je ne savais pas vivre sans lui, je n'en avais même plus l'envie. Harlem me manquait, le rire de mes sœurs, les remontrances de ma mère. Je lisais un peu, une biographie d'Albert Schweitzer, des essais politiques, *La Case de l'oncle Tom* que j'avais emportée à la hâte et dont je sais des passages par cœur depuis l'enfance, même si j'ai l'impression parfois de lire un sermon maternel... J'essayais de m'abrutir de sommeil, mais la nuit les yeux rouges des rats me terrifiaient. Je leur envoyais de grands coups de pied avant de m'enfouir sous le drap. Un jour, Juan a accompagné Eddy et entre nous, cela a vite collé. Quand je me planquais dans la chaufferie, il m'apportait des parts de pizza, partageait ses sandwichs. Rien à voir avec le poulet de ma mère, mais il allégeait ma solitude, en me rapportant les potins de l'immeuble avec enthousiasme.

— Je ne voudrais pas que tu dépérisses ! me répétait ce garçon jovial, aux yeux en forme de raisins secs.

— Ah bon, et pourquoi ?

— J'ai besoin de toi pour distribuer quelques gifles à des collègues imbéciles, avait-il plaisanté. Tu vas devenir mon garde du corps…

Juan ne posait pas de questions : c'était une de ses qualités. Quant au garde du corps, après ce qui était arrivé…

Après quelque temps, Oncle Eddy m'a autorisé à donner un coup de main aux poubelles. Pas terrible comme boulot, mais je pouvais enfin quitter mon cagibi. De 16 heures à minuit, je portais des sacs en plastique pleins à craquer. C'est fou ce que les riches peuvent jeter ! Des cahiers vierges, des livres et des chaussures neuves, une écharpe en cachemire, des bougies, un bracelet et même, une fois, un billet de cent dollars tout froissé ! La plupart du temps, c'était quand même des saletés. On finit par savoir que, au troisième étage, le type picole sec, que sa voisine accumule ordonnances et médicaments, qu'un autre est accro aux revues porno. Je ne me voyais pas continuer ainsi longtemps, même si Oncle Eddy me donnait un peu d'argent à la fin de la semaine. Et puis, un mois après mon arrivée, l'Irlandais préposé au courrier s'est cassé la jambe sur une plaque de verglas dans la 72e Rue. Je l'ai remplacé au pied levé. Et, à ma grande surprise, j'aime ce job. Je suis tranquille, personne ne me parle, je touche des enveloppes propres et blanches, des paquets dont le poids me rassure. La répétition des gestes m'apaise, comme à la laverie. Si je pense à Sly tous les jours, la boule de haine et d'angoisse au creux de mon ventre disparaît progressivement. Ce monde n'est pas le mien et ne le sera jamais mais, en attendant de rentrer dans mon quartier, j'apprends beaucoup, je prends cet intermède comme une plongée dans un univers de privilégiés, l'occasion d'en savoir davantage sur ces gens que je n'aurai plus jamais l'occasion de côtoyer. Avec tout leur argent, avaient-ils encore des désirs, des envies, des rêves ou des soucis comme nous tous ?

Nathan. Appartement 37

— Faim, papa, très faim…

Malgré la main de Jessica sur sa joue, Nathan peine à ouvrir les yeux. Sa fille vient souvent les rejoindre dans leur lit, petite apparition en chemise de nuit rose, et il aime sentir son corps frêle entre eux. Quelle heure est-il ? À peine 6 h 30, le jour perce sous le rideau de soie grège. Ce matin, il serait bien resté au lit faire l'amour à sa femme comme au premier jour. Après toutes ces années, il désire encore Judith, son corps abrite un mystère qui l'excite et le ravit. Mais le dimanche revient à Jessica, quatre ans, la dernière de ses trois filles.

— Tu veux des pancakes, mon ange ?

Question de pure forme, les pancakes aux myrtilles appartiennent au rituel dominical, avant que le reste de la famille s'éveille et que Nathan passe le relais à Judith.

Il s'empresse d'ouvrir la fenêtre de la cuisine. Cela sent déjà le gâteau. Sa voisine, Mme Dickinson, est une cuisinière compulsive. À toute heure, elle s'affaire à rôtir, à cuire, à malaxer des pâtes. Pourtant, Nathan n'a jamais vu que son mari dans l'appartement. Un air de musique monte de l'étage inférieur. Le voisin, un grand type à la tignasse grise, fait ses gammes matinales. Quelle chance de commencer la journée au son du jazz joué par un artiste new-yorkais ! Ce matin, ce sont les premières notes de *West Side Story*, qu'il a applaudi sur Broadway des années plus tôt ! Le Dakota méritait sa légende, ses résidents se recrutaient parmi les gens les plus spirituels, cultivés, passionnants. À part cette pimbêche blonde qui laissait ses chiens ridicules aboyer dans les couloirs et se soulager sur les paillassons…

— Chocolat, papa ! Chocolat…, serine Jessica.

Nathan respire le parfum de sa fille, ce goût sucré et tendre qui disparaîtra bientôt. À seize ans, Lea sent le patchouli et parfois le tabac. Deborah, douze ans, flotte dans des effluves de chewing-gum à la fraise. Pourquoi grandissaient-elles aussi vite ?

— Tes désirs sont des ordres, Miss.

Nathan sort un saladier d'un placard avec une adresse qui fait oublier son handicap. L'index et le majeur manquent à sa main droite, qu'il habille toujours d'un gant noir quand il sort ou reçoit ses patients. Souvenir d'une fête nationale et d'une passion des pétards partagée avec Jonathan, son petit frère. Ils économisaient depuis des mois pour s'acheter les plus gros du quartier. L'été de ses quatorze ans, un 4 juillet, ils s'étaient aventurés dans Chinatown en quête de fusées géantes. L'une d'elles avait explosé dans sa main à l'angle de la rue. Avec deux doigts arrachés, c'en était fini de ses rêves d'être chirurgien, comme l'était son grand-père en Russie. Mais, devenu psychiatre, il se servait des mots comme d'un bistouri. Et Judith lui avait trouvé assez de charme pour l'épouser, malgré le peu d'enthousiasme de ses parents. Son beau-père, qui avait fait fortune dans la bijouterie, habitait un palais à Sands Point sur Long Island. Le joaillier avait vu d'un mauvais œil sa fille craquer pour un gars à moitié manchot et désargenté. Les parents de Nathan Mendelsohn venaient de l'Ancien Monde, de Łódź précisément, une ville russe devenue polonaise. Ils étaient juifs comme ceux de Judith – rien d'original, New York comptant plus de Juifs que Tel-Aviv – mais, alors que ces derniers se plaisaient à rappeler qu'ils étaient Américains depuis la ruée vers l'or, les Mendelsohn avaient accosté à Ellis Island en 1920, pour s'entasser à six dans un réduit de Clinton Street, une étuve l'été, une glacière l'hiver, où ils mouraient à moitié de faim. Le baptême américain avait été rude. Sur le bateau parti de Hambourg, on racontait que l'emploi, comme le miel et le lait, coulait en abondance. En réalité, le chômage et une épidémie de polio paralysaient la ville, empuantie par les vapeurs de kérosène et les cadavres d'animaux. Isaac, son père, avait débuté comme cireur de rue, puis il avait vendu des compresses, des onguents et de l'aspirine sur le trottoir, un mini-drugstore à ciel ouvert, dans les odeurs de crottin et de charbon. À sa grande surprise, il avait découvert que les Américains ignoraient les suppositoires. Isaac était passé démarcheur, puis commercial avant de racheter après la guerre, à force de privations, un modeste laboratoire pharmaceutique dans le Queens. Nathan rendait visite tous les dimanches à ses parents dans leur maison en brique au jardin mal entretenu, mais cette routine de bon fils lui pesait. Ses parents passaient leur temps à se déchirer ou s'ignorer entre leurs quatre murs.

— Quel est le programme, ce matin ? s'enquiert Nathan en cassant les œufs. Balade au parc ou séance de dessins animés ?

— Au parc ! piaille Jessica, ravie à l'idée d'aller gambader dans la verdure de Central Park.

Nathan préfère musarder sur les berges de l'Hudson, où les Hollandais chassaient jadis la baleine et qui charrie parfois des blocs de glace couleur émeraude. L'eau l'apaise, le purifie. Comme son quartier, elle le tonifie.

Jessica s'est maquillée au chocolat et des miettes de pancakes s'accrochent à ses frisottis à la Shirley Temple. Dans l'ascenseur, comme par magie, le liftier tire une sucette de sa poche.

— Dis merci, chérie.

— Merci, monsieur.

— Ah non ! Mike, ma poupée ! s'amuse l'échalas en plastron et aux moustaches tombantes.

Certains propriétaires tentaient de retenir les prénoms des employés, mais capitulaient devant le nombre et se contentaient d'une remarque sur la météo ou le dernier match des Mets ou des Yankees. Mike, par contre, connaissait le prénom de tous les enfants de l'immeuble et avait toujours des friandises à offrir aux plus jeunes.

— Quand on a construit le Dakota en 1880, rappelle Nathan, seules les femmes avaient le droit de travailler dans l'ascenseur. Pas d'homme liftier, c'était le règlement !

Mike s'étonne en silence qu'un résident se soucie de sa culture générale. Souvent il s'ennuie ferme entre les étages, mais c'est un job stable, avec des pourboires intéressants et de bonnes primes de fin d'année. Il ouvre la porte dans un grand sourire.

— Bonne journée, docteur Mendelsohn. Profitez du parc !

Nathan court derrière sa fille jusqu'au grand pré qu'on appelle Sheep Meadow.

— Jusqu'en 1934, on y faisait paître des moutons…

À la chronique de la ville, la gamine préfère la ronde des écureuils. Et là, son père ne peut plus suivre…

Rentré à l'appartement, il s'attaque aux œufs brouillés, un œil sur le profil de sa femme échappé d'une médaille florentine.

— Eh bien, ce n'est pas comme si tu avais faim ! s'amuse-t-elle en le regardant saucer son assiette.

Elle passe une main sous le pull de son mari, enfonçant un doigt sur son nombril.

— Je dirais que tu es enceint de trois mois !

— La faute à qui ?

— On part au cinéma cet après-midi, lance-t-elle.

Ils adoraient emmener leurs deux plus grandes filles voir de vieilles comédies en noir et blanc, des Lubitsch, des Capra, dans l'une des salles vétustes et hantées du Village.

— Il ne t'a pas échappé que je vais chez mes parents ?

Judith ne l'y accompagnait jamais, prétextant les devoirs des filles, du courrier à écrire, du linge à vérifier. En vérité, elle n'avait rien à dire à ses beaux-parents et se sentait mal à l'aise dans la petite maison du Queens.

— À ton retour alors…

— Compliqué, ma chérie. J'aimerais relire des notes au cabinet. Demain, je vois deux cas difficiles.

Au fil des ans, Nathan s'était constitué une clientèle fidèle. Des gens du quartier, dont beaucoup de Juifs installés dans le West Side, plus tolérants que le patricien East Side. Nathan n'avait qu'à emprunter l'ascenseur pour gagner son cabinet au premier étage du Dakota. La lumière naturelle, les teintes douces, le choix de coussins chaleureux formaient une sorte de cocon zen. Nathan ne ressemblait en rien à ces psys qui s'abritent derrière la doctrine freudienne et marmonnent trois mots inintelligibles avant de lever la séance. Il dialoguait avec ses patients, évoquait volontiers Judith et leurs filles. Il réconfortait, posait la main sur une épaule, blaguait à l'occasion.

— Tu m'abandonnes encore…, feint de s'indigner Judith.

— Ne t'inquiète pas. Je ne t'abandonnerai jamais…

Cherie. Appartement 12

Toute la matinée, Cherie Kelly s'est demandé ce qui a encore cloché hier, à cette soirée au Guggenheim Museum. Elle s'y était pourtant préparée depuis des semaines. Des dizaines de coups de fil, un déjeuner au restaurant fort renommé Tavern on the Green, des tonnes de sourires, des heures de papotages avec des douairières, pour décrocher enfin une place au comité et pouvoir se prononcer sur les arrangements floraux, la *playlist*, le nombre d'invités de la liste « dite A », celle des sommités de la soirée. Le jour dit, elle avait passé quatre heures chez son coiffeur pour un brushing tout en boucles savantes, puis Bart, le maquilleur, l'avait transformée en Cléopâtre moderne. Ses yeux verts brillaient d'un éclat nouveau sous sa frange, ses pommettes semblaient plus hautes, son teint, sans défaut. Ces derniers jours, Cherie n'avait avalé que des bols de corn-flakes afin d'entretenir la finesse de sa taille. Elle était royale, impériale, dans sa robe signée Diane de Furstenberg. Les hommes louchaient sur ses seins blancs qui paraissaient près de s'échapper de sa robe d'un orange délicat.

Les femmes la suivaient du regard, l'air pincé, ce qui les enlaidissait tout d'un coup, malgré la beauté du lieu, les couverts étincelants, les garçons en livrée blanche, les coupes de champagne volant d'une main à l'autre. Et pourtant tout le monde l'avait snobée ! Les rares personnes approchées l'avaient évitée. Souffrait-elle d'un rhume ou d'une haleine douteuse ? Steve, lui, se désolait de voir sa femme parlant trop fort, essayant par tous les moyens d'attirer l'attention, montrant ainsi qu'elle restait étrangère à ce milieu impitoyable. Si les New-Yorkais détestaient quelque chose, c'était bien l'intensité exprimée d'un désir de revanche sociale. Cherie avait un but : siéger dans un maximum de comités, discuter sur un pied d'égalité avec le gratin de New York, déjeuner dans un des restaurants chic de Madison Avenue avec des filles de la haute, ces New-Yorkaises bien nées qui ne se départaient jamais de leur flegme et de leur sourire, un rien méprisant à son égard. Combien de fois avait-elle surpris leurs yeux de cobra sur elle ? Elle n'appartenait pas à leur monde et les salves d'invitations qu'elle lançait à ces dîners répétés ne changeaient pas la donne.

Née à Charleston d'une mère célibataire, Cherie Tooker avait passé son enfance dans un mobile home au bout d'un chemin poussiéreux avec quatre sœurs plus jeunes. *White trash*, comme on appelait ces petits Blancs déclassés. Elle avait quitté l'école à onze ans, perdu sa virginité à treize parce qu'il n'y avait rien d'autre à faire que coucher avec des ploucs le samedi soir dans ce coin paumé, enchaîné les jobs de serveuse, puis filé le plus loin possible dès qu'elle avait amassé de quoi se payer le Greyhound jusqu'à La Nouvelle-Orléans. Dix ans à lever la jambe sur la scène miteuse d'un cabaret du quartier français, dans une parodie de french cancan pour touristes avinés, dix ans de frou-frou, de maquillage vulgaire, de pauvres types qui la pelotaient quand elle repassait derrière le bar.

Elle en avait bavé et en gardait quelque chose de dur dans le regard, quand elle était seule ou ne se surveillait pas. Parfois, la colère la submergeait, cela cognait à l'intérieur, l'empêchait de respirer et elle explosait en déflagrations impressionnantes. Elle jetait alors des horreurs à la tête de Steve, avant de le regretter. Ils s'étaient rencontrés là-bas, dans ce cabaret de La Nouvelle-Orléans où il fêtait l'enterrement de vie de garçon d'un copain, flanqué d'une bande de types qui n'avaient rien de perdreaux de l'année. Cherie évitait le plus possible les gars en goguette, mais les traits de l'étranger qui lui avait proposé un verre révélaient une telle douceur qu'elle avait accepté. Ils avaient discuté longtemps, et ce New-Yorkais n'avait rien tenté avec elle. Le lendemain, il revenait, seul, et lui demandait timidement à quelle heure elle terminait.

Steve Kelly n'avait rien de Rod Stewart ni de Bruce Springsteen, le genre de physique qui plaisait à Cherie. Cinquante-cinq ans, vingt de plus qu'elle. Et petit avec ça, rabougri avant l'âge, rondouillard, pourvu de drôles de sourcils en accent circonflexe. Il était revenu tous les soirs de la semaine. Le dernier, il s'était lancé :

— Vous pourriez venir à New York avec moi…

Elle en avait été stupéfaite : il l'avait bien regardée, avec ses cheveux teints en platine, sa mine d'insomniaque, son pauvre sac en simili-cuir ? La question avait fusé :

— Quel est votre métier, à New York ?

— *Broker*, avait-il soufflé dans un sourire. Je vends et j'achète des matières premières. Fer, tungstène, aluminium… Pétrole, aussi. Cela marche plutôt bien, même si les cours dépendent des facteurs géopolitiques. On aura toujours besoin de bois ou de gaz naturel, n'est-ce pas ?

La jeune femme ne demandait qu'à poursuivre ce genre de conversation. Manhattan la faisait rêver depuis qu'enfant elle avait vu un documentaire sur la Grosse Pomme. Elle avait supplié sa mère de faire le voyage, mais c'était toujours trop cher. À trente-cinq ans, elle en avait soupé des paumés de la nuit, du provincialisme de La Nouvelle-Orléans. Elle voulait descendre la Cinquième Avenue parmi la foule, croiser Jackie Kennedy dans le parc, petit-déjeuner devant Tiffany.

— Pourquoi pas ? avait-elle répondu avec toute la nonchalance dont elle était capable.

Il l'avait alors embrassée, un baiser humide, qu'elle avait écourté. Le sexe lui avait toujours paru une activité ridicule, ennuyeuse, parfois douloureuse. Elle ne cédait que lorsque le type menaçait de prendre le large. Elle n'était pas du genre sensuel, voilà tout, elle préférait la télé en gobant des marshmallows. C'était son droit, non ?

Ils étaient partis le lendemain dans la Cadillac noire du *broker*, s'arrêtant en chemin pour se marier. Comme témoins, on avait recruté des mécanos au drugstore en face de la mairie. Un employé municipal avec un cheveu sur la langue complétait le tableau. Rien n'aurait pu la préparer au choc qu'elle éprouva quand la voiture déboucha dans Riverside Drive. Mille soleils se reflétaient sur les tours de verre ciselées tombées d'un ciel aux nuages roses. Sur les trottoirs, des élégantes en manteaux de fourrure se lovaient dans des limousines climatisées. Jamais elle n'avait vu tant de richesses, de monde dans les rues, de désirs exprimés et assouvis. Elle en avait la chair de poule.

— On est arrivés, madame Kelly !

Steve avait franchi la grille en fonte d'une porte cochère, un porche voûté, puis stoppé la voiture dans la cour d'un immeuble d'aspect sévère. Métamorphosé par son retour au bercail, son mari tout neuf avait jeté ses clés à un employé et insisté pour la porter jusqu'à leur nid d'amour. L'appartement témoignait d'un luxe inimaginable pour une provinciale. Un vestibule en marbre, deux cheminées, une salle à manger aussi vaste que tout un mobile home de La Nouvelle Orléans. Étourdie par tant de munificence, elle l'avait pris dans sa bouche devant la baie donnant sur le parc. Le pauvre garçon en parlait encore des années après, nostalgique d'une gâterie sans suite.

Ce matin, elle s'étire dans l'immense lit aux draps en coton égyptien signés Porthault, et une onde de plaisir parcourt son échine. Comme sa chambre lui plaît, ce silence feutré, ces meubles choisis avec son décorateur, Josh (tout le monde l'appelait Posh[1] tant il était efféminé). Sur Madison Avenue, ils avaient acheté fauteuils, commodes, consoles et candélabres en argent. Posh avait conseillé de transformer son salon en suite orientale, dans l'esprit de Marrakech, avec force dorures, sofas, coussins chamarrés et même un narguilé ! Un peu dérouté, Steve lui avait tendu son American Express. Elle rêvait de voir son intérieur en photo dans les luxueux magazines qui constituaient l'exclusive et quotidienne lecture de Posh.

— Tu crois que je pourrais devenir décoratrice ? avait-elle demandé à Steve un jour au lit.

— Avec ton talent, tout est possible, avait-il répondu sans lever le nez du *Wall Street Journal*.

Parfois, son mari lui semblait aussi loquace qu'une moule, dans son pyjama gris.

— Si le type du dessus se décidait à rejoindre le paradis des vieux croûtons, on pourrait s'agrandir !

Cherie aimait choquer Steve. Cent cinquante mètres carrés leur convenaient parfaitement, mais rénover un appartement lui aurait plu. Seulement, pour obtenir son diplôme de décoratrice, il fallait prendre des cours et, franchement, qui avait le temps de retourner à l'école ? Sa priorité restait d'intégrer les cercles sélects. Et Steve ne l'aidait guère. Après ses journées harassantes, il se contentait d'un whisky et d'une émission télé si soporifique qu'il s'endormait la bouche ouverte, contre sa « petite femme ». Petite femme qui rêvait de grandeur

1. *Posh* : chic.

et se désolait de voir ses traits durcir dans sa galerie de miroirs.

— Qu'as-tu prévu pour aujourd'hui ? demanda-t-il en espérant dévier sur un sujet moins glissant.

— Juste un peu de shopping, la manucure vient à 16 heures.

Cherie pratiquait les achats comme un sport de haute compétition. Un vrai rush. Elle écumait les grands magasins Bergdorf Goodman et Saks Fifth Avenue. Elle appelait les vendeuses par leur prénom et s'était adjoint les services de deux *personal shoppers,* sortes de coachs de la dépense. Les New-Yorkaises lui semblaient si chic ! Quand ses armoires débordaient, elle fourrait les paquets sous son lit, au risque de les oublier pendant des mois. La femme de ménage finissait par les en tirer et les déposait sur la bergère en soie. Chaque fois, Cherie avait l'impression de recevoir un cadeau.

Elle se lève enfin et se cadre devant l'immense miroir. Ses cheveux noirs – elle a renoncé à sa blondeur peroxydée – retombent en douces ondulations sur ses épaules. Elle les touche comme pour se rassurer. Elle aime sa poitrine, ses bras fermes, sa peau de lait. Pas mal, encore. Les portes de New York finiront bien par céder.

Sur le palier, elle hésite à sonner chez Becky, sa voisine. Elle aimait s'y rendre sous un prétexte quelconque – du sucre, une notice à déchiffrer, une part de tarte à partager – pour frimer, égrener les noms des célébrités croisées la veille dans un gala. Mais ces temps-ci, Becky a l'air très occupée. Son petit job, peut-être. Ou son mari, si séduisant… Cherie avait l'œil. Elle s'engouffre dans l'ascenseur sans saluer le liftier attifé comme un colonel allemand du siècle dernier. C'est une femme pressée maintenant, une New-Yorkaise pur jus.

Shawn

— Allez, arrête de te planquer derrière tes colis ! On va célébrer une bonne nouvelle !

— Ah non, je ne peux pas, dis-je en désignant l'imposant tas d'enveloppes à mes pieds.

Juan a un large sourire.

— Mike se fiance, tu te rends compte ? Quelle idée ! Cette pauvre secrétaire de Long Island ne sait pas ce qui l'attend. Viens avec nous prendre une bière. D'ailleurs, il est temps que tu connaisses toute la bande d'en bas.

Juan avait sans doute raison : j'étais resté seul avec mes souvenirs un peu trop longtemps. Dans la cour, je m'étonne de son aisance.

— Bonjour, docteur Mendelsohn. Bonne journée, professeur Wheeler. Maître Parker, j'appelle votre voiture…

Une vraie chambre des métiers.

— Mais comment fais-tu pour te souvenir de leurs titres ?

— Une bonne mémoire et des années d'exercices, s'amuse Juan. Par contre, même après quatre ans, les résidents ne connaissent pas toujours mon prénom ou, pis encore, ils me confondent avec mon père qui bossait là avant moi !

On traverse la rue. Le bar Chez Red est bourré de monde. Une dizaine de types de l'immeuble sirotent une bière en piochant dans les saladiers de chips. Un silence total accueille mon arrivée.

— Les gars, je vous présente Shawn, du courrier.

Certains lèvent leur verre, d'autres détournent le regard.

— Bon, s'amuse Juan, au Dakota, Shawn doit montrer patte blanche !

Pas très délicat, mais tous s'esclaffent et la glace semble rompue. Je réponds aux questions et j'en pose d'autres.

— Vous travaillez ensemble depuis longtemps ?

— Tu peux le dire. Les légions de portiers, de concierges, de préposés au courrier ou à l'ascenseur se recrutent dans les mêmes familles, les mêmes quartiers, m'explique John, le superviseur. Tu vois, on est une majorité d'Italiens, des Polonais, et des chic types du New Jersey.

— Et on accepte même quelques Portoricains !

Je remarque qu'ils sont tous blancs ou latinos, dans les équipes de jour comme de nuit, tous syndiqués aussi, m'assurent-ils.

— Et puis, c'est un job stable, souligne Mike. Avec un salaire décent, de bons pourboires et d'appréciables primes de fin d'année…

Moi, je m'ennuierais ferme entre les étages, coincé dans un ascenseur.

— Oui, un job régulier, mais avec des règles quand même pénibles, reprend Aldo, le plombier.

— Un règlement draconien, tu veux dire ! Les bagages et les chiens passent par l'ascenseur de service, reprend John. Le bois pour les cheminées doit être acheté à l'immeuble qui en conserve un stock. Seules les voitures des résidents peuvent pénétrer dans la cour. Et, bien entendu, les Dakotiens, exigeants et rétifs, ont tendance à n'en faire qu'à leur tête !

Je reste médusé : jamais je n'aurais pu croire que la vie en copropriété soit si compliquée : chez nous, pas de règles, ou plutôt une seule, se mêler de ses propres affaires, pour éviter le danger.

— Et on lui parle du *board* ?

— Ah non, réplique Mike, pas le *board* ! C'est mon pot d'avant fiançailles les gars, soyez sympas...

— Juste une minute, répond Juan, imperturbable, qui m'explique les conditions drastiques d'entrée au Dakota.

Je me rends compte que je ne connais rien à la vie de l'immeuble où je travaille depuis un an et reste perplexe : tant d'argent ne permettait pas de s'installer comme on voulait ? Et impossible d'acheter classiquement un appartement, mais seulement des parts de l'immeuble qui vous donnaient droit à une certaine surface ? Incroyable ! J'avais l'impression de voyager, de me trouver sur un autre continent. J'avais envie de poser d'autres questions – j'ai toujours été curieux – mais l'ambiance a viré à la blague.

— Et la jarretière, tu comptes lui arracher comment ?

— Elle t'a dit oui, mais t'as compris pourquoi ?

— C'est une idée à toi ou à ta mère ?

On a fini la soirée en en sachant un peu trop sur Sheryll Conelly, qui sera l'épouse de Mike l'an prochain, et ses habitudes coquines du samedi soir. Je suis rentré chez moi la tête lourde, mais curieusement allégé d'un poids. Une bière entre collègues, c'était aussi une première pour moi.

Becky. Appartement 14

Encore ce cauchemar. Rebecca le sait mais n'arrive pas à se réveiller. Elle coule à pic dans une eau verte étincelante, des algues s'enroulent autour de ses jambes, l'entraînent vers le fond. Quand elle s'en libère, le corps d'une inconnue aux longs cheveux la frôle. La jeune femme veut hurler mais elle boit la tasse.

— Maman ! Maman !

Christopher pose une main sur son épaule et l'étreint. Elle plonge dans son odeur, mélange de cannelle et de poivre, qui l'aide à reprendre son souffle. Comme chaque fois.

— Tout avait l'air si vrai, Chris… Je ne sais pas pourquoi ce rêve revient toujours.

— Mais si, Becky, tu le sais, lui répond gentiment son mari. Le Dr Levinstein doit bien t'en parler, non ?

Becky n'aimait guère s'ouvrir à Chris des séances chez le psy. Après leur mariage, cinq ans plus tôt, il l'avait incitée à consulter, inquiet de ses cauchemars à répétition, de ses frayeurs nocturnes, de son mutisme parfois. Becky avait d'abord refusé d'aborder avec un inconnu ce qui s'était passé.

— Les psys, c'est une manie new-yorkaise. Chez nous, en Floride, on se soigne autrement. On va à la pêche.

Chris n'avait pas eu la cruauté de souligner que la mer avait causé son malheur.

Fille unique, Rebecca Allman avait perdu ses parents à dix-sept ans, dans le naufrage de leur bateau pris dans une tempête tropicale au large de St. Petersburg, « la ville du soleil » comme on l'appelle dans le golfe du Mexique. Ce dimanche-là, Becky aurait dû embarquer avec eux. Tous trois adoraient naviguer à la voile sur les eaux tièdes de la région, aux vagues bleu marine. Dans son sommeil, elle avait entendu ses parents murmurer.

« On la réveille ?

— Non, laisse-la se reposer. Et puis j'aime bien l'idée d'une sortie en amoureux. »

Les yeux mi-clos, Becky avait vu son père enlacer sa mère. Ces deux-là s'aimaient tant que c'en était parfois dégoûtant. Elle s'était rendormie en rêvant à sa future vie à l'université de Miami. Elle aurait pu prétendre à n'importe quelle faculté du pays, ses notes étaient excellentes, mais elle goûtait la Floride, cette chaleur amicale, la mer immense, ses habitants toujours prompts à danser pieds nus dans le sable.

On avait rapidement retrouvé le corps de son père. Celui de sa mère, trois jours après, ses longs cheveux blonds coincés sous un rocher. Octobre 1963. Un mois plus tard, le pays pleurait le Président le plus charismatique de son histoire et Rebecca avait quitté la Floride.

Elle soupire, se love contre Chris qui lui caresse le dos, les fesses. Elle embrasse son mari à l'haleine chaude, un peu forte, il caresse ses tétons, elle sent l'excitation monter. Chris lui fait toujours le même effet. Becky était vierge quand ils se sont rencontrés, non par choix – même si la pureté avant le mariage importait à ses parents – mais parce qu'elle n'avait pas trouvé un garçon digne d'un tel don. Becky murmure des mots tendres, prend son sexe et le guide en elle. Ils jouiront ensemble, lui d'un cri rauque, presque effrayant, elle en un long spasme. Et ils se rendormiront. Les dimanches matin servent à cela, non ?

— Tu sais ce dont j'ai envie ? lui demande Chris en jouant avec son épaisse chevelure.

— Laisse-moi récupérer, plaisante-t-elle. Tu es insatiable !

— Et toi, obsédée !... Si on allait voir ce film dont on parle tant ? *Little Big Man* avec Dustin Hoffman et Faye Dunaway. J'adore les westerns.

— D'après le *Post*, c'est plutôt un anti-western, un film sur la colonisation. Pas vraiment à la gloire du général Custer.

— Tant qu'il y a des Cheyennes et une belle bataille...

Et Chris de la chatouiller jusqu'à ce qu'elle accepte. Elle aurait préféré *Mash*, une comédie délirante, ou *Husbands*, le dernier Cassavetes, dont lui avaient parlé les filles du bureau. Mais on ne s'opposait pas à Christopher Ravoine, du moins pas longtemps. Avocat en droit de la famille et associé dans un cabinet prestigieux, il était considéré comme un as de la profession. Spécialisé en divorces, il décrochait les plus grosses pensions alimentaires de New York. Il facturait des milliers d'heures à des clients qui auraient payé le double pour profiter de ses services. Il en refusait sèchement certains, détestant les tricheurs et les manipulatrices. Un code moral plutôt rare dans le milieu, qui lui valait une réputation de psychorigide chez ses détracteurs.

Quand elle l'avait rencontré, Chris ne croyait plus à l'amour. Plus âgé de quinze ans, il multipliait les aventures. L'interminable divorce d'un père français et d'une mère américaine l'avait vacciné contre toute forme de contrat. Et le célibat avait du bon, les filles se l'arrachaient, enhardies par la révolution sexuelle, la pilule contraceptive et sa carte de visite.

Jusqu'à ce fameux soir, vers 19 heures, sur la Sixième Avenue, *midtown*. Elle sortait de la maison d'édition Simon & Schuster où elle travaillait comme assistante d'une éditrice assez rogue, qui la formait au métier. Une sorte d'ogresse embrumée de cigarettes et de scotchs, géniale à ses heures, mais aux coups de gueule dévastateurs. Becky aimait se plonger dans les manuscrits, mais hésitait à poursuivre dans cette voie. Elle aurait préféré se faire couper la langue plutôt que de l'avouer : elle se voyait bien à la maison, avec deux ou trois enfants. Position incongrue à New York à l'aube d'une décennie qui verrait enfin les femmes obtenir les mêmes conditions de travail et les mêmes salaires que les hommes. Comme ses amies, Becky s'était plongée dans *La Femme mystifiée* de Betty Friedan, qui analysait bien le « problème sans nom » auquel se confrontaient les Américaines dans leur pavillon de banlieue. Cumuler les fonctions de déesse domestique, mère dévouée et épouse fidèle : peu sortaient indemnes de cette triple injonction silencieuse. En jeune femme moderne, Becky refusait cette prison dorée autant que d'être traitée en objet. Mais elle rêvait de nourrissons joufflus, de maternité épanouie, voulait sentir la tête duveteuse d'un bébé contre elle, posséder ce trésor que sa mère avait connu. Elle en parlait souvent au Dr Levinstein, pour patienter peut-être. Chris préférait privilégier leur vie à deux et elle respectait ce désir légitime.

Le soir de leur rencontre, elle trottait sur l'avenue luisant d'un éclat métallique, pressée comme d'habitude, quand l'une de ses chaussures – des plates-formes à talons dignes de Woodstock achetées une petite fortune sur Lexington Avenue – s'était coincée dans la grille d'un arbre fatigué. Elle avait perçu un craquement sinistre au niveau de la cheville, suivi d'une douleur aiguë et d'une irrépressible nausée. Elle vomissait contre l'arbre quand on lui avait tendu un Kleenex.

— Mademoiselle, puis-je vous aider ?

L'homme qui avait ramassé son sac était vraiment beau. Une quarantaine d'années, des mèches grises piquées dans une chevelure de jais, un sourire à fossettes. D'autorité, il l'avait accompagnée en taxi à l'hôpital, attendue pendant qu'on plâtrait sa grosse entorse, puis raccompagnée au studio qu'elle partageait avec deux filles à l'ombre de l'Empire State Building. À sa grande surprise, Christopher Ravoine était revenu la voir avec des chocolats et une paire de baskets. Il avait même rapporté les chaussures aux talons criminels en exigeant leur remboursement sous la menace d'un procès ; l'avocat n'était jamais loin. Ils s'étaient découvert les mêmes goûts musicaux : les Beatles qui venaient de sortir *Abbey Road*, Joan Baez, Billie Holiday, John Coltrane, à la différence des New-Yorkais cools plutôt fans des Doors, des Grateful Dead ou des Stones. Ils aimaient aussi les séries télé comme le *Brady Bunch Show*, *Columbo*, les attractions fatiguées de Coney Island, sans oublier les représentations gratuites du festival en plein air Shakespeare in the Park. Beaucoup de points communs, malgré leur différence d'âge et de compte en banque. Charmé, il surgissait les bras chargés de sandwichs, salades et soupes en *doggy bags*, lui qui avait sa table au célèbre Twenty-One. Tous deux riaient de ce remake de *Fenêtre sur cour*, Becky coincée dans un fauteuil, le pied plâtré et un manuscrit sur les genoux, et lui en James Stewart, à la voix charmeuse et grave, s'amusant à observer l'intérieur des appartements d'en face. Pas de meurtre dans leur *love story*, mais une demande en mariage officielle dans le téléphérique rouge survolant l'East River vers la petite Roosevelt Island. Qui aurait cru que l'avocat cachait un cœur d'artichaut et s'amusait à jouer aux touristes ? Becky avait dit oui, les yeux brillants. Comme elle aurait aimé que ses parents soient là pour leur annoncer cette nouvelle !

Le Dakota, « ce château dans le ciel », l'avait impressionnée. Hérissé de flèches, de gargouilles, de tourelles, entouré de douves, l'immeuble lui évoquait le manoir de la famille Addams, et elle s'égarait dans ce dédale de halls, d'ascenseurs, de portes compliquées. C'était si loin de sa maison familiale, un cube en contreplaqué, au toit en bardeaux recouverts d'asphalte, posé sur une pelouse, avec trois chambres à l'étage. Provinciale dans l'âme, elle trouvait souvent New York sale, effrayant, maîtrisait mal la grammaire de la ville. Comment se comporter avec la myriade d'employés croisés tous les matins ? Combien d'étrennes distribuer en janvier ? Elle avait donc été heureuse de rencontrer Cherie, sa voisine à l'étage.

— Qu'est-ce que tu lui trouves ? s'était inquiété Chris, après qu'elle était passée « en coup de vent » apporter le dernier numéro de *Vogue* à Becky. On dirait un corbeau. Je ne la sens pas du tout.

— Tu exagères. Elle a l'air de s'ennuyer, c'est tout. Elle veut m'inviter à prendre un thé au Plaza… mais je crois qu'elle préférerait Miss Bacall !

— Eh bien, elle a tort ! Je maintiens que cette femme est bizarre. Et je m'y connais en clientes à moitié siphonnées !

Little Big Man, *nous voilà !* se dit-elle. Le manuscrit à lire attendrait, voilà tout.

Tyler. Appartement 45

10 heures. Aucun bruit dans l'appartement. Tyler Johnson tente sa chance, enlève la chaîne de sécurité : le voilà dehors, dans le couloir sombre. Il prend l'ascenseur, arrive au rez-de-chaussée et cherche José.

— Hé, bonhomme ! Que fais-tu là en pyjama ? demande un vieil homme à l'uniforme impeccable.

Trente-sept ans de service au Dakota : José se confond avec l'immeuble, on ne l'a jamais vu qu'en livrée verte, même pendant ses jours de congé. Il occupe un studio au dernier étage, deux chambres de bonnes réunies. Au lieu de profiter de sa retraite, il officie toujours le week-end comme concierge d'appoint et rend de multiples services aux résidents dont il connaît l'histoire en détail. José ou la mémoire vivante du Dakota. CBS l'a interviewé plusieurs fois, l'intronisant célébrité nationale.

Tyler glisse sa petite main dans la pogne calleuse de José.

— On fait les mots croisés.

— D'accord. Je vais chercher le *Post*.

C'est un jeu entre eux. José lit les définitions et Tyler cherche les mots du haut de ses sept ans. José l'aide un peu. Un bon duo.

— Je n'ai pas aperçu ta nounou mexicaine ce matin.

— Allegra n'a pas dû entendre son réveil. Elle va danser le samedi soir.

Elle l'avait prévenu : « Ne réveille pas tes parents, ils sont arrivés tard hier soir de l'aéroport. »

Ceux-ci habitaient dans les avions : Philip et Stella Johnson travaillaient sur la côte Ouest, à Hollywood. Qu'y faisaient-ils exactement ? « Grâce à nous, les films existent », répétait son père. Scénariste, producteur, agent ? Tyler n'avait pas vraiment compris. Le garçon avait habité Beverly Hills jusqu'à l'âge de six ans, dans une maison sur les collines avec une belle piscine, mais depuis deux ans la famille s'était installée à New York. Enfin, plus exactement, lui, Tyler Johnson, vivait à Manhattan sous la garde d'employées qui changeaient tous les mois et dont les prénoms débutaient tous par la lettre A : Alba, Alyandra, Aimara, c'était drôle. Le couple Johnson effectuait la navette chaque week-end avec le *Red-eye*, dernier avion du soir sur la côte Ouest, pour retrouver leur fils le lendemain à l'aube, fourbus.

— Pourquoi je ne reste pas avec vous ? avait-il demandé à l'annonce du déménagement à New York.

— Compliqué, avait décrété sa mère d'une voix lasse. Nous allons monter un film très cher, on travaillera beaucoup. Et il faut que tu ailles à l'école à New York, comme nous.

— À New York, avait ajouté son père, tu as ta grand-mère, Granny Daisy. Et bientôt de nouveaux copains. Important, les copains ! Et nous serons souvent là, alors ne fais pas le bébé.

À sept ans, quitter la villa californienne sans ses parents pour une ville inconnue avait de quoi l'effrayer. Et la mention de cette grand-mère juste entrevue ne l'avait pas rassuré. Il se souvenait à peine d'une dame aux cheveux bleutés qui l'embrassait d'une bouche humide et n'arrêtait pas de se plaindre du climat de Los Angeles. Comme si celui de New York, avec ses hivers glacés et sa fournaise estivale, valait mieux ! Mais Tyler s'était tu ; c'était un enfant timide, presque effacé. Petit, frêle, blond, les joues tachées de son, il n'aimait ni le sport ni la compagnie des autres garçons, au désespoir de son père, ancien athlète universitaire, qui le vouait au base-ball, au foot, au hockey.

— Tu en fais une chochotte, reprochait-il à sa femme dont la grossesse, à vingt-trois ans, n'avait pas été une bonne surprise. Je ne veux pas qu'on se moque de lui, de ses lunettes. Il doit devenir un vrai petit mec !

L'ambition et un emploi du temps démentiel laissaient peu de place à un gosse. Leurs agendas hollywoodiens se découpaient en tranches d'un quart d'heure, de l'aube au soir. Leurs secrétaires cerclaient de rouge les retrouvailles familiales sur un grand calendrier accroché dans la maison de Beverly Hills et au Dakota.

— Alors emmène-le au Yankee Stadium ! avait explosé Stella. Pour en faire un homme comme toi, un vrai !

Les portes claquaient souvent chez les Johnson.

Voilà pourquoi le gamin préférait sans conteste la compagnie de José, qui au moins n'exigeait rien de lui.

— Tu as faim, fiston ?

— Non merci, répond-il d'une curieuse petite voix éraillée au débit rapide. J'ai grignoté là-haut.

Tyler mangeait peu, d'où sa maigreur qui faisait presque injure à son père.

José s'inquiète de l'isolement de Tyler. Jamais personne pour lui à l'accueil, ni copain, ni famille…

— Les Américains sont si déroutants, pense-t-il tout haut. Quarante ans que je vis à New York et je ne pige toujours pas ses habitants.

Lui avait grandi dans une ferme misérable de Porto Rico, près de Ponce. Là-bas, c'était le village entier qui s'occupait des enfants.

Il caresse l'épaule de Tyler en hochant la tête.

— J'ai porté la valise de ta mère. Sacrément lourde, dis donc ! Qu'as-tu prévu avec tes parents pour ce dimanche ?

— Je ne sais pas. Peut-être une balade au parc.

Son père s'obstinait à l'entraîner au lancer de balles, Tyler les ratait toutes et Philip Johnson s'énervait… Il avait fréquenté la très exigeante Phillips Academy près de Boston, comme Bogart, et avait inscrit Tyler dans un prestigieux établissement où l'élite de la ville plaçait ses rejetons depuis 1922. Professeurs émérites, ambiance de travail chaleureuse, sorties fréquentes au Metropolitan Museum ou dans les théâtres des environs. Mais depuis « l'incident », aller à l'école relevait du cauchemar pour Tyler. Il n'avait rien dit à personne, pas même à José.

Pourtant il se sentait en sécurité avec lui. Au Dakota, tout le monde respectait le concierge.

— Dans un quart d'heure, c'est ma pause. On ira faire un tour.

— OK.

— Ah, regarde ! dit José. C'est Mme Fredericks. Que va-t-elle encore nous sortir ?

Une vieille dame s'extirpe de l'ascenseur avec l'aide du liftier. Vêtue impeccablement d'une blouse violette et d'une veste très chic, la vieille dame est nue à partir de la taille, d'où partent deux jambes maigres chaussées de pantoufles.

— Nom de Dieu… C'est pas vrai !

José fonce vers Mme Fredericks, jette son imperméable sur ses épaules pour tenter de la cacher aux regards ébahis du liftier et de Tyler.

— Je vous raccompagne chez vous, Madame. Il faut compléter votre tenue, je crois.

Un quart d'heure plus tard, José sermonne le jeune liftier.

— Et vous n'avez rien vu ? Vous l'auriez laissée se promener sur la 72e Rue dans cet état ?

— Je n'ai rien osé lui dire, répond benoîtement le garçon. Je ne suis là que depuis une semaine.

— Le Dakota est un paquebot. Notre rôle : lui permettre de naviguer par tous les temps. Le vôtre ne se limite pas à appuyer sur un bouton mais à veiller au confort et au bien-être de tous les Dakotiens.

Tyler rit nerveusement, la mémé sans culotte l'a choqué.

— Et ça lui arrive souvent ? demande-t-il à José.

— Elle a toujours été spéciale. Mais là, elle perd un peu la tête. Enfin, rien à voir avec Miss Leo… Je t'ai parlé de Miss Leo ?

Tyler fait non de la tête.

— Elle était déjà très vieille quand j'ai commencé. Elle est morte à cent un ans, tu te rends compte ! Elle se nourrissait de bananes, de toasts et de thé, et enfilait des sacs en plastique sur ses mains, comme des gants, pour ne pas être contaminée par la saleté de New York, comme elle disait. Elle n'ouvrait à personne. Quand on est entrés chez elle, on a trouvé une collection d'armures et des fusils datant de la guerre de Sécession. En plein Manhattan…

José arrête son récit, mais les pompiers n'étaient pas encore au bout de leurs surprises. Dans l'appartement de Miss Leo, des escadrons de mouches voletaient dans l'air confiné et pestilentiel, mais ce n'était pas en son honneur, si l'on ose dire. La vieille dame, encore assez fraîche, était étendue auprès du cadavre de son frère chéri, mort un mois plus tôt, dans un état plus lamentable. Les fluides corporels avaient coulé à travers le plancher jusque chez le voisin du dessous, parti en vacances. On avait dû appeler des nettoyeurs spécialisés. Des trucs que l'on ne raconte pas à un gosse de sept ans aussi émotif que Tyler.

— Bon, j'en ai assez, reprend José. On va se promener ?

Le job de José et des quatre autres concierges, portoricains comme lui, était stressant. Recevoir les visiteurs debout, sept heures par jour, appeler taxis et baby-sitters, monter paquets et journaux dans les étages, réserver une table, au besoin déneiger et jeter du gros sel devant l'immeuble, mais aussi veiller personnellement sur chaque résident.

— Ce qu'ils veulent, ils l'obtiennent, martelait John, le superviseur, à son équipe. Votre job : leur faciliter la vie, dans tous les domaines. C'est bien compris ?

José avait ainsi organisé des anniversaires surprise et des week-ends, même des vacances, pour des familles entières, remplacé une baby-sitter introuvable un 31 décembre, séché les larmes d'épouses trompées, calmé des maris cocus, accompagné une femme à la maternité que les taxis refusaient de transporter de crainte qu'elle n'accouche sur la banquette arrière. Malgré ces défis, il appréciait son job, l'ambiance qui régnait dans cette communauté chic où tout le monde se connaissait.

Tyler emboîte le pas à José pour rejoindre son studio. Ce dernier pourrait circuler les yeux fermés dans ce labyrinthe de corridors qui déroute les néophytes.

— Tu sais, petit, avant, au premier étage, derrière ces doubles portes en bois, il y avait une salle à manger pour les résidents qui ne voulaient pas dîner dans leurs appartements.

— Une cantine, comme en colonie ?

— Oui, fiston, c'est un peu ça, une cantine pour riches, s'amuse José, avant de se caler devant le Dick Van Dyke Show, une sitcom en noir et blanc avec la pétillante Mary Tyler Moore – Tyler et lui adorent cette actrice et ses facéties.

On n'entend bientôt plus que les rires préenregistrés et les craquements de chips sous les mâchoires de José.

— On est bien, gamin ! se rengorge-t-il en tapotant le bras de son fauteuil.

Et c'était vrai, ils se sentaient tous deux en sécurité dans le ventre du Dakota.

Andrew. Appartement 51

— Hey, baby… J'ai mal au crâne…

Andrew Binx peine à articuler, comme si on lui avait enfoncé un hamster dans la bouche. Il regarde la fille couchée à côté de lui, très vague souvenir de la soirée d'hier. Un toupet de cheveux roux, une ancre tatouée au poignet… Comment s'appelle-t-elle, déjà ?

— Allez, baby, réveille-toi.

Andrew appelle toutes les filles « baby », c'est plus simple. Celle-ci s'agite un peu, maugrée. Elle n'a pas l'air fraîche non plus. Hier soir, on fêtait le retour de Sinatra à New York et les habitués étaient là, les stars du Rat Pack, Dean Martin et Sammy Davis Junior, les potes, mais aussi des inconnus, l'habituelle faune interlope décidée à s'amuser. Andrew avait bu plus que d'habitude. Ces jours-ci, il préférait la vodka au Jack Daniel's et ne refusait pas la cocaïne servie dans de grands saladiers. Rentré chez lui avec l'inconnue, il avait gobé les antidouleurs opiacés qui le faisaient dormir. Cela n'avait pas dû être la corrida sous les draps. Il s'en moquait : parfois seuls comptaient une présence, un corps tiède contre le sien.

La créature ouvre un œil, s'étire et se précipite aux toilettes. La trombe de la chasse d'eau exaspère Andrew.

— Tu prépares un café, mon chou ? susurre-t-elle d'une voix pâteuse. Je suis *down*. Tu as du *speed* ?

Ni belle, ni jolie, ni rien. Comment a-t-il pu ignorer le tableau, hier soir, sur le canapé d'un immense duplex sur la Cinquième ?

— C'est un chouette endroit que tu as là... Vraiment un chouette endroit.

— Tu ne peux pas rester, grogne-t-il. J'ai des trucs à faire.

Pour toute réponse, la fille au teint verdâtre gémit sur le tapis acheté à Istanbul.

— Ah non, pas ça !

La voilà partie dans une série de hoquets menaçants.

— Habille-toi, lance-t-il. Je te paie le taxi. Va te reposer, tu as l'air d'en avoir besoin.

— Sale macho ! hurle la fille dont le mascara coule sur les joues. Tu me fais picoler, tu me ramènes chez toi et quand tu en as marre, tu me balances ! Tu te prends pour qui ?

Andrew se souvient vaguement qu'elle n'a eu besoin de personne pour se rincer au champagne et se gaver de coke.

Elle s'approche comme pour le frapper : il la jetterait bien sur le palier en petite culotte, mais son statut de président des copropriétaires de l'immeuble lui interdit ce plaisir. L'inconnue – qui le restera – disparaît.

Andrew s'étend face au ciel de Manhattan. Pas un nuage. Le temps a dû fraîchir. Il apprécie les saisons tranchées. Il n'aurait pas pu vivre en Floride où il fait chaud toute l'année. Ni à Los Angeles, cette ville sans âme, cancérisée par sa périphérie avec ses métastases de bicoques identiques. Il aimait l'été brûlant de New York, l'hiver glacial et sa neige qui lui rappelaient le pays quitté tragiquement dans sa jeunesse – parfois, il lui semblait que c'était hier. Il lisse ses épais cheveux châtains qu'il porte presque longs, avec des pattes sur les joues, comme le veut la mode. Chez WinStewart, l'agence qu'il a fondée, les filles le comparent à un lion avec ses yeux verts pailletés de jaune et son charme de fauve, elles arrangent leurs chevelures brillantes quand elles le croisent dans les couloirs. Il n'est jamais sorti avec l'une d'entre elles. À quarante-cinq ans, Andrew cloisonne sa vie. Le jour, il travaille comme un fou dans ses costumes à mille dollars de chez Savile Row et ses chaussures anglaises sur mesure. La nuit, il enfile son blouson d'aviateur, patrouille dans les boîtes chic, écume les bars louches. New York n'a jamais compté autant de lieux de plaisir. Comme beaucoup, il carbure à la coke, à l'Angel Dust, au speed, mélange l'alcool aux médicaments, rentre avec une fille, ou deux.

C'est le Rat Pack qui lui avait refilé le virus de la nuit. Il avait rencontré Sinatra en 1962 lors d'une soirée événementielle à l'hôtel Waldorf Astoria. Éméché mais toujours cool, le chanteur lui avait demandé de sa voix de velours s'il voulait bien l'aider à chercher ses clefs. Andrew s'était retrouvé à minuit à quatre pattes dans la salle de bal du Waldorf et les avait retrouvées, ces satanées clefs ! Le crooner avait apprécié son aide et l'avait invité à venir le voir à Atlantic City. Petit à petit, le publicitaire avait intégré le plus fermé des clubs d'amuseurs en smoking. Il adorait assister aux concerts des copains, à Las Vegas ou ailleurs. Quand l'un jouait, le reste du groupe pouvait débarquer sur scène à tout moment et improviser. À l'entrée des salles, l'affiche annonçait Dean Martin et, en dessous, « avec peut-être Frank ». Sinatra déclenchait une hystérie considérable, certaines n'hésitaient pas à passer la nuit dehors pour apercevoir le chanteur aux airs canailles. Avec « *The Voice* », la soirée se passait à boire et à rigoler, on ne refusait rien à Sinatra si on voulait le revoir. Cigarettes, whiskies et petites nanas. Andrew se moquait des rumeurs qui couraient sur le crooner.

Aujourd'hui, le Rat Pack était dissous et Andrew regrettait les mélodies de l'âge d'or. La veille, ses tympans avaient souffert sur les *breaks* de batterie de Led Zeppelin, ce groupe que tous les gosses idolâtraient. Rendez-nous *My Way*, la plus lyrique des reprises de Frankie ! Sinatra lui avait dédicacé la pochette du disque après une nuit au lit avec la même fille, une Californienne plutôt chaude. Quand le reverrait-il ? Andrew l'ignorait et cela faisait aussi le charme de ces soirées. Sinatra envoyait une limousine vers 21 heures et on ne savait jamais quand la *party* finirait. Si l'artiste évoquait parfois ses prochains adieux, ses copains n'y croyaient pas. La scène lui manquerait trop. C'était sa drogue.

Andrew avait bien tenté de l'enrôler dans l'une de ses publicités. Il avait été l'un des premiers à utiliser des célébrités, souvent à contre-emploi. Dans les années soixante, il avait su convaincre Mick Jagger, Andy Warhol et plusieurs stars du base-ball de vanter certaines marques. « *The Voice* » pour Jack Daniel's, Pall Mall ou Polaroid, cela aurait eu de la gueule ! Trop prise par ses concerts, la star avait refusé. Mais, à la même époque, il avait recruté Veruschka, le mannequin nu et peint de *Blow Up*, et l'icône Twiggy, qui avait eu droit à sa poupée Barbie en 1967. Les deux campagnes avaient cartonné. La fameuse *golden touch* d'Andrew. Il savait mieux que personne traduire les envies des clients, inspirer les créatifs, allumer les désirs des consommateurs. Simple rédacteur sur Madison Avenue en 1952, autodidacte mais fort d'une idée par minute, il était doué d'un instinct qui le branchait sur le pouls de l'homme de la rue, lui faisait deviner ses attentes. À vingt-six ans, il comptait parmi les *art directors* les mieux payés d'Amérique, autant dire du monde. Si certains s'en offusquaient, personne n'osait le lui dire en face.

Le téléphone sonne et le timbre de son associé et photographe, Mark Crawford, retentit dans le combiné.

— Bonjour à toi, ami !

— Je ne suis pas sourd, aboie Andrew.

Ensemble, ils conçoivent les fameuses couvertures du magazine destiné au mâle américain testostéroné. Sonny Liston, champion du monde poids lourds, déguisé en Père Noël noir, c'étaient eux ; Nixon maquillé en cadavre ; Andy Warhol se noyant dans une boîte de soupe Campbell, encore eux ; Mohamed Ali en saint Sébastien criblé de flèches, toujours eux. On parlait de leurs couvertures iconoclastes dans tout le pays.

— J'ai une bonne nouvelle, frérot.

— Ah oui ? répond mollement Andrew, à qui cela faisait toujours un effet bizarre de s'entendre appeler *frérot*. Je crains le pire.

Natif du Colorado, amateur de grands espaces et maniaque du sport, Mark allait sans doute l'attirer sur son terrain favori, le golf. Plus ennuyeux que la petite balle, Andrew ne voyait pas.

— On a le prix Cosmos pour la couverture de Dustin Hoffman.

— C'est formidable, répond-il d'une voix plate.

Andrew avait eu l'idée – géniale pour certains – de photographier l'acteur de *Little Big Man*, d'assez petite taille, en le faisant paraître aussi grand que l'immeuble Chrysler sur la 42e Rue, afin d'illustrer son nouveau statut de superstar. À l'aube des années soixante-dix, les deux amis avaient compris qu'il ne suffisait plus de placarder la photo d'une célébrité en couverture pour faire vendre un magazine ou un produit. Il fallait surprendre, bousculer, même inquiéter le consommateur assoiffé d'images, de logos, de couleurs et de formes.

— Tu m'as l'air dans ton assiette ce matin ! se moque Mark. Je ne te demande pas comment s'est passée ta soirée…

— C'est bien, pour le Cosmos, reprend Andrew. Mais là, je suis un peu dans le cirage.

— La vodka et les filles te perdront. Si tu venais déjeuner à Larchmont ?

Mark avait déménagé douze fois en dix années new-yorkaises, montant vers le nord à mesure qu'il grimpait les échelons de la célébrité. Puis, lassé de la foule, il avait acquis un *cottage* victorien et déménagé avec sa femme et leurs jumeaux de cinq ans dans ce village chic et côtier de Long Island, à trente kilomètres de Manhattan.

— Trop de boulot. C'est bien demain qu'on voit les clients Burlington ?

Andrew avait posé ses cartons au Dakota après des campagnes particulièrement lucratives et un bonus de fin d'année presque indécent. Il souscrivait totalement à l'adage des résidents : « Il y a New York… et il y a le Dakota. » Dans cette cité si mouvante, l'immeuble formait une communauté soudée. Les New-Yorkais qui y avaient vécu enfants y revenaient souvent adultes – à condition d'en avoir les moyens. Ce lieu intemporel rassurait Andrew, l'ancrait dans un clan, lui offrait un substitut à la famille qu'il n'avait pas.

— Après-demain, répond Mark, imperturbable.

— Je suis sûr d'avoir noté un rendez-vous avec le boss de Géant Vert.

— Oui, en fin de semaine. Allez, bouge-toi. Mary t'attend avec un poulet au citron et un *cheese cake* à la myrtille.

— Génial. Mais je dois taper un rapport pour les copropriétaires de l'immeuble. C'est urgent.

— Je n'ai jamais compris pourquoi tu t'es mis cette corvée sur le dos.

C'est avec fierté qu'Andrew Binx avait accepté de présider le *board*. Depuis que les propriétaires avaient acheté l'immeuble en 1961, l'assemblée avait la lourde tâche de sélectionner les acquéreurs potentiels. Andrew passait des dimanches à vérifier la solvabilité des candidats et à recevoir des quidams prêts à tout pour mettre un pied au Dakota. La copropriété régnait en maîtresse des lieux. Peu osaient s'en plaindre, encore moins attenter un procès en cas de refus. En butte à un voisinage souvent frileux, Andrew tentait d'entrouvrir les lieux à la nouveauté, mais son pouvoir était limité. Il préférait faire visiter les recoins de ce monument historique aux chanceux qui avaient réussi leur examen d'entrée, puis surveiller les travaux (dûment autorisés puis validés). Un moment tenté par des études d'architecture, avant de céder aux sirènes de la pub, il se plaisait à conseiller les nouveaux arrivants, à discuter avec les artisans. Et faisait une affaire personnelle de la bonne conservation des boiseries originales, des cheminées en marbre ou des moulures au plafond. Malgré l'ironie de Mark...

— Tu préfères ton petit casque d'inspecteur aux mélèzes de Larchmont ?

— On se voit demain. Rappelle-moi notre rendez-vous du matin.

— Tu devrais t'en souvenir : la Braniff, ses avions et ses hôtesses de l'air plantureuses.

Andrew raccroche sans un mot. Il lui faut un joint, cet allié délicieux pour affronter la journée et le vide qui l'habite après ce genre de soirée. Il allume un *stick*. Oubliées la fille, la migraine, la nausée. Il ferme les yeux et ses pensées se dissolvent dans le matin immaculé.

1973

Assemblée de copropriétaires

Sur la table de la salle blanche du deuxième étage, à côté d'une batterie de thermos de café, Becky a posé les donuts de chez Zabar's, la belle épicerie du West Side. Une certaine nervosité flotte dans l'air. Les propriétaires ont tous reçu une convocation dans une enveloppe crème.

— Tu connais l'ordre du jour ? redemande Nathan à sa femme.

— Pas du tout, mais Andrew va nous expliquer.

Peu à peu la salle s'emplit, certains ôtent leurs énormes parkas – il fait moins 5 °C à New York et le vent glacial sifflant dans les avenues semble une punition de plus. Dans la pièce, on s'interpelle, on discute.

— Très bien, nous voilà tous réunis, je crois, dit Andrew. Je vais donc commencer. Je vous ai rassemblés pour étudier un dossier un peu particulier. J'ai reçu hier un appel d'une personne que vous connaissez tous. John Lennon, le chanteur.

— Waouh ! s'exclame Judith. S'il veut donner un concert dans la cour, je vote pour !

— M. Lennon souhaite acheter un appartement où il a déjà séjourné, le 72, celui de Robert Ryan, l'acteur de *La Horde sauvage*, comme vous le savez. Il craint les cambriolages, de plus en plus nombreux au Village. Notre immeuble victorien lui rappelle un peu son Liverpool natal…

Lennon lui avait dit s'être pris de passion pour le Dakota, ce bloc de granit au toit en cuivre, avec sa vue panoramique. La grille fermée la nuit et surveillée le jour, l'ambiance légèrement bohème, la présence d'acteurs, de réalisateurs, d'intellectuels le rassuraient.

— Impossible. Qu'il reparte à Liverpool !

— Ça va être Woodstock du matin au soir !

— Et la drogue !

— Sans compter les fans !

— Pas tous en même temps, je vous en prie.

Le sang pulse déjà à ses tempes.

— Madame Bicker, qu'en pensez-vous ? demande-t-il à une vieille dame assise à côté d'Abigail, la Reine des glaces comme il l'appelle – jolie mais froide comme un iceberg.

— Ce serait une catastrophe, répond cette femme discrète. Je ne veux pas d'un hippie sur le retour chez moi. Et il n'est même pas américain !

— Pensez aux allées et venues, aux fréquentations douteuses, renchérit son mari. Le haschich en libre-service dans nos couloirs !

Andrew refrène un sourire. En 1973, cela faisait belle lurette que l'héroïne, le LSD, l'éther et la mescaline circulaient dans le West Side de Manhattan, mais, reclus dans leur cocon gothique, les Dakotiens n'avaient rien vu venir.

— Et vous, Nathan, votre avis ?

— J'aime beaucoup son dernier album, *Sometime in New York City*.

— Celui où Nixon danse avec Mao ? rétorque Abigail. Soyons clairs, ce type est un gauchiste ! Lennon et sa jap sont surveillés par le FBI.

— Lennon obtiendra sûrement la nationalité américaine un jour, rétorque Nigel. Et il a raison de dénoncer cette sale guerre. Le bombardement de Haïphong, ça vous dit quelque chose ?

— Moi, je préfère *Imagine*, lance Judith, surexcitée. C'est ce qu'il a fait de mieux depuis les Beatles.

— Tout à fait d'accord, confirme Cherie, les yeux pleins d'étoiles.

— Nous avons déjà Mme Bacall et le danseur russe, objecte Abigail. Pas besoin d'un chevelu qui affole les minettes.

— Yoko Ono viendra aussi ? demande Becky. Quelle artiste et femme admirable !

— Nous serons encore mieux protégés, poursuit Becky. Et Yoko réalisera peut-être une sculpture pour la cour…

— Des rouleaux de papier comme à Trafalgar Square…, ricane Abigail. Ou un moulage de fessier… Formidable pour notre image !

Hilarité générale. Andrew en profite pour reprendre la main.

— Nous voterons à la fin du mois. Je vous rappelle que nous avons un règlement, M. Lennon devra s'y conformer. Le *board* peut exiger le départ de copropriétaires récalcitrants. Le sujet est clos. Je dois vous parler d'autre chose.

Des résidents se rassoient en maugréant, impatients de quitter le local surchauffé et cette pénible réunion.

— Vous connaissez tous Shawn, qui travaille ici depuis trois ans.

— Qui ? l'interrompt Abigail d'un air perplexe.

— Shawn Pepperdine… Le jeune garçon noir, le neveu d'Eddy Gonzalez. Il a débuté aux poubelles avant de passer au courrier. Il est aussi très doué pour les réparations.

La plupart acquiescent. Certaines ont remarqué sa beauté. Il faudrait être aveugle.

— Shawn a grandi à Harlem. Il veut s'en sortir. Personne n'a à se plaindre de lui depuis son arrivée…

Christopher regarde ostensiblement sa grosse montre en or, une monstruosité kitsch qui semble peser bien lourd.

— Et alors ? le coupe Cherie.

— Je compte lui proposer un poste de portier. Daniel part à la retraite après dix-sept ans et…

Un tumulte interrompt Andrew. Christopher fait mine de se lever, Becky tente de le retenir. Nathan et sa femme se regardent, sidérés.

— Un portier noir au Dakota ? s'étrangle Abigail.

— Évidemment, il n'est pas diplômé de Harvard…, ironise Andrew. Et il habite plus loin que la 125e Rue, un quartier dont vous avez peut-être entendu parler. Mais il est très travailleur, il soutient sa famille, même si tout le monde bosse chez lui.

— Je crois qu'il a deux jobs, précise Nigel. Eddy Gonzalez m'en a parlé.

Tous fixent le professeur de Columbia qui pique un fard.

— J'ignorais une telle intimité, persifle Christopher d'un ton salace, assez fort pour que tout le monde entende.

— Il n'y a jamais eu de portier noir ici, reprend Abigail. Pas plus dans les immeubles voisins, le San Remo, le Majestic ou le Langham, en face.

— Justement, dit Judith. On pourrait donner l'exemple.

— Vous voulez le Black Power ? tonne Christopher. Ça commence par les types qui dansent sous nos fenêtres et ça finit en grèves fomentées par les Black Panthers…

— Ridicule, lance Nathan. Les Black Panthers sont *out*. Et Shawn n'est pas politisé, c'est juste un môme qui veut travailler.

— Merci, Nathan, sourit Andrew. C'est vrai, Shawn fait plus que son âge, mais c'est un gamin. Donnons-lui sa chance.

— Vous pensez devoir lui tendre la main, plaide Mme Bicker, mais les Noirs vivent dans leur monde. Se mélanger n'apporte jamais rien de bon, croyez-moi.

— Ça suffit ! explose Nigel, qui se redresse en renversant sa chaise, surpris par sa propre colère. On se croirait en 1958, avant les droits civiques. Depuis quand New York est-il une ville ségrégationniste ? Vous devriez avoir honte.

— Sait-on seulement si ce jeune homme n'a pas de casier judiciaire ? interroge M. Bicker.

— Vous pensez bien qu'on a vérifié avant de l'engager, soupire Andrew, soudain épuisé.

Il est 11 heures du matin mais il a sacrément besoin d'un verre dans cette salle qui bruit de rumeurs.

— Moi, les blacks me font peur…, déclare une femme sèche et banale. Un jour, il y en a un qui m'a suivie, j'ai paniqué et je me suis mise à courir.

— Et alors ?

— Eh bien, c'était Bill Cosby, l'humoriste.

Beaucoup rient à gorge déployée : Cosby le millionnaire restait la personnalité noire la plus influente du pays.

Andrew, lui, sent une vague de colère l'engloutir.

— Tous ne sont pas comédiens ou délinquants…

— Ou encore musiciens, rigole quelqu'un.

— C'est vrai, certains sont très forts en course à pied !

Qu'on les appelle « négros », Noirs ou blacks, la discrimination opérait toujours aux États-Unis. Quand Andrew sortait avec Beverly, un mannequin aux airs de reine de Saba, première femme noire en couverture de *Vogue*, certains restaurants chic leur réservaient un accueil glacial. Cette peur de la différence le sidérait. Dans un bar du Texas, peut-être, mais à New York, cité cosmopolite par excellence ?

Il reprend son souffle et assène :

— Le Dakota s'honore de la présence de Roberta Flack dans ses murs. Il y aurait donc de bons et de mauvais Noirs, les riches et les pauvres ? Je me porte personnellement garant de Shawn. Votons. Mais si vous refusez aujourd'hui la présence de celui que vous côtoyez sans problème depuis trois ans, j'y verrai un désaveu. Et je démissionnerai à la minute.

— C'est du chantage, observe Abigail.

— Non, répond Nathan, c'est le XXIe siècle qui entre dans l'immeuble. Il est grand temps.

Les résidents se regardent, gênés ou furieux.

— Qui vote pour que Shawn soit notre nouveau portier ?

Après un silence pesant, Nigel lève la main, puis Judith et Nathan. Peu à peu, presque tous font de même, plus ou moins convaincus. Ils tiennent à Andrew et n'entendent pas confier leurs intérêts à un novice.

— Parfait, conclut Andrew.

Nigel le félicite, Christopher et Steve le fusillent du regard. Il a soif, chaud, mais il exulte. Il a gagné. Ce Shawn sera-t-il à la hauteur de l'enjeu ?

Vestiaire du personnel

— Alors, tu l'as sautée ?

J'ai la tête dans mon casier, mais pas besoin de la relever pour savoir qui m'interpelle. Juan, le gardien. Il a fini sa journée et vient se changer, alors que je commence la mienne.

— Secret d'État, camarade.

— Ah ! Ah ! Je t'ai apporté un café. Bien noir, évidemment !

— Tu crois vraiment qu'une fille aurait envie de toucher des cheveux couleur de goudron et une peau d'aubergine ?

Là encore, pas besoin de se retourner. Le gros liftier polack, Jerzy, empeste l'eau de toilette bon marché. Depuis mon arrivée, il me cherche. J'ai une furieuse envie de lui faire ravaler son insulte. Si je ne lui ai pas encore réglé son compte, c'est par respect pour l'ordre exprès d'Oncle Eddy. Voilà une chose que j'ai apprise ici. À Harlem, se battre est un titre de gloire dès l'âge de huit ans, on y est encouragé par les pères et parfois la rue entière. Dans les beaux quartiers, on règle les problèmes autrement. Par le mépris, l'esquive, la feinte.

— En tout cas, plus qu'un morceau de saindoux comme toi, rétorque Juan.

Le liftier approche le quintal, cent kilos de haine quand il me croise. J'essaie de rester calme, je respire par le ventre, lentement. Ce n'est ni la première ni la dernière fois que je supporterai un raciste. La ville en est pleine, à commencer par les flics qui vous ont à l'œil et vous embarquent pour un oui ou pour un non. Mais ces types de l'Est remportent la palme. Avec son pote Piotr, un gars aussi maigre que lui est gros, qui bosse ici le week-end, ils murmurent derrière mon dos. Je ne bronche pas. J'attends mon heure.

Ma nomination comme portier les a sidérés. Leur tête de trente pieds de long m'a fait autant plaisir que ce job auquel, franchement, je ne m'attendais pas. Pourquoi m'ont-ils choisi ? Peut-être pour ma carrure qui dissuade les importuns. Je crois que ce type, Andrew, le directeur du *board*, a eu envie de secouer le cocotier. « J'ai confiance en toi, m'a-t-il assuré en me proposant le poste. Tu vas y arriver. Mais attention, au moindre faux pas, certains ne te louperont pas. » Puis il s'est éloigné après m'avoir serré l'avant-bras. C'était la première fois qu'un Blanc me touchait avec sympathie. J'ai souri et j'ai regardé ses chaussures de luxe et ses chaussettes. Rouges. Inédit, ça aussi.

J'ai accepté, pour la paye bien sûr : soixante dollars la semaine, dans ma situation, cela ne se refuse pas. À vingt et un ans, j'espérais un avenir meilleur pour moi et mes sœurs. Ma mère achète de la nourriture à crédit dès le 20 du mois et je dois insister pour que le proprio italien répare l'évier, change l'ampoule, répare le chauffage qui marche un jour sur deux, car il laisse pourrir son immeuble. Oncle Eddy a admis que je pouvais rentrer à la maison sans risque. L'assassin devait se planquer quelque part en attendant de se faire oublier. Moi, je n'oublierai pas, mais j'essaie de ne plus penser à la tragédie, en tout cas le moins possible, même si je continue à marcher vite, à regarder derrière moi, à guetter le moindre bruit, toujours sur mes gardes. À Harlem, cela peut sauver la vie…

Obtenir un poste ici est une chance, celle d'échapper à la violence, mais aussi une possibilité de faire quelque chose de ma vie, d'apprendre et de rencontrer des New-Yorkais dont je ne soupçonnais même pas l'existence. Et puis, je suis le premier portier noir du Dakota : sacrée fierté d'avoir fait plier une institution aussi conservatrice ! Je n'attends pas de médaille, mais je me couche avec le sentiment d'avoir travaillé pour que chaque jeune né comme moi du mauvais côté de la ville puisse un jour saisir l'aide qu'on lui offre.

Je me tourne vers Juan qui vide son gobelet fumant.

— Je suis sorti avec une fille, si tu veux vraiment savoir.

— J'en étais sûr. Tu es un animal, un lion en liberté dans sa savane.

Il roule des yeux dans une grimace ridicule, digne des films où les Blancs se déguisent en Noirs, mais venant de lui, ça ne me dérange pas, c'est même plutôt marrant.

— Raconte-moi tout, frangin.

— Elle avait la peau couleur de biscuit au gingembre… Très appétissant…

— Donc, tu l'as sautée ?

— L'histoire s'arrête là. Trouve-toi une copine au lieu de fantasmer sur les miennes.

En vérité, je n'avais personne depuis Sadie, la sœur de Sly. Nous avions essayé un temps de mélanger nos chagrins, mais c'était trop douloureux. Si j'avais touché les seins d'une petite voisine pour la première fois à dix ans, il m'avait fallu attendre seize ans pour tomber amoureux : une Mylandra, une grande tige très mince qui m'avait brisé le cœur en me plaquant. Après, les dragues s'étaient succédé. J'avais fait l'amour dans des sous-sols, des ruines d'immeubles, des chambres louées à l'heure. Souvent avec des professionnelles en jupe fluo et coupe afro. J'en connaissais certaines depuis l'enfance : dans mon quartier, les prostituées affichaient parfois quarante ans d'expérience. Ma mère les traitait comme la lie de l'humanité et leur promettait l'enfer, mais je m'étais souvent réfugié chez elles quand mon beau-père brandissait son ceinturon.

— Si on sortait ce soir ? me demande Juan, excité comme un chiot. Je te présenterai des filles *calientes*, *amigo* !

— Impossible. J'ai entraînement de boxe.

— Vis un peu ! On est à Manhattan, à une époque où tout le monde a envie de s'éclater. La ville déborde de désir et de sexe. Tu ne le sens pas ? J'ai entendu parler d'une boîte portoricaine sensass, dans Chelsea.

— Une autre fois. Je ne danse pas et je n'ai aucun sens du rythme. Contrairement aux clichés sur les Noirs.

J'ajuste mon uniforme. C'est peut-être la partie qui me plaît le moins : cette liquette blanche à col boutonné me scie le cou et le pantalon à passepoil découvre mes mollets. Quant aux épaulettes à ruban, disons que ce n'est pas mon genre. Il fait froid à la porte, même dans le hall. Six heures à accueillir les résidents, à vérifier l'identité des invités, à faire patienter coursiers, médecins, profs, architectes d'intérieur et autres coiffeurs, avant qu'on m'autorise à les faire monter. Comme José, le vieux concierge, on me charge parfois de garer les voitures, de m'occuper des enfants ou des plantes. Au début, il m'aurait fallu un plan pour m'orienter. Imaginez dix chambres à coucher en enfilade, un salon pour la journée et un autre pour la nuit, des cuisines spacieuses comme des restaurants – certains ne s'en servent même pas et se font livrer « pour éviter les odeurs » ! Sans compter les kilomètres de parquet ciré et des salles de bains où l'on pourrait tenir à dix ! Retrouver un ficus à arroser virait au jeu de piste. Et Oncle Eddy m'engueulait quand je traînais.

Finalement, ce que j'apprécie le plus dans ce job, c'est de m'occuper des animaux. Même si les chiens du Dakota ont l'air de peluches avec leurs layettes et petits imperméables à carreaux croquignolets. Je nourris les matous des vieilles dames, fais le tour du bloc avec six chiens en laisse, admirant la couverture dorée qui tombe sur les immeubles dans l'après-midi. Au début, certains habitants du quartier me regardaient de travers, comme si j'allais m'enfuir avec les toutous. L'avantage avec les bêtes, c'est qu'elles vous aiment sans distinction de couleur de peau ou de compte en banque, et on n'est pas tenu de leur faire la conversation.

Chez les proprios, heureusement, il y a Nigel, le prof du dernier étage ; toujours un mot gentil, plutôt attentionné. La première fois que j'ai été invité dans un appartement, c'était chez lui. Je m'y suis tout de suite senti bien. Des murs clairs, des piles de livres en équilibre partout. Ce doit être quelque chose de travailler tranquillement ici quand New York ferraille au-dehors ! Il fait des efforts avec moi, ce que j'apprécie. J'ai senti que l'homme avait besoin de compagnie, peut-être se sent-il seul entre ses tapis persans, ses moulures sculptées à la main et ses parquets en chêne, mais je n'ai guère le temps ni l'envie de me lier avec des résidents ou les gars de l'équipe, à part Juan. Chacun son monde, après tout. Le Dakota n'est ni ma maison, ni seulement un lieu de travail. Plutôt un sas entre deux univers, pour reprendre mon souffle, réfléchir à ma vie. Je m'y sens protégé, presque dans une bulle. Pour certains, je suis invisible ; pour d'autres, on me voit trop. J'observe les riches comme à travers une glace sans tain et j'en apprends davantage qu'à l'école.

— À propos de boxe, reprend Juan qui évite visiblement Jerzy, on pourrait aller voir un match. Tu es toujours cinglé de Mohamed Ali ?

— Et comment ! Ce serait bath de le voir contre Norton ou Frazier. Il va récupérer son titre de champion du monde en poids lourds.

Rien que pour cela, je suis prêt à tout accepter de Juan. Il aime la boxe autant que moi et on en discute sans fin.

— Il est cuit, votre Ali ! brame Jerzy à qui on n'a rien demandé. Il boxait mieux quand il s'appelait Cassius Clay. Il aurait mieux fait de s'entraîner plutôt que de virer musulman, d'emmerder le monde avec le Vietnam ou de se faire enfoncer par Frazier au Madison comme il y a deux ans. J'y étais, moi… « Le combat du siècle » ? Tu parles ! La fin d'Ali, oui !

Là encore, Jerzy me cherche. Il sait que j'admire Ali le sportif, mais aussi le militant de la paix, sa lutte pour nos droits, même si son adhésion aux Black Muslims m'a un peu ébranlé. Ali, c'est la grâce, la danse sur le ring, la joie extatique. La presse le déteste ou bien l'encense.

Devenu objecteur de conscience en 1966, il a pu éviter la taule mais on l'a interdit de boxe pendant longtemps, condamné à cinq ans de prison et dix mille dollars d'amende.

J'ai appris à lire avec les récits des combats d'Ali dans le journal. Quand mon beau-père, le père de Chanelle, n'était pas occupé à me taper dessus, il passait ses journées dans une salle de boxe près de chez nous et m'y emmenait parfois. À six ans, j'ai enfilé mes premiers gants, presque neufs. Ma mère les avait trouvés au vide-grenier de l'église. Ce n'était pas très chrétien de se battre, mais elle me laissait partir avec le beau-père. Cela faisait au moins un point commun entre lui et moi. J'ai tout de suite aimé l'odeur de sueur et de cuir, le son mat des frappes, la trempe des boxeurs, leurs muscles luisants, leur façon de danser devant l'adversaire, l'art de l'esquive, de la souffrance aussi. La boxe m'a musclé, sculpté : j'étais un gamin tout en longueur, des jambes fines et des bras interminables. Avec mon allonge, ma taille, ma carrure qui se développaient, je pouvais mettre n'importe qui au tapis, je me voyais déjà professionnel. Mais je me suis brisé l'épaule face à un mec bâti comme un guerrier antique. Au moment où j'ai touché les cordes, j'ai compris que je pouvais dire adieu à la carrière. Fracture complexe, ligaments arrachés, deux mois de plâtre. Quand il pleut, mon bras me fait encore mal aujourd'hui. Pourtant, je retourne à la salle dès que possible. Plus qu'un sport, c'est une façon de s'éprouver soi-même, de chercher une sorte d'état mystique, l'éternité. Mohamed Ali est mon Dieu, mon modèle. « Je serai le nègre que les Blancs ne pourront avoir. » Bien dit, grand frère.

Je visse mon chapeau sur mon crâne, attrape mes gants blancs, salue Juan et traverse le hall. Dehors, il pleut. Les New-Yorkais dansent entre les flaques.

— Bonne journée, madame Johnson !

Et dix secondes après :

— Bienvenue au Dakota. En quoi puis-je vous aider ?

Un vrai pro.

Nigel

Nigel remet la dernière chanson de Bob Dylan, *Knockin' on Heaven's Door*, et se cale dans son luxueux fauteuil Eames en jacaranda, devant sa vieille Remington. Il doit préparer les sujets d'examen de ses étudiants. *Hernani*, de Victor Hugo, ou *La Liberté guidant le peuple*, d'Eugène Delacroix ? D'habitude tout cela le passionne, mais aujourd'hui il sèche. Il se remémore l'étrange dîner de la veille. Lui et Don étaient invités par leurs amis, Lea et Joshua, fiers proprios d'une librairie alternative dans le Village, avec un rayon bouddhisme bien fourni et une littérature lesbienne à vous donner envie de devenir une femme ! Mariés depuis dix ans, ces sexagénaires venus du Wisconsin organisaient chaque mois une soirée spaghettis-chianti dans leur appartement, où l'on côtoyait aussi bien serveurs, comédiens, motards, filles tatouées, que des écrivains comme le romancier Tom Wolfe ou l'essayiste Susan Sontag. Après une conférence, on s'asseyait par terre pour partager des pâtes fumantes.

On avait fêté les récents accords de Paris, une date dans la guerre du Vietnam après des mois de bombardements intensifs à Hanoï et Haïphong. Généralement muet sur le sujet, Don avait levé son verre.

— La paix garantie ! s'était enthousiasmé Joshua, un géant à la barbe et à la tignasse rousse qui balayait ses épaules.

— Nixon se désengage enfin ! avait ajouté Lea en offrant une nouvelle tournée de vin rouge.

— Pas sûr, avait modéré Don. Les attentats et les embuscades continueront, vous verrez. Nixon ne lâchera rien.

La conversation avait dérivé sur le scandale du Watergate qui enflait chaque jour, les magouilles du gouvernement, les méthodes de voyou de Nixon. Après l'ère Kennedy où tout semblait possible, tout paraissait désormais suspect, surtout en politique. Quelqu'un proposa d'aller manifester le week-end suivant à Washington devant la commission d'enquête parlementaire du Sénat. Tous en bus, comme dix ans auparavant, quand des centaines de milliers d'Américains exigeaient avec Luther King le respect des droits civiques. Soudain, Don avait attrapé son blouson en daim et, en deux enjambées souples, avait ouvert la porte et disparu.

— Qu'est-ce qui lui prend ? demanda Joshua d'une voix épaissie par le vin et les Quaaludes, ces comprimés qui font planer et qu'il avalait comme des cacahuètes.

Nigel avait retrouvé Don fumant une clope sous la lumière rousse d'un réverbère. Avec ses hanches étroites, son corps plein et lisse, ses cheveux noirs ondulés, Don aurait pu sortir avec un mec différent tous les soirs, mais il l'avait choisi, lui, le garçon malingre, chroniquement anxieux…

— On gèle ici. Tu rentres ? lui avait lancé Nigel avec toute la désinvolture dont il était capable.

— Si on vivait ensemble ? avait répliqué Don en le regardant droit dans les yeux.

— Toi et moi ? avait demandé Nigel, sur le point de chanceler… Ici, à New York ?

— Pas dans la rue de tes parents à Toledo !

Nigel en avait frissonné.

— Ce n'est pas risqué avec ton travail ? Un flic gay et en couple, cela fait peut-être beaucoup.

— Ne t'inquiète pas pour cela. Réfléchis-y, d'accord ?

Si l'on voyait de plus en plus d'homos en ville, parfois main dans la main, surtout dans le West Village où florissaient restaurants et bars gays, peu vivaient ouvertement ensemble ou formaient un couple au sens hétéro du terme. La proposition de Don était donc extraordinaire, et courageuse, vu son job. Mais au lieu d'exulter, Nigel éprouvait une angoisse diffuse.

— Rentrons faire honneur à Lea et à son *space cake* d'Amsterdam.

— Tes copains oublient que je suis flic, avait bougonné Don. Le cannabis reste illégal dans notre belle ville, comme dans tout le pays.

— Une bouchée pour faire plaisir à Lea, comme d'habitude.

Don avait souri si tendrement que Nigel avait eu envie de l'embrasser dans la rue, mais il n'osait pas.

Dans la maison, ils s'étaient mêlés à un débat sur *Deep Throat*, le fameux film porno.

— Un clitoris au fond de la gorge ! Ingénieux... On dit que l'actrice a subi un entraînement spécial.

— Répugnant ! s'était exclamée Lea. Des filles débarquent aux urgences complètement flippées par ce que leurs mecs leur ont fait subir... en s'inspirant du film.

Tout le monde avait ri, même si ce n'était pas drôle. Les féministes condamnaient cette vision de la femme à genoux incarnée par Linda Lovelace.

— Je préfère encore *Deep Throat* au Watergate, avait lancé un type en chemise western à boutons-pression nacrés – il ne lui manquait plus qu'un chapeau de cow-boy.

— Ah non, on arrête avec le Watergate ! Même si Bob Woodward, le journaliste du *Post*, est un sacré limier.

Après cela, Nigel et Don s'étaient éclipsés. Malgré le froid, ils avaient arpenté longtemps les rues désertes, avant de s'arrêter dans Washington Mews, une charmante ruelle privée et pavée près de New York University, îlot londonien dans la ville.

— Au siècle dernier, avait rappelé Nigel, il n'y avait que des écuries et, à l'étage, une chambre pour les domestiques.

— Et aujourd'hui, plus personne ne peut acheter. Hors de prix, le chic anglais ! Encore plus cher que chez toi, au Dakota.

— Dire que Dos Passos et Hooper habitaient là...

— Viens ici que je te réchauffe, mon encyclopédie vivante !

Au début de leur relation, Don emmenait Nigel faire des tours dans sa voiture en uniforme blanc et bleu, actionnait le gyrophare et slalomait entre les voitures, comme au cinéma. Il se garait dans un endroit désert près des docks. Parfois ils restaient des heures dans la voiture, comme s'ils étaient en planque. Ils somnolaient, partageaient un sandwich au pastrami, regardaient la pluie tomber ou le ciel en feu, s'embrassaient. Jamais Nigel n'avait connu une telle intimité. Il rentrait se doucher puis filait à la fac gloser sur les classiques français. Deux vies cloisonnées, parfaitement étanches, qu'ils avaient enfin l'occasion d'agréger avec cette proposition faite par Don, la veille au soir.

On frappe à la porte.

— Bonjour, monsieur Downson. Un paquet pour vous.

Un manuscrit. Nigel travaillait aussi comme lecteur free-lance pour une maison d'édition, manière d'assouvir sa fringale de textes et de s'échapper de ses cours. C'est le garçon noir dont Andrew leur a parlé, le nouveau portier. Il était déjà entré dans l'appartement, mais chaque fois, concentré sur ses cours, Nigel avait été pressé d'en finir. Là, il a envie de mieux connaître ce garçon. Le portier est campé devant lui, les mains à hauteur de son entrejambe.

Nigel resserre les pans de son peignoir, gêné par ses jambes maigres et ses orteils aux ongles trop longs. Il essaye de ne pas remarquer la peau cuivrée de son visiteur, ses larges épaules, ses pommettes bien dessinées, ses lèvres gourmandes, sa tignasse luxuriante et son regard lointain, presque désabusé, flottant dans une odeur de sel et d'algues. Pourquoi Don se méfiait-il donc de lui ? Il n'avait l'air ni agressif ni sournois.

— Alors, vous vous plaisez ici ? Vous comptez rester longtemps ?

— Ça va. Les gens sont plutôt sympas dans l'ensemble.

Nigel propose un café, un verre d'eau, se cherche une contenance. Toujours sa difficulté à tenir une conversation… Et ce jeune homme l'intimide. Son père détestait les Noirs (« paresseux »), les Juifs (« cupides »), les Italiens (« ploucs ou mafieux »). New York avait ridiculisé ces préjugés, mais Nigel s'était rarement retrouvé seul avec un Noir, et jamais chez lui.

— Vous aimez Dylan ? demande-t-il en montrant la chaîne hi-fi. Je n'arrive pas à travailler sans l'écouter. En août 1963, je l'ai vu chanter à Washington devant deux cent mille personnes, pour les droits civiques. Juste avant le prix Nobel du docteur King.

Nigel mesure le ridicule de ses propos. Il n'a évoqué la lutte contre la ségrégation que pour gagner la sympathie du jeune homme.

— Je préfère Janis Joplin ou Jimi Hendrix, répond Shawn qui se demande où les mène cette curieuse conversation.

Nigel aurait pu répondre que ces étoiles filantes s'étaient éteintes depuis trois ans et qu'il valait mieux s'attacher aux vivants, mais il n'avait pas osé. Il osait peu, en règle générale.

— Que pensez-vous de Lennon ? poursuit-il.

— Une partie du personnel l'a déjà croisé, mais je n'ai pas eu cette chance. Bon, merci pour le café et le verre d'eau, je dois y aller… même si c'est beau, chez vous.

— Merci. Le Dakota a été l'un des premiers immeubles à proposer des appartements qui donnent à la fois sur cour et sur rue. Idéal pour la lumière. Si cela vous intéresse, je vous en parlerai à l'occasion. Je suis incollable sur l'histoire de l'immeuble. Ma tante, dont j'ai hérité, m'a tout raconté.

— Pourquoi pas ? Un autre jour, peut-être.

Cet homme intriguait Shawn : voulait-il seulement se montrer aimable ou vraiment faire connaissance ? En tout cas, il avait l'air sincère, pas comme ceux qui grimaçaient un sourire en le suspectant de vouloir voler le tableau de l'entrée !

Nigel l'entend refermer la porte, un peu brusquement. Il a échoué à mettre ce garçon à l'aise, lamentablement. Dylan et ses gentilles ballades country… Pourquoi ne pas avoir cité Barbra Streisand ou les Ballets russes pendant qu'il y était ? Et cette leçon d'architecture… Un professeur largué, pontifiant, voilà ce qu'il devient. Un type dépassé, déphasé, alors que ce Shawn, fier et droit, incarne le futur. Et il n'a toujours rien décidé à propos de cette vie à deux. Que lui arrive-t-il ?

Abigail

— Alors, tu l'as vu ? demande Meg, excitée.

— Qui ça ? répond Abigail, un brin perverse.

Elle sait à qui pense son amie mais elle aime la taquiner.

— Le grand, le seul, le beau John ! Il t'a fredonné *Imagine* a capella ? Je ne serais pas opposée à un petit concert en tête à tête, si tu vois ce que je veux dire.

— Meg, tu es incorrigible ! L'hystérie déclenchée par ce Lennon me dépasse. Maigrelet, un visage quelconque, le genre à ne pas se laver tous les jours…

— Mais enfin, c'est un Beatle ! Plus célèbre que Jésus…

— Il ne me fait ni chaud ni froid. Parle-moi plutôt de Lauren Bacall…

— Non, c'est toi qui vas m'en parler ! Tu rencontres souvent Bacall en descendant les poubelles ? Allez, raconte…

— C'est une vraie lady. Je vais l'inviter à l'une de mes soirées.

— Quelle chance tu as ! Et moi qui suis coincée à Detroit entre la pollution, les émeutes, et maintenant un maire noir !

— Nous, c'est un portier noir que nous avons… Au Dakota, tu te rends compte ! Je ne suis pas raciste mais…

Elles se téléphonent une fois par semaine. Abigail aime raconter sa vie new-yorkaise et Meg se délecte de vivre par procuration les aventures de son amie. Detroit, où son mari était né, était une ville sinistrée. Les usines fermaient, les Blancs quittaient massivement la ville depuis trois ans. Howard se cramponnait à sa maison, à l'imprimerie familiale qui avait failli brûler en 1967 et à ses week-ends en bateau sur le lac Érié, tandis que Meg rongeait son frein.

Abigail raccroche de meilleure humeur, comme chaque fois qu'elle a bavardé avec Meg. Son amie est si émotive, si crédule aussi ! Autant l'avouer, elle a menti pour Lauren Bacall. Leur unique échange, le mois dernier, avait tourné court. Abigail allait prendre l'ascenseur quand l'actrice en était sortie, en trench et lunettes noires (en plein hiver).

— Bonjour, madame Bacall. Quelle joie de vous revoir ! Aurai-je le plaisir de vous admirer bientôt au cinéma ?

La star avait ôté ses lunettes avec une petite moue dubitative et l'avait dévisagée.

— Je ne crois pas, avait-elle répondu après un long silence. Et je ne parle jamais de mes projets en cours.

— Vous avez raison, avait abondé Abigail, soulagée d'éviter le terrain du septième art.

Elle avait revu *Comment épouser un millionnaire*, une comédie avec la veuve de Humphrey Bogart et cette pauvre Marilyn. À la télé, car elle n'allait jamais au cinéma à cause des odeurs de pop-corn et des chuchotis intempestifs.

— Madame Bacall, s'était-elle lancée, je voulais vous parler d'un projet qui me tient à cœur. Je m'occupe d'un dîner de charité, ce printemps, au Waldorf…

— Et…, l'avait interrompue l'actrice, impatientée.

— Je serais honorée de vous y inviter, en tant que marraine. Il s'agit de lutter contre l'alcoolisme. Un vrai fléau.

— Je suis très occupée, Miss… Miss ?

— Miss Marbury. Juste en dessous de chez vous…

— Envoyez toujours votre invitation à mon secrétariat. Au revoir.

Ce dialogue avait sidéré Abigail. Pour qui se prenait cette actrice vieillissante qui n'avait pas tourné depuis des lustres ? Son père lui avait appris que le deuxième mari de la star, Jason Robards, avait un penchant pour la bouteille. Sa voisine aurait donc pu s'intéresser au sujet ou paraître au moins aimable… Une soirée au Waldorf à écouter de la musique en sirotant du champagne, était-ce trop lui demander ? Peut-être l'avait-elle abordée à un mauvais moment. Ces stars sont si capricieuses. Elle retenterait sa chance, persuadée que le monde devait se plier à ses désirs, y compris les hommes.

Déjà six mois qu'elle avait rompu avec Ricardo. D'amusant, le jeune peintre était devenu un type en mal d'affection. Il avait cessé de travailler, et passait son temps vautré sur son matelas à fumer des cigares cubains qu'il se procurait en contrebande. Il voulait qu'elle vienne passer la nuit chez lui, ou un week-end, dans son loft, rencontrer sa famille ! Comme si elle avait compté un jour le présenter à son père ! Un soir, à bout d'arguments, en proie à une crise de jalousie, il s'était jeté sur elle et l'avait violemment plaquée contre son matelas en fouillant sous sa jupe. Le cri d'effroi et les sanglots soudains de la jeune femme l'avaient réveillé d'un mauvais rêve. Ricardo s'était confondu en excuses, mais trop tard. Hagarde, Abigail avait pris la porte pour ne plus revenir. Cependant ses bras lui manquaient. Avant son accès de violence, Ricardo s'était toujours montré délicat, attentionné. Il prenait son temps, apprivoisait son désir, à la différence des jeunes hommes bien mis qu'elle laissait la raccompagner de temps en temps. Des godelureaux enfumés et alcoolisés qui la pénétraient mollement avant de piquer du nez, la laissant moite et frustrée. Elle les réveillait à coups de pied pour qu'ils débarrassent le plancher. Abigail ne partageait son petit-déjeuner qu'avec ses chiens à la robe orange zibeline, ses fameux « chéris » nourris à la brioche ou au toast beurré.

— Dickinson ! Brontë ! Allez, ouste, on sort !

Abigail enfile son manteau de fourrure. Quelle barbe de les promener, surtout quand la pluie menace comme aujourd'hui. Elle néglige l'ascenseur de service, obligatoire avec un animal, pour celui réservé aux résidents, aux murs tapissés et à la banquette de cuir. Le règlement ne s'applique pas à elle, voilà tout ! Abigail se voit au-dessus des contingences collectives. Elle débouche dans le hall, Dickinson et Brontë sur ses talons, boules de poil jappeuses et surexcitées. Un loulou fonce dans le dos du portier et mordille le bas de son pantalon.

— Brontë, vilaine fille, viens ici tout de suite !

Sourde aux cris de sa maîtresse, la chienne ne lâche pas prise. Le portier se retourne. Zut ! C'est le garçon noir récemment promu par ce libéral d'Andrew.

— Voilà un vrai chien de traîneau, plaisante Shawn en tirant sur son pantalon pour se libérer.

Pourvu que la bête ne déchire pas l'uniforme, il devrait le repayer. Et l'habit coûte une fortune.

Abigail le toise.

— Les loulous de Poméranie fréquentent plutôt la cour anglaise. La reine Victoria en possédait plusieurs !

— Peut-être, mais les premiers habitaient la Sibérie et ils servaient de chiens de garde et de traîneau, je vous assure.

Pour qui se prenait cette évaporée ? Il la voyait entrer et sortir, souvent au bras d'hommes en smoking, enveloppée dans des fourrures somptueuses… Elle était séduisante, certes, on ne pouvait le nier, mais elle ne l'impressionnait pas avec ses grands airs. Elle devrait se confronter à la vraie vie, travailler, un jour seulement, comme la mère de Shawn le faisait sans se plaindre depuis sa naissance ou presque…

Quelle insolence ! pense Abigail. Elle n'avait pas menti à Meg, elle n'était pas raciste. La preuve, elle était sortie avec un latino ! Elle approuvait le combat des Noirs et avait entendu le discours de Martin Luther King. Mais elle n'en côtoyait aucun. Pour elle, ils devaient être à son service : coursier, chauffeur de taxi, voiturier ou portier, comme ce garçon. Son éducation la portait à converser avec n'importe quel Européen bien né plus aisément qu'avec un Noir new-yorkais. De quoi auraient-ils pu parler, d'ailleurs ? N'en déplaise aux gauchistes, les Afro-Américains formaient une espèce de New-Yorkais différents, qui l'indifféraient ou lui faisaient même un peu peur. Quand elle en croisait un, elle serrait son sac contre elle. Et elle fulminait de voir son Dakota s'ouvrir au tout-venant.

— Elle me semble un peu agressive, reprend Shawn dans un sourire un brin moqueur. Peut-être a-t-elle ses chaleurs ou besoin d'exercice…

Avec son air stupéfait, sa bouche grande ouverte, la châtelaine semble sous le choc. Ce n'est pas tous les jours que Shawn s'amuse autant à flirter avec l'insolence, mais sans aller trop loin, avec l'air de ne pas y toucher. Même Oncle Eddy n'y trouverait rien à redire. Après tout, il avait juste montré qu'il s'y connaissait en compagnons à quatre pattes…

Abigail attache prestement la laisse et plante le portier sans le saluer. Qu'il aille travailler chez McDo ou laver des voitures, s'il ne sait pas se conduire. Comme si l'innocente Brontë pouvait avoir une sexualité ! Sa chienne avait réagi à l'agressivité du jeune homme. Ou à son odeur peut-être, plus forte chez les Noirs, c'était connu. Ce soir, elle racontera l'incident à son père et lui arrachera sûrement une grimace. À cette heure, il devait se trouver à son bureau, avalant café sur café. Elle avait beau lui dire de lever le pied, de ne pas oublier ses check-up, il ne l'écoutait que d'une oreille. Cette fameuse éthique WASP dont ils étaient prisonniers, elle comprise ! À presque soixante ans, son père se maintenait en forme par la pratique régulière du tennis au Racquet and Tennis Club sur Park Avenue et de la voile l'été, aux Hamptons. Mais elle le trouvait parfois sombre et las. La dernière fois, il n'avait parlé que crise du pétrole, embargo sur les livraisons et prix du baril, passé récemment de trois à douze dollars. On voyait resurgir des tickets de rationnement d'essence, comme en 1929 ! La faute à l'Opep. Le vent de révolte venu du Proche-Orient l'inquiétait. Dimanche dernier, les avis toujours sûrs de son père ne l'avaient pas rassurée. Elle serait pourtant restée des heures à écouter sa voix si chaude et à regarder son visage buriné et sa crinière argentée. « *My heart belongs to Daddy* », se met-elle à siffloter, ses talons battant la mesure sur les trottoirs glacés de Central Park South.

Nathan

— Judith, tu as vu mon gilet ?

— Demande à Lea.

— Pourquoi Lea ?

Aujourd'hui, sa main lésée et ses doigts fantômes font souffrir Nathan, comme tous les jours humides. Judith découpe un article de journal.

— Soutiens-moi encore que ces types ne sont pas des fous..., soupire Nathan en chaussettes.

— En tant que psy, tu devrais être le premier à en parler ainsi.

— Je te l'ai déjà dit, je trouve malsaine cette passion pour les criminels en série.

Cette étrange curiosité avait viré à l'obsession. Judith lisait tout sur la question, livres, journaux, magazines spécialisés, et elle profitait de sa pause-déjeuner pour aller éplucher les archives de la bibliothèque de New York sur la Cinquième Avenue. Elle parlait même d'assister à des congrès de criminologie sur la côte Est ! Tout avait commencé par l'assassinat de Sharon Tate. Judith venait d'apprendre qu'elle était enceinte de Jessica quand l'actrice, qui devait accoucher un mois plus tard, avait été poignardée dans le salon de sa maison de Cielo Drive, à Los Angeles, par Charles Manson. Judith s'était-elle identifiée à la jeune épouse de Roman Polanski ? Nathan mettait plutôt cette lubie sur le compte de son taux d'hormones. Leur troisième fille une fois née, il avait espéré qu'elle délaisserait les criminels sadiques pour un hobby plus adapté à sa vie de mère de famille nombreuse et de cadre à l'hôpital. Mais Judith avait poursuivi ses recherches macabres. Après Manson, l'Étrangleur de Boston, les Vampires de Brooklyn, l'Homme Crocodile, les Tueurs de la Lune de miel… Ces charmants sobriquets cachaient des psychopathes qui violaient, égorgeaient, démembraient leurs victimes. Pourquoi une telle abjection ?

— C'est passionnant, au contraire, nuance Judith. Sais-tu que 90 % d'entre eux ont subi dans l'enfance violences, sévices sexuels ou autres…

— Tous les enfants battus ne tournent pas meurtriers !

— Vrai. Mais leur passé, les racines du mal me fascinent. Et je ne suis pas la seule. Si tu savais combien ils ont de fan-clubs et le courrier qu'ils reçoivent…

— Ces bonnes femmes qui leur écrivent souffrent du syndrome du saint-bernard. Elles pensent les aider alors qu'il s'agit d'un travail réservé aux pros.

— Ne crains rien, sourit Judith. Je ne vais pas entamer une correspondance passionnée avec un monstre qui est en prison.

— Me voilà rassuré, conclut Nathan en passant derrière elle et ses papiers.

Il caresse ses cheveux ondulés, qu'elle dompte au saut du lit, et se penche pour embrasser sa nuque, mais recule soudain. Des photos de crimes, une tête décapitée, des membres amputés s'étalent sur la table.

Nathan hausse les épaules et part vers la chambre de son aînée, qui ressemble à un camp de réfugiés.

— Papa, tu pourrais frapper, quand même ! Je ne suis plus une enfant.

En effet, dans ses bottes à talons, elle le dépasse d'une tête. Nathan grimace en respirant l'odeur qui flotte dans la pièce et lui retourne l'estomac. Un parfum lourd, capiteux. De l'encens ? De l'herbe ? Mieux vaut ne rien savoir. Il avise soudain son gilet gris sur une pile de vêtements froissés.

— Tu peux me dire comment ce vêtement a atterri ici ?

— J'avais froid hier soir ! Il y a toujours un problème avec le chauffage, ici… Et bonjour à toi aussi, papa chéri !

Nathan embrasse sa fille. Il n'a jamais su se montrer sévère avec elle très longtemps. Et elle avait raison. Malgré son luxe apparent, le Dakota était un immeuble vieillot. Les ascenseurs hydrauliques s'ébranlaient à un rythme d'escargot et la plomberie agonisait. On avait peu rénové l'immeuble et ses abords depuis sa construction au XIXe siècle, les principales nouveautés résidant dans la climatisation exigée par la fournaise des étés new-yorkais et le tracé d'une ligne de métro sous les fenêtres. Nathan appréciait cette permanence.

— OK, princesse, j'en parlerai à Shawn. C'est le meilleur pour vérifier tes radiateurs.

— Tu as vu ses yeux, papa ? D'un vert émeraude !

Nathan soupire : toutes les femmes de sa famille en pincent pour le nouveau portier. Il était venu fixer un tableau et Judith comme les filles avaient admiré son tee-shirt blanc à la Marlon Brando quand il avait enlevé sa veste, son regard franc, ses manières simples et directes. Lea forçait sur le rouge à lèvres quand il devait apporter un paquet, il l'avait remarqué. Comment vivait ce garçon à Harlem ?

Nathan ne peut s'empêcher de repenser au Lower East Side, au taudis de Clinton Street. Pas d'électricité, ni gaz, ni eau courante. Les toilettes dans le jardin. Le papier journal plaqué sur son torse pour affronter le vent comme son père le lui avait appris. On se contentait souvent d'un œuf pour dîner, on calculait au cent près. Le quartier ne logeait que des immigrants. Des Allemands, puis des Juifs, des Italiens, des Chinois, des Portoricains, une vingtaine de nationalités. Le Lower East Side représentait peut-être un concentré de l'histoire de l'Amérique, mais Nathan était heureux que cette page de sa vie soit tournée.

— Cette fois, j'y vais, lance-t-il. Je suis en retard.

— Tu n'as rien oublié ? demande Judith en le regardant d'un air espiègle.

— De t'embrasser ?

— Pas seulement. Mes parents viennent dîner ce soir. Papa veut te parler de quelque chose, je crois.

— Première nouvelle, s'énerve encore Nathan.

Ses beaux-parents avaient l'art de lui taper sur les nerfs. Surtout son beau-père qui entendait encore régenter la vie de sa fille de 40 ans.

— Ce sera dans ton bureau. Peut-être pourras-tu te débarrasser du sapin de Noël…

Encore cette histoire… Nathan aimait décorer son cabinet lors des fêtes. Pour Halloween, il disposait un bol de bonbons dans l'entrée et rares étaient les patients qui n'y plongeaient pas la main. À Thanksgiving, il achetait des potirons miniatures qui éclairaient l'espace d'une lueur orangée. À Pâques, c'était des lapins et le sempiternel chocolat. Et à Noël, il rapportait d'Amsterdam Avenue un sapin dont l'odeur de résine embaumait le studio. Où était le problème ? La première fois qu'elle avait vu l'arbre, Judith avait explosé. Comment un Juif pouvait-il acheter ce symbole de Noël, la fête chrétienne par excellence ? Nathan avait souri, croyant à une plaisanterie. Pas du tout ! Même s'ils ne fréquentaient la synagogue Emanu-El uniquement le jour de Kippour, et par tradition plus que par conviction religieuse, pour Judith et les siens le judaïsme appartenaient à leur être, leur identité. Nathan aimait allumer les bougies le vendredi soir en famille, ainsi que les mosaïques, les arches et les vitraux du temple Emanu-El, où il retrouvait toujours des connaissances, mais sa ferveur s'arrêtait là. Judith la libérale, la démocrate passionnée, qui avait pleuré le mois dernier à l'annonce de la réinvestiture de Nixon à la Maison Blanche, se montrait à ses yeux bien conservatrice quand il s'agissait de la religion juive, qu'elle plaçait au-dessus de toutes les autres. À l'entendre, le christianisme n'était qu'une version édulcorée de la foi de Moïse. Des foutaises pour Nathan.

— Bon, je l'enlèverai, bougonne Nathan. De toute façon, il a perdu ses aiguilles, mon sapin…

— Et n'oublie pas de ressortir le chandelier à sept branches que papa t'a offert. Il appréciera.

— Dieu sait où je l'ai fourré, soupire Nathan. À ce soir.

— Que la lumière soit ! raille Judith, parodiant la Bible.

Nathan presse le pas. Son premier patient, un jeune homme très perturbé, sera là dans trois minutes. Il hésite à prendre l'ascenseur quand celui-ci s'ouvre devant lui. Ah non ! C'est Cherie quelque chose, attifée d'un manteau de fourrure, d'une toque à la russe et d'un collant bleu électrique moulant ses cuisses. On dirait une amazone hypersexuelle, une femme panthère, vision incongrue dans l'univers policé de l'immeuble.

— Bonjour, docteur, vous savez ce que j'ai appris hier ?

La voisine exhale un parfum térébrant qui lui monte à la tête. Il n'apprécie que l'odeur pétillante et fraîche de Judith. Judith et ses cadavres mutilés. Judith et le sapin de Noël. Et cette Cherie et son parfum à vomir.

— Excusez-moi, madame, je ne vous suis pas bien…

— Hier, j'ai entendu bavarder le personnel en bas, glisse Cherie, ravie de trouver un auditoire pour jacasser. Trente mille dollars, un trésor, seraient cachés sous le parquet de l'appartement de Robert Ryan repris par Lennon !

— Ah oui ? répond vaguement Nathan.

— Selon les ouvriers, Lennon ne veut pas arracher son parquet, cela coûterait trop cher. Fou, non ?

— Assurément. *Only at the Dakota !* On ne touche pas aux boiseries ici.

Douchée, Cherie ouvre un autre front.

— Docteur, regardez… J'ai très mal, là.

Elle enfonce un doigt manucuré dans sa bouche, si loin qu'il semble toucher une amygdale.

— Je ne suis pas dentiste, bredouille Nathan en reculant.

Il conseillait volontiers José, le vieux concierge arthritique, ou récemment Shawn, qui avait attrapé un lumbago en transportant des meubles pour les Bicker : Lea avait même voulu lui apporter une bouillotte. Pourquoi pas un massage pendant qu'elle y était ? Mais Nathan refusait de parler médecine avec les résidents et d'écouter leurs plaintes. Question de déontologie. En outre, certains espéraient lui soutirer une consultation gratuite…

— Je me demandais si vous voyiez quelque chose. C'est tout irrité et j'ai mal quand j'avale.

— Buvez chaud, c'est le froid, lâche-t-il avant de sortir de l'ascenseur, presque en sueur.

Qu'avaient-elles donc toutes, Lea, Judith et maintenant la voisine, à le presser, à demander, à exiger ? Depuis quand les femmes avaient-elles tant changé en

Amérique ? La faute aux féministes, selon lui, qui les poussaient à brûler leurs soutiens-gorge.

Dans le studio, Nathan se cale dans son fauteuil en cuir au moment où l'on frappe à la porte. Le jeune homme de 9 heures. Plus pâle que d'habitude, les mains tremblantes. Quatre ans de hauts et de bas dans sa lutte contre l'alcoolisme et une hépatite aiguë à vingt-cinq ans…

— Je ne me souviens plus où j'ai dormi cette nuit, murmure-t-il. Par terre, je crois. Après la tournée des bars…

La journée promet d'être longue.

Cherie

— Bonjour, je ne te dérange pas ?

Cherie a dû toquer trois fois à la porte de sa voisine. On entend *Crocodile Rock*, le dernier tube d'Elton John, déverser ses décibels à travers les murs. Tout à l'heure, en passant, elle a reconnu le refrain de la chanson de cette chanteuse folk noire, Roberta quelque chose, *Killing Me Softly With his Song*, qui passe sans cesse à la radio. C'était Flack elle-même qui poussait la chansonnette. Qui aurait cru que le Dakota, si guindé, deviendrait un repaire d'artistes ? Cherie n'écoute jamais de musique, elle a trop soupé de country ridicule, de rock massacré, de pitoyables solos pendant ces années de bars, lounges et autres cabarets. Toute mélodie lui rappelle un passé qu'elle préfère oublier. Mais elle est fière d'habiter la capitale du monde, dans un immeuble qui accueille les chanteurs du moment.

Becky a l'air épuisée. Son ensemble gris bon marché ne l'avantage pas. Du polyester. Cherie a l'œil pour ces choses-là.

— Ah, c'est toi… J'allais partir travailler.

— Tu as bien cinq minutes ? répond Cherie sans se démonter. Il est encore tôt. Regarde, il fait à peine jour.

Les immeubles en face semblent blottis les uns contre les autres, en sentinelles, pour protéger les rares humains obligés de mettre le nez dehors.

— D'accord, mais pas plus, concède Becky. La maison d'édition organise une lecture de Pablo Neruda. Tu sais, après sa mort suspecte au Chili…

Cherie écoute à peine. Elle observe le salon des Ravoine, jauge le volume de la pièce, imagine la chambre à coucher, le bureau où elle n'est jamais entrée. Elle aime se glisser chez les autres, comparer leurs intérieurs au sien, suggérer rénovations et aménagements. Même dans cet immeuble, certains n'avaient aucun goût !

— Tu as lu sa poésie ? continue Becky. Sublime. On dit que Pinochet l'a fait assassiner pour éviter qu'il ne devienne un opposant de marque en exil.

— Oui, oui…, répond Cherie, évasive. Alors, il paraît que tu es montée chez les Lennon la semaine dernière ?

— Eh bien, les nouvelles circulent vite ! Qui te l'a dit ?

— J'ai mes sources.

En réalité, Becky sait à quoi s'en tenir. Sa voisine soudoie John, le superviseur aux cravates criardes. Elle lui offre une bouteille de vodka ou des parfums pour sa femme, tout en se penchant vers lui de façon suggestive. Émoustillé, le brave homme lui sert tous les potins de l'immeuble.

— J'avais apporté des cookies chauds, soupire Becky, mais ça n'a pas été un franc succès…

— Qu'est-ce qui s'est passé ?

Elle le sait mais ne peut résister à l'envie de l'entendre de la principale intéressée.

— Eh bien, j'ai été reçue par une secrétaire plutôt glaciale. Juste eu le temps d'apercevoir un bout de piano blanc. Tout est blanc d'ailleurs, là-haut. Lennon doit vivre enfermé dans sa chambre. On n'entend rien, en tout cas. Bizarre, non ?

— Tu es mal informée, triomphe Cherie. Lennon n'habite plus là, figure-toi ! Il a quitté Yoko pour une assistante, jaune elle aussi. Il paraît qu'il se soûle à Los Angeles.

— C'est triste. Peu de chances de le voir à notre fête des voisins alors…

— Et moi qui voulais l'inviter à mon brunch de Thanksgiving !

À New York, le quatrième jeudi de novembre, avait lieu depuis 1924 la parade du grand magasin Macy's, qui passait sous les fenêtres du Dakota. Les gros ballons gonflables à l'effigie de Mickey, de Félix le Chat ou de Snoopy flottaient à hauteur des appartements, on était aux premières loges pour suivre les chars et le Père Noël. L'occasion pour Cherie d'offrir ce jour-là un buffet de saumon et de caviar, arrosé de vodka. Outre ses relations et celles de Steve, elle avait pensé inviter ses illustres voisins, l'ex-Beatle s'il rentrait au bercail, Rudolf Noureev et, en fin de liste, Becky, qui éblouirait l'assemblée avec ses poètes chiliens inconnus. Il était temps de déployer ses ailes, de toucher au firmament.

— Remarque, reprend Cherie, il ne devait pas rigoler tous les jours avec la Yoko. On dirait un bouledogue !

— Je ne sais pas. En tout cas, j'aime ce qu'elle chante. *Approximately Infinite Universe*, c'est formidable.

— Ah oui ? Au fait, tu connais un médecin dans le quartier ? J'ai la gorge en feu et ce Juif de Mendelsohn refuse de m'ausculter.

— Normal pour un psy, riposte Becky, agacée par la réflexion de sa voisine. Déjà 9 h 10, je dois y aller...

— Ah, j'allais oublier..., dit Cherie sur le pas de la porte.

Elle plonge la main dans son sac et tend à Becky une boîte ornée d'un ruban.

— C'est bien ton anniversaire aujourd'hui ?

— Oui... mais il ne fallait pas, bredouille Becky en découvrant un ravissant coffret rouge. Cartier !

Elle ouvre l'écrin en tremblant. Un porte-clés en argent.

— Cherie, c'est magnifique ! Mais c'est trop... Je ne peux accepter.

— Bien sûr que si. Et tu le dois, il est gravé à ton nom. Regarde, j'ai le même.

— Vraiment, je ne sais que dire.

— « Merci ». Cela suffira amplement.

Deux petites tapes dans le dos. Pas de bises à la française entre elles !

Cherie remonte dans son appartement, contente de sa surprise, mais désœuvrée. Elle s'allonge sur le canapé sans ôter sa fourrure. Si elle avait un enfant, elle fréquenterait d'autres mamans, organiserait des galas, lèverait des fonds pour l'école, imaginerait des fêtes d'anniversaire avec poneys, toboggans et pourquoi pas neige artificielle ! Mais il faudrait aussi supporter pleurs et ronchonneries, des petites mains sur elle qui exigeraient, s'agripperaient, la saliraient. Elle s'était assez occupée de ses sœurs ! Sa mère avait pondu quatre enfants de deux hommes différents, qui avaient vite pris la tangente. Ma' avait usé sa jeunesse comme serveuse dans un coffee-shop et ses week-ends dans une petite entreprise de pompes funèbres tenue par des ritals. Elle y recevait les familles éprouvées, essayait de leur vendre les cercueils les plus chers. Et rentrait épuisée, avec une sale odeur qui collait à ses cheveux et sa peau, malgré la douche. Cherie n'avait jamais pu l'embrasser et lui reprochait de la laisser dans la caravane avec les petites dont elle devait s'occuper, se muant en pieuvre géante à six ou sept tentacules pour répondre à leurs exigences. Elle les aimait, ses sœurs, mais ne les câlinait pas et les élevait à la dure. Elle aurait même pu parfois les étouffer de colère, les noyer comme des petits chats ! Entre son job de serveuse et les gosses, elle n'avait pas un moment de libre. Tout juste le temps de tomber enceinte par accident. Lui revient le bruit de la machine aspirant le fœtus. Les autres pleurnichaient dans la salle d'attente, mais pas elle, au contraire : si on avait pu lui retirer l'utérus… Bon débarras ! Elle parlait rarement à ses sœurs, mères de famille dans le Sud, et moins encore à sa mère, qui vieillissait mal. Elle aurait dû lui envoyer de l'argent, maintenant qu'elle possédait celui de Steve, mais aider sa famille la gênait. Elle s'en était bien sortie toute seule. Sa mère, qui jouait religieusement au bingo les dimanches dans l'espoir d'améliorer son ordinaire, avait manqué d'ambition. Pas elle !

Becky

Becky court presque sur le trottoir désert pour attraper un bus. Elle tient encore dans la main l'étrange cadeau de sa voisine. Christopher a raison. Il y a quelque chose de bizarre chez cette femme, une onde de désespoir, de solitude, qui la touche et l'angoisse à la fois. Chris a toujours raison. Que lui offrira-t-il pour son anniversaire ce soir ? Il aimait la surprendre avec les cadeaux les plus originaux. Elle sourit, monte dans le bus et s'installe à côté d'une grosse fille aux faux ongles longs comme des allumettes, dont les fesses occupent presque les deux sièges. Le ciel est d'une beauté sauvage sur l'île de Manhattan, de l'azur le plus pur, comme souvent en hiver. Sa journée d'anniversaire débute bien. Pourtant, chaque année, elle appréhende cette date et son cortège de souvenirs. Son père qui déposait des baisers sur sa joue pour la réveiller, le petit-déjeuner d'exception où elle avait droit à tout ce qu'elle aimait, ce qui donnait lieu à d'étranges mélanges, puis une sortie sur le bateau et du bleu partout, dans les yeux de ses parents, sur la mer limpide de Floride.

« Nombreux sont ceux qui vivent en nous », comme disait l'immense Pessoa. Ils ne l'auront pas vue diplômée, ni admirée dans sa carrière professionnelle. Ils n'auront pas dansé à son mariage… La liste des regrets n'en finissait pas. Elle tente de penser à autre chose. Si Chris lui réserve une surprise, elle ne sera pas en reste. Ce matin, elle a emporté son diaphragme, pour le jeter discrètement dans la première poubelle venue. Impossible de s'en débarrasser au Dakota ! Le personnel en sait déjà trop sur les propriétaires. À quelle heure et dans quel état rentre le type du dixième, qui fait monter la baby-sitter du quatrième après avoir couché les enfants, ou le mari du septième quand sa femme est partie travailler. Pas question de dévoiler son envie d'enfant à toute la copropriété ! Ce soir, elle et Chris feront l'amour, elle imagine déjà l'enfant dans son sommeil rouge, au creux de son ventre, un petit être qui aurait ses yeux et le sourire de vainqueur de Chris. Tomber enceinte le soir de son anniversaire, qui dit mieux ? Elle s'est offert une nuisette sensuelle, même si son mari n'a pas besoin de lingerie pour la désirer. Après cinq ans de mariage, ils font l'amour comme aux premiers jours et passent souvent des week-ends au lit. Le lundi, elle arbore un large sourire, des plaques rouges ou des suçons dans le cou, dont ses collègues célibataires se moquent avec une pointe de jalousie. Elle descend l'Avenue of the Americas, saluant comme tous les matins l'Exxon Building, l'un des plus hauts des États-Unis. En face, d'autres gratte-ciel montent à l'assaut du paysage, dans un concert de marteaux-piqueurs et de grues de démolition. New York semble un chantier permanent, un cirque gigantesque avec des mâts dressés et des filets suspendus, livré à la voltige des ouvriers.

Promue responsable de collection, elle commande à des écrivains confirmés leurs souvenirs de voyage. Elle se promène dans leurs mots, visite le monde avec leurs yeux, se montre disponible, rigoureuse et loyale. La direction la tient en haute estime. Première arrivée et souvent dernière partie du bureau. Sauf aujourd'hui. Sur le chemin du retour, Becky reçoit un coup de coude d'une fille pressée. Elle supporte mal cette grossièreté, cette avidité typiquement new-yorkaises. Les touristes ont tous déserté, la loi de la jungle sévit. En Floride, les gens se saluaient le matin, gardaient le courrier ou le chien de leurs voisins, tenaient la porte des boutiques à des inconnus. Elle monte dans un bus bondé, arrive West 72e Street en nage tant elle s'est pressée. Chris rentre dans une heure, elle veut préparer un bon dîner.

L'appartement lui paraît froid, abandonné. Becky presse l'interrupteur, une fois, deux fois. Rien. La lampe dans le salon ne s'allume pas non plus. Il n'y a plus d'électricité et son intérieur douillet lui semble tout à coup menaçant. Elle s'assoit stupidement sur le canapé, son gâteau sur ses genoux, au bord des larmes, si fatiguée soudain, avec l'envie de se rouler en boule et de dormir. Pourquoi Christopher ne se trouvait-il pas à ses côtés ? Elle l'aimait d'un amour entier, vital. Lorsqu'il voyageait pour le compte d'un client, elle n'arrivait plus à manger, à dormir. Le noir complet. La lumière ne revenait qu'à son retour. L'amour l'avait changée, fragilisée. La perte de ses parents, là encore. Elle s'extirpe du canapé et téléphone en bas. Cinq minutes plus tard, on sonne à la porte. C'est Shawn, le portier. Mon Dieu, que cet homme est grand ! Et beau, ne peut-elle s'empêcher de noter. Des yeux d'un vert saisissant, une bouche sensuelle, une peau lisse couleur de café. Quelle présence ! Il occupe tout l'espace. Malgré l'uniforme, il paraît libre, chez lui partout.

— Ah, Shawn, formidable… Entrez, je vous prie.

Le jeune homme s'avance avec sa boîte à outils.

— Bonjour, madame Ravoine. Vous avez un problème…

Il sourit intérieurement devant un mouton empaillé. Depuis qu'il est tombé sur un train électrique de six mètres de long et une momie égyptienne, rien ne l'étonne plus chez les rupins.

— Je n'ai pas d'électricité, répond Becky. Et plus de chauffage, apparemment…

— Je vais voir ça !

Oncle Eddy a autorisé le jeune homme à effectuer de menues réparations. Chez lui, il a tout fait ou presque : les sols, les peintures, la plomberie. Il est plus adroit, rapide et souriant que les factotums de l'immeuble, les *handy men*. Et puis cela le change d'ouvrir la porte dans le froid !

— Heureusement, il y a du gaz. Je réchauffe du café, vous en voulez un ? demande Becky, qui a gardé son manteau.

— Avec plaisir, on gèle, répond Shawn en inspectant le tableau électrique dans le couloir.

Quelque chose dans l'allure de cette femme lui plaît. Rien de sexuel, elle est mariée et ce n'est pas son genre, mais il apprécie son côté simple, sans prétention, son sourire. Il aimerait mieux la connaître, la savoir heureuse. C'est la première fois qu'il ressent une émotion comparable, en tout cas au Dakota.

Becky se réfugie à la cuisine. Elle n'a pas les mots pour s'adresser à cet homme à la voix chaude, ni l'habitude de se faire servir, de discuter avec des ouvriers, de parler à un Noir. Enfant, elle n'avait aucune amie « de couleur », comme on disait. Les Noirs, elle les croisait dans les pages des faits divers des journaux ou sur leur vélo de facteur et leur siège de conducteur de bus. Depuis son arrivée à New York, elle en voyait partout, dans le métro, la rue, les magasins, au bureau. Elle n'aurait pas dû y prêter attention, mais à sa grande honte elle le remarquait et cela la déroutait, le fameux *melting-pot* américain lui semblait parfois utopique. Certains Afro-Américains semblaient si remontés contre l'ordre établi des Blancs que leur rage était palpable et elle en concevait une forme de culpabilité. Les positions de son mari n'arrangeaient rien. À l'université, Chris appartenait à une fraternité interdite aux « nègres », aux Juifs et aux Asiatiques. Des petits WASP bon teint plus imbéciles que suprémacistes. Un soir, sur la 42e, deux blacks l'avaient agressé selon la technique du *yoking* : l'un saisit la victime par-derrière, la muselle de ses bras tandis que l'autre la dépouille. Chris en gardait une profonde colère ; il s'était opposé à la nomination de Shawn comme portier et aurait sûrement vu d'un mauvais œil qu'il répare l'électricité, qui avait tendance à sauter régulièrement. Mais Chris n'était pas là et il n'avait pas besoin de le savoir.

— Vous appréciez Hemingway ? lance Shawn, le nez sur le tableau électrique.

Becky fixe sa nuque, ses cheveux frisant sous le col. Elle se demande ce qu'elle éprouverait en frôlant cette soie brune.

— Comment le savez-vous ?

Becky chérissait l'auteur du *Vieil homme et la mer*. Elle avait appris à lire dans ses nouvelles dont son père, féru de pêche à l'espadon, achetait toutes les éditions. Elle avait effectué le voyage à Key West avec ses parents pour visiter la maison en pierre de « Papa », comme on l'appelait dans le coin. Elle avait caressé des chats à six ou sept doigts, des chats polydactyles, une originalité supplémentaire de l'écrivain qui laissait une centaine d'animaux s'ébattre dans son jardin. Comme l'existence avec ses parents semblait simple à ce moment-là !

— Vous possédez tous ses livres dans la bibliothèque ! Mon préféré reste *Pour qui sonne le glas*. Un reportage de guerre autant qu'un récit d'aventures. « Écrire la phrase la plus vraie »… Beau programme, non ?

Becky reste sans voix. « Écris la phrase la plus vraie que tu connaisses… », ces mots sont scotchés au mur de son bureau. Elle les relit chaque fois qu'un auteur s'emberlificote dans des phrases pompeuses, artificielles. De la rigueur, de la concision, du rythme, voilà ce qu'elle recommandait à ses écrivains. Mais tout le monde n'était pas Hemingway ! Elle s'en veut de s'étonner qu'un portier de couleur cite un grand auteur américain et sourit largement à son interlocuteur. De près, Shawn remarque qu'elle a les dents du bonheur.

— Oui. J'ai écrit une histoire sur lui. Comment il a libéré le bar du Ritz à Paris et son entretien avec Gertrude Stein, quand ils se sont réconciliés à la Libération.

— Et on peut l'acheter en librairie ?

— Non, répond Becky, gênée. C'est un texte personnel. Je pourrais pourtant, je travaille chez Simon & Schuster.

— Vous devriez. La « génération perdue » intéresse encore beaucoup de monde. Moi, pour commencer, avec Gatsby.

Shawn avait lu de nombreux classiques grâce à un vieux monsieur de sa rue, devenu aveugle, qui avait besoin de quelqu'un pour remplir des dossiers d'aide financière. Ceux-ci vite expédiés, Shawn se retrouvait à lui lire des passages de Hemingway, de Dos Passos et consorts pour quelques billets. Réticent au début, il était tombé amoureux de l'écriture intense et folle de *Gatsby*, ce monde de millionnaires si éloigné de son quotidien. Impossible de lire sur son lit, avec le vacarme de la télé allumée, les cris des voisins, les klaxons sous les fenêtres. Alors il prenait un ouvrage, s'installait sur un banc et tournait les pages avec gourmandise. Dans le quartier, si l'on avait remarqué cette curieuse habitude, personne n'ouvrait la bouche. Shawn Pepperdine était respecté, et un peu craint à cause de sa vitesse de frappe.

— Si vous voulez des livres, ose-t-elle impulsivement, je peux vous en prêter.

— C'est gentil, mais je vais à la bibliothèque.

Croit-elle qu'on ne lit pas à Harlem ? Là-bas, beaucoup vivaient le nez fourré dans la Bible, empruntaient des livres ou organisaient des échanges le week-end. Le succès des auteurs de la Renaissance de Harlem dans les années vingt, comme Wallace Thurman, Richard Bruce Nugent ou Nella Larsen, ne se démentait toujours pas cinquante ans après. Shawn en avait tiré un exposé pour sa classe : c'était la seule fois où il s'était passionné pour un sujet face à une classe, avouons-le, assez amorphe.

La lumière fuse, Becky cligne des yeux, l'appartement redevient le sien, le charme est rompu. Shawn a bu son café d'une traite et a l'air pressé de s'en aller.

— Attendez une minute.

Becky se dirige vers sa chambre, où elle a laissé son sac et en tire un billet, puis deux… Combien lui donner ? Shawn esquisse un geste de refus. Pour la première fois, il paraît gêné. Aucune envie de faire payer cette jeune femme aux allures de porcelaine.

— Non, ce n'est pas la peine. J'ai juste changé les fusibles. Le disjoncteur n'est plus tout jeune !

— Prenez.

Becky tient toujours les billets, presque suppliante. C'est sans doute trop, peut-être pas assez… Leurs mains se frôlent. Elle n'est vraiment pas dans son assiette ce soir, trop à fleur de peau. Vingt-huit ans aujourd'hui. L'âge de la maturité ?

Dans son bain brûlant – mauvaise habitude à perdre une fois enceinte –, elle repense à ce garçon amateur de littérature. Quelle pouvait être sa vie à l'extérieur du Dakota ? Où trouvait-il le temps de lire ? Elle se prend à imaginer Harlem, où aucun Blanc ne met les pieds, et se sent mal à l'aise, dans sa salle de bains scintillante, tout près de la chambre au lit *king size* avec ses multiples coussins et sa tête en cuir capitonné. Le contraste avec son propre logement doit le gêner lui aussi. La prochaine fois, elle cherchera à en savoir plus. La voilà atteinte du syndrome Cherie ! S'immiscer dans la vie des autres ne lui ressemble pas, mais ce portier a éveillé quelque chose en elle. Ce n'est pas du désir, même si sa présence physique l'a troublée. Elle ressent de la curiosité, une envie de dévier de sa trajectoire, découvrir une autre facette de la vie à New York. Elle sourit de sa naïveté : pourvu qu'il ne croie pas qu'elle avait voulu le séduire…

— C'est moi, *darling* !

C'est une blague entre eux. Le premier qui rentre lance cette scie tirée des sitcoms des années soixante, quand l'épouse attendait son homme, tablier à la taille et verre de scotch à la main.

Dans l'encadrement de la porte de la salle de bains, son mari tient un grand paquet oblong.

— Joyeux anniversaire, ma chérie ! Ouvre-le tout de suite, je le porte depuis le Rockefeller Center…

Becky déchire délicatement le papier argenté au nœud rouge. Une poupée de foire en plastique de quatre-vingts centimètres, avec une robe à fanfreluches et une perruque collée sur la tête, le type de créature kitschissime des stands de tir à la carabine.

— Elle dormira avec nous ? sourit Becky en jouant avec la robe vintage de la poupée.

— Pas question. À placer dans ton bureau, maintenant qu'il est aussi grand que le mien, madame l'éditrice !

Le dessert dévoré, Becky l'attire en elle. Un instant, la fameuse une de *Life*, un fœtus de dix-huit semaines et son placenta en apesanteur dans son univers translucide, danse devant ses yeux. Le miracle de la vie exposé pour la première fois. Huit millions d'exemplaires de cette photo de couverture, « cliché de l'année » en 1967, vendus en quelques jours. Elle l'avait souvent contemplée, stupéfaite et émue. La jouissance les surprend en même temps.

— J'allais oublier, dit Chris après un moment, en déposant une boîte sur le torse nu de sa femme.

Elle pousse un cri de joie. C'est une montre Jaeger-LeCoultre en or, qui a dû coûter une petite fortune.

— Une française de 1960. Classique, comme toi ! Tu n'auras plus aucune excuse pour être en retard, ma chérie.

Becky l'embrasse et lui glisse à l'oreille :

— Moi aussi, j'ai une surprise pour toi.

Christopher la regarde, perplexe, vaguement inquiet. Il déteste l'inattendu, l'improvisation, et l'avait prévenue au début de leur relation : jamais, au grand jamais, elle ne devrait lui organiser une fête d'anniversaire surprise ou autre chose du même goût. Il tenait à « garder le contrôle ». Au bureau comme dans sa vie privée.

— J'ai enlevé mon diaphragme. Ce serait formidable d'être trois l'année prochaine, non ?

Chris reste silencieux. Une éternité, semble-t-il à Becky. Son cœur s'affole, elle n'ose bouger.

— Je croyais que tu serais heureux.

— Oui, je le serai. Mais j'ai besoin d'un peu de temps pour m'habituer, répond Chris en lui tournant le dos.

Allongée, les mains sur son ventre, Becky scrute le noir. Il lui semble entendre une mouette. « Ce désert de feu et de béton » dont parlait Albert Camus à propos de Manhattan restait aussi une île. Peut-être un appel de ses parents de la mer invisible qu'ils habitent désormais. Son mari sera un père formidable, elle n'en doute pas. Elle les imagine tenant par la main une petite fille sur une plage déserte.

Shawn

J'ai eu du mal à quitter Rebecca Ravoine et son joli regard embrumé. Elle paraît gênée avec moi, peut-être à cause de notre différence de taille, car elle m'a paru minuscule, mais j'ai aimé notre échange. Je n'ai pas tous les jours l'occasion d'évoquer Gatsby ! M'a-t-elle trouvé prétentieux ? Je ne crois pas. Elle a l'air simple, en tout cas moins compliquée que certaines. Et on a envie de la protéger contre les brutes et les imbéciles comme son mari… qui regarde ailleurs quand j'ouvre la porte, feint de ne pas me voir. Juan, le roi des potins, m'a dit qu'il avait voté contre ma nomination. Tant pis pour lui, je suis là désormais et il devra me supporter comme je le supporte, moi, avec ses airs méprisants. Je me demande bien ce qu'ils font ensemble, ces deux-là, tant ils sont dissemblables. Ma grand-mère répétait toujours qu'on ne doit pas mélanger les légumes avec les fruits…

Étrange comme le Dakota et ses habitants, qui m'étaient indifférents, occupent désormais une place dans mes pensées, même quand je n'y suis pas. Cet endroit s'incruste dans votre tête, respire par vos pores, prend vie dans vos muscles. Est-ce un immeuble ou une sorte de déité qui soumet ceux qui l'approchent ?

Tyler

La musique fait vibrer les murs. La porte de l'appartement est ouverte, des gens affluent. Dans la cuisine, des garçons s'affairent, posent des verres de cocktails sur des plateaux. Tequila Sunrise, margarita et des pichets pleins de vodka-martini. Comme James Bond, avait rigolé sa mère à l'arrivée des premiers invités. Au salon, des femmes en tenue sombre, aux cils immenses achetés au drugstore, fument en se déhanchant sur *Walk on the Wild Side*, de Lou Reed. C'est le moment, ils ne remarqueront rien. Tyler se faufile vers la chambre de ses parents et croise Alinda, la nouvelle nounou. La pauvre ne restera pas. Trop stupide. !

— *Hola*, Tyler, bientôt l'heure de se coucher, lui glisse-t-elle, mal à l'aise.

Tyler l'ignore et attend qu'elle parte pour se glisser dans la chambre. Le lit est couvert d'épais manteaux, de vestes en fourrure, de blousons. Il glisse la main dans les poches, en retire des pièces, des billets, un ticket de métro. Il sort un portefeuille d'une veste en velours et l'allège de cinquante dollars, replace une carte de crédit dans son étui. Quand on a dix ans, le cash, c'est plus facile. Cela ne suffira pas à les calmer, il lui faut davantage d'argent. Dans un imperméable semblable à celui de Robert Redford dans le film produit par ses parents pour la Paramount, il sent quelque chose de dur. Un pistolet ! Un instant, il s'imagine débouler au salon l'arme à la main. Voilà qui impressionnerait son père, qui le prend pour une lopette. S'il n'y avait que lui… À l'école, aussi. Après les moqueries, des garçons de sa classe étaient passés à des jeux plus cruels : on lui piquait ses affaires, on cassait la serrure de son casier, on lui crachait dessus dans les vestiaires, on l'arrosait d'eau froide, comme ça, pour le plaisir. On lui avait même enfoncé une fois la tête dans les toilettes pour le punir d'avoir osé se défendre. L'eau souillée avait laissé un sale goût dans sa gorge. Et depuis six mois, les grands lui demandaient de l'argent. D'où ses larcins répétés dans les poches de son père, le sac de sa mère, et chez sa grand-mère Daisy qui laisse traîner des billets partout.

— Tyler, petite canaille… Viens faire la fête ! Pourquoi te caches-tu ?

Sa mère porte une robe bustier orange si serrée que sa poitrine semble vouloir s'échapper. Les motifs géométriques lui donnent mal à la tête. Accompagnée par Zachary, un type qui doit bien peser cent kilos, celui-ci lui tient le bras pour l'empêcher de tituber.

— J'arrive. J'ai aidé une dame à retrouver ses affaires.

— C'est bien, répond Stella en pouffant bêtement. Maintenant, sois gentil, laisse-nous.

Sa mère s'agrippe au chambranle. Elle tient à peine debout et son maquillage a coulé. Tyler sort sans demander son reste, plus riche qu'il y a dix minutes. Il attrape un verre qui traîne, le boit discrètement, en prend un autre. Personne ne le regarde : bien. Les cocktails apaisent sa soif et sa nervosité. Il capte des mots, des noms : oscars, festival de Cannes, *L'Exorciste*, *American Graffiti*, Sidney Lumet, box-office. Les amis de ses parents travaillent tous dans le cinéma et en sont fiers. Tyler, lui, apprécie peu les films. José lui a montré *Rosemary's Baby*, tourné devant le Dakota il y a quelques années. Un film d'horreur, avec une femme enceinte qui devient folle. José adorait l'actrice et connaissait certaines répliques par cœur. Il déplorait que le *board* ait refusé qu'on tourne dans l'immeuble. Pas de caméra au Dakota, même pour M. Polanski, forcé de reconstituer les intérieurs en studio à Los Angeles. Tyler trouve étrange ce vieux concierge qui ressasse des histoires de faits divers, de disparitions, de catastrophes.

Un brouhaha chasse sa rêverie. La voix furieuse de son père.

— Qu'est-ce que tu manigançais avec Zachary dans la chambre ?

— Rien, rien du tout, se défend sa mère sur un ton bizarre, trop aigu.

Un petit attroupement s'est formé. Tyler se glisse derrière le canapé, il a trop vu ses parents se disputer. Les cocktails gargouillent dans son ventre et la pièce se met à tanguer.

— Traînée ! Je t'ai pas vue l'embrasser tout à l'heure dans le couloir ?

Son père attrape un pichet de margarita et le renverse sur la tête de sa mère. Stella reste figée sous la pluie de glaçons qui se répand sur le parquet. Zachary saisit Philip au collet.

— Tu es un grand malade, ma parole ! On s'est juste éloignés pour allumer un joint.

Son père mouline des bras, parvient à se libérer, se jette sur l'autre. Ils roulent à terre, renversent un fauteuil.

— Mais arrêtez, arrêtez donc ! hurle Stella. On s'amusait si bien…

Tyler s'échappe de l'appartement. Marre des adultes, de ce père qui ce soir encore s'est donné en spectacle. S'il pouvait recevoir une bonne raclée, il comprendrait mieux ce qu'éprouve son fils.

À cette heure, l'immeuble est désert, mais il bruit toujours de ronronnements, de vibrations. Certains soirs d'hiver, on entend comme un son de corne de brume. C'est le vent qui souffle du Canada et s'immisce dans la carlingue du Dakota. Les escaliers craquent, les radiateurs protestent, les fenêtres gémissent. Tyler n'en mène pas large dans les couloirs sombres. José lui a raconté l'histoire du fantôme de la petite fille. Il y a toujours eu des spectres au Dakota, à commencer par celui du propriétaire barbu, Edward Clark, qui hante parfois les caves en habit et haut-de-forme. Un maçon a juré avoir croisé une fillette au dernier étage, vêtue d'une robe 1800, qui a murmuré « Bonjour, c'est mon anniversaire » avant de s'évanouir dans les airs ! José est intarissable sur les histoires d'apparitions et de revenants dans l'immeuble, sur Boris Karloff, monsieur Frankenstein en personne qui lui aussi résida ici. Il croit dur comme fer au surnaturel. Du coup, Tyler aussi. Et il court dans les couloirs.

— Eh bien, bonhomme, c'est une heure pour le sprint ?

Andrew vient d'éviter le gamin de justesse.

— Tu vas où comme ça ?

Tyler ne répond pas et Andrew le tient un moment contre lui.

— Ça va, petit, ça va aller. Je te raccompagne chez toi.

— Non, je dois parler à José.

— José dort. Je ne vais pas te laisser seul dans l'immeuble. Allez, viens.

À l'étage, on perçoit les bruits de la fête qui a repris de plus belle. Andrew fulmine contre le sans-gêne de ses voisins. Même Yoko Ono et ses amis musiciens ne font pas autant de boucan. Et on a à peine eu le temps de s'habituer à John qu'il a déjà filé pour la Californie et ses mirages… Andrew aime savoir ce que font les résidents, où ils se trouvent, quand ils reviennent. Cela le rassure, d'une certaine façon.

— Je te laisse ici, OK ? dit-il, arrivé sur le palier des Johnson.

Tyler desserre enfin les dents mais sans le regarder.

— Vous voulez entrer ? Il y a de l'alcool…

— Non merci, répond Andrew en se forçant à sourire. Mais si tu as besoin de moi, tu sais où me trouver : au bout du couloir.

Tyler rentre chez lui en catimini. Il cache son butin sous son oreiller. Une fillette aux longs cheveux blancs, dont les pieds ne touchent pas terre, veut l'entraîner vers la cave dans son sommeil, et il résiste.

Andrew

Il avait d'abord emmené son équipe boire une bière, fêter un nouveau budget, les chaussettes Burlington avec leur célèbre motif jacquard et le bouton chic sur le côté. Malgré leur style anglais, elles étaient tissées en Caroline du Nord, où Andrew avait dû se rendre plusieurs fois avant de gagner la confiance des dirigeants. Il leur avait proposé une campagne originale, des filles en petite tenue, chaussettes enfilées sur leurs jambes interminables. Cela décoiffait ! Andrew avait quitté ses collaborateurs pour se rendre chez une apprentie chanteuse dans le bas de la ville. Ils avaient pas mal bu, fumé et le reste… En sortant, Andrew avait trébuché dans l'escalier. Combien de temps était-il resté au sol, groggy ? Quand il avait émergé, il saignait du nez, sa tête tournait. Il s'était essuyé le visage avec la manche de sa veste déchirée. Il boitillait. Sur la Première Avenue, aucun taxi n'avait voulu de lui. Classique. Il connaissait le dicton new-yorkais : « Sur l'Avenue A, tout va bien, sur l'Avenue B, vous êtes courageux, sur l'Avenue C, vous êtes fou, sur l'Avenue D, vous êtes mort. » Il ne manquait plus qu'il se fasse agresser. Grelottant dans sa veste en cuir noir au col pelle à tarte, il avait dû prendre le métro pour la première fois en dix ans. Arrivé au Dakota, Andrew s'était enfin cru tranquille. Mais en voyant son visage en sang, José et Shawn étaient accourus.

— Que s'est-il passé, monsieur Binx ? Vous avez été attaqué ? Venez vous asseoir, on va s'occuper de vous.

— Merci, je vais rentrer, avait-il grogné.

Il avait la nausée, la bougeotte aussi. Andrew connaissait ces symptômes. Le manque. Puis il avait croisé ce môme, Tyler, maigre et paumé, dont il se sentait proche, malgré sa voix éraillée, ses réponses inaudibles... Andrew aimait les enfants et savait leur parler. À l'agence, il en employait souvent dans ses campagnes. Un petit rouquin aux yeux malicieux ferait toujours vendre...

Dans l'appartement à peine éclairé par les cônes des réverbères sur Central Park West, il fonce à la salle de bains. Sa planque d'oxicodone, de Percodan, de Vicodin, de Demerol... Il avait oublié d'emporter ses médocs dans leur joli flacon orange. Il gobe les comprimés deux par deux. Il essaie de se limiter à dix par jour, quinze quand ça va mal, vingt au maximum... Tout avait débuté par un banal torticolis, une prescription médicale de Vicodin et une sensation d'euphorie immédiate. Les comprimés étaient devenus ses anges gardiens. Il faisait la tournée des médecins, s'inventant toutes les douleurs possibles pour obtenir l'ordonnance salvatrice. Avec ses chaussures anglaises sur mesure, ses dents si blanches qu'elles en paraissaient bleues et son allure athlétique, la combine marchait à tous les coups. Il lui fallait ça, avec l'alcool et la drogue le week-end, pour repousser l'abîme qui le menaçait à certaines heures ou lutter contre ses insomnies.

Le téléphone sonne et le fait sursauter.

— Bonsoir, c'est Cherie, appartement 12. Vous avez bien noté notre rendez-vous demain ?

Minuit, il était minuit et cette harpie qui martyrisait ses bonnes, d'après le personnel, se permettait de le déranger !

— J'y serai, lâche-t-il d'une voix glaciale.

— Je veux abattre un mur, créer un « esprit loft » pour les fils de mon mari. Ils réussissent très bien, vous savez. Sean est dentiste et Timothy…

— Il est tard, on se verra demain, je vais raccrocher.

Elle n'allait pas en plus le bassiner avec ses histoires de famille !

— Et que fait un bel homme comme vous seul à cette heure avancée ?

Andrew ne sait que répondre à cette voix vulgaire.

— Moi aussi, susurre-t-elle, je suis seule ce soir. Que diriez-vous d'un verre entre voisins ?

— J'ai encore du travail. À demain.

Il repense à l'« esprit loft ». Avec son associé Mark, il s'était lancé dans une autre aventure : acheter des appartements à SoHo, dans les usines désaffectées des *cast-iron buildings*, les fabriques de fonte du quartier, pour les rénover en lofts.

— Il faut acheter tant que les prix sont bas ! s'était exclamé Mark après un repérage dans Green Street. On va s'en mettre plein les poches.

Andrew lui avait laissé les questions financières et dirigeait les travaux, sauvant ce que ces immeubles de SoHo avaient de plus élégant : les escaliers extérieurs, les façades en brique, les frises et les corniches. À l'intérieur, les vastes espaces nouvellement créés attiraient les figures montantes de l'*underground* et des galeries d'art. Mark avait raison : il gagnait beaucoup d'argent. Trop sans doute, mais on était en Amérique, pays de la libre entreprise.

1975

Septembre, fête des voisins

Aujourd'hui, dans l'immeuble, règne l'excitation des grands jours. Le personnel sillonne les couloirs, se croise, s'apostrophe, les portes claquent entre deux exclamations, rires ou cris. C'est la Courtyard Party, la fête des voisins, une tradition à laquelle aucun propriétaire ne dérogerait. À l'aube, John, le superviseur, a réuni ses troupes au grand complet, y compris les plombiers, les hommes à tout faire, ceux de l'ombre, qu'on ne voit jamais.

— Ce soir est un moment important, un moment de partage, rappelle-t-il avec son accent rugueux du Bronx. Je compte sur vous.

— Et pour passer les petits fours, on est payés en plus, chef ? l'asticote Aldo, le plombier.

— On peut boire un coup, nous aussi ? interroge Cy, un nouveau liftier.

— Cette fête est réservée aux résidents, mais on est là s'ils ont besoin de nous. S'ils vous offrent un verre, acceptez-le. Répondez quand on vous parle, mais ne vous immiscez pas dans les conversations. Tenez-vous un peu à l'écart.

— Ils viennent tous ? demande Shawn. Même Lennon ?

— Bien sûr. Mais laissez-le tranquille, hein ? Il n'a pas envie d'être importuné… Tu as compris, Juan ?

Juan a la bonne grâce de paraître embarrassé. C'est un fan des Beatles comme des albums du Plastic Ono Band. Depuis que Lennon est revenu de son intermède californien, le copain de Shawn piaffe, cherchant par tous les moyens à croiser son idole.

— Tu sais que Yoko a demandé à John d'avoir une liaison avec May, leur assistante ?

— Ah oui ? répond Shawn, par politesse plus que par intérêt.

Entre les deux jeunes hommes, les liens se sont renforcés au fil des mois. Après tout, Juan n'a que trois ans de plus que Shawn et ressemble davantage à un copain d'école qu'à un grand frère, ce qui leur convient à tous les deux. Ils passent de longues heures debout côte à côte à échanger des blagues. On peut compter sur Juan pour une cigarette ou un chocolat chaud « amélioré » au whisky. Il n'efface pas Sly, tant s'en faut, mais Sly est mort il y a cinq ans maintenant. Une partie de lui s'est évaporée, comme un ange, une autre vit en Shawn. La blessure reste vive, sa mort est trop insensée.

— Elle ne voulait plus coucher avec lui ! Elle avait un autre mec en tête. Alors elle a presque forcé May, une gamine de vingt-trois ans, à partager le lit de son mari.

— Tu m'as l'air bien renseigné. Tu bosses pour le FBI ?

— La secrétaire m'a à la bonne. Quand Yoko l'a laissé revenir, John n'était pas beau à voir. Shooté à l'héroïne, soûl du matin au soir. Tout ce qu'il a enregistré en Californie pendant son année « sabbatique » était à jeter à la poubelle.

Comme tous les Américains, Shawn avait eu vent de ce que Lennon appelait, par une litote provocatrice, son « week-end perdu » dont la presse se gargarisait. Dix-huit mois de bagarres, d'alcools et de drogues sur la côte Ouest, en compagnie de May Pang, l'assistante dont il s'était épris – soi-disant sur ordre de Yoko, mais Shawn en doutait.

— C'est fini, maintenant. Yoko va accoucher bientôt ?

— À la fin du mois, précise Juan. Ils parlent même de renouveler leurs vœux de mariage, ici, au Dakota. Je jouerais bien le témoin, moi !

Shawn n'a pas le temps de s'attarder à cause des tables à dresser, des fleurs à placer, des chaises à installer pour les plus âgés. Il se souvient de sa première *party* au Dakota. Cinq ans déjà, le temps filait. Toutes ces sommités rassemblées dans cette cour ! Il avait affronté bien pire, mais il redoutait ces regards braqués sur lui.

« Vous vous y habituerez vite, vous verrez, l'avait rassuré Nigel. Ce n'est qu'une foire aux vanités, respirez un bon coup. »

Shawn avait suivi le conseil. Peu à peu, Nigel et lui s'étaient liés. Shawn avait commencé à discuter sur le pas de sa porte, puis était entré. Un jour, Nigel lui avait proposé un *tonic water* ou une limonade et Shawn avait calé tant bien que mal son grand corps dans un fauteuil du salon. Le jeune homme avait appris à apprécier leurs conversations, d'autant qu'il n'avait plus un moment à lui. Coincé huit heures par jour au Dakota, le plus souvent debout, puis le métro bondé. À la maison, il courait chez l'épicier, puis à l'école pour récupérer les petites. Sa mère s'épuisait, il le voyait bien. Alors, au lieu de sortir, il l'aidait comme il le pouvait en multipliant les petits jobs. En ce moment, le week-end, il entraînait des gamins au stade. Pour un salaire de misère, mais avec une vraie joie à encourager son équipe, à constater leurs progrès et voir leurs bouilles épanouies. Grandir sous un regard masculin bienveillant lui avait tellement manqué…

Il admettait volontiers que Nigel le bluffait ; ce type avait tout lu, tout vu. La conversation roulait aussi bien sur la Constitution américaine que sur Malcolm X et Shawn ne s'ennuyait jamais. Le jeune homme absorbait tout avec gourmandise, et même avec avidité. Ce qu'il appréciait chez le professeur ? L'absence de préjugés, être traité en égal malgré son jeune âge et ses lacunes, avoir l'impression surtout que son avis comptait vraiment. C'était une relation d'égal à égal, un moment à chérir, une évasion du quotidien.

Juan donne un coup de coude à Shawn, interrompant ses pensées.

— Tiens, regarde, la voilà !

Yoko Ono ! Les cheveux lâchés comme à Woodstock, le ventre joliment arrondi sous une blouse noire.

— À quarante-deux ans et pas mal de fausses couches, elle doit se ménager, continue Juan en se dirigeant vers elle.

— Tu vas te faire engueuler, le prévient Shawn.

— En proposant une orangeade à une femme enceinte ?

La plupart des voisins arrivent avec un plat dans les mains. Yoko a fait livrer un tapis entier de sushis, Becky a confectionné des lasagnes, les Bicker ont apporté leur célèbre salade César et il y a des cookies, des brownies, des *cheese cakes* à la vanille. Les Dakotiens ne mourront pas de faim. José circule entre les invités avec une assiette qu'il apporte à une résidente en fauteuil roulant. Comme il a vieilli lui aussi ! Le plateau vacille entre ses mains, Shawn se retient d'aller l'aider car José s'offusquerait. Le jeune homme surprend une conversation à propos de la faillite de la ville.

— Tout ça, s'insurge Steve Kelly, c'est la faute du maire, Beame. Trop d'emprunts, trop de crédits. Foutus démocrates !

— Comment vont faire tous ceux dont les jobs sont supprimés ? s'inquiète Andrew.

— Et la mairie qui mendie l'aide de l'État, renchérit Chris. C'est trop facile de courir après les fonds publics quand on a vidé les caisses.

Andrew préfère se taire. À quoi bon s'accrocher avec ses voisins républicains ? Certains regrettaient ardemment Nixon, forcé à la démission l'an dernier pour avoir trop longtemps menti au pays. On parlait désormais de radier l'ancien Président du barreau de l'État de New York. Bel exemple donné au monde !

— Délicieuses, ces lasagnes. Vous les avez cuisinées vous-même ? demande Andrew à Becky.

— Avant d'aller travailler ce matin, répond-elle, la bouche pleine.

— Vous travaillez ? Mais vous avez tous les talents ! Dans quel secteur ?

Andrew maintient tant bien que mal en équilibre son verre et son assiette en plastique.

— Dans l'édition, répond Becky, décontenancée.

Ce type avait beau afficher ses convictions libérales – après tout, il avait imposé le portier noir –, il parlait comme un macho. Pourquoi ne saurait-elle pas cuisiner et éditer des livres ? Andrew la gênait, pas seulement à cause de sa prestance, de son hâle chronique, de ses pommettes taillées à la serpe ou de ses exploits de *wonder boy* de la pub. C'était un être froid, reptilien, dont le regard vous transperçait, qui se moquait de tout et de tous, malgré ses efforts pour le cacher. Cet homme-là avait sûrement un secret, une double vie. Arrivé directement du bureau, Chris paraît à ses côtés, essoufflé, mais providentiel.

— Ma femme est exceptionnelle. Tenez-le-vous pour dit !

Le mari de Becky devient cassant si elle discute longuement avec d'autres hommes. Elle lui prend le coude pour l'apaiser quand un murmure parcourt l'assistance. Vêtu de noir, en baskets blanches, John Lennon s'avance, les mains dans les poches, ses fameuses lunettes rondes sur le nez, le teint pâle piqueté d'une barbe clairsemée, les cheveux à la hauteur des épaules. Il semble gêné par tous ces yeux braqués sur lui.

Shawn et Juan se sont approchés. Ce dernier tient à féliciter la star pour l'énorme succès d'*Across the Universe*, mais le superintendant, son éternel talkie-walkie crépitant à sa ceinture, s'agite comiquement pour empêcher le personnel de serrer Lennon de trop près.

— Voulez-vous un peu de salade, John ? minaude Judith. Je peux vous appeler John, n'est-ce pas ?

Nathan ne reconnaît plus sa femme. Elle qui garde la tête froide en toutes circonstances à l'hôpital ressemble à une collégienne. Rose et émue.

— Non merci, tout à l'heure, répond Lennon en lui offrant son regard de myope.

Le chanteur n'a pas rejoint sa femme qui sirote du thé sur une chaise en fixant l'assemblée.

— Elle l'empêche de manger pour le purifier, glisse Cherie à Judith. Et elle le fait dormir sur un matelas par terre…

— Regardez ses pupilles dilatées, coupe Judith. Si vous voulez mon avis, il ne carbure pas qu'au thé.

Cherie s'esclaffe si bruyamment que son mari lui plaque une main sur la bouche.

— Arrête, il va finir par nous entendre.

— Quel rabat-joie tu fais ! Pour une fois que je m'amuse.

Le petit groupe aborde un sujet devenu sensible pour les résidents : les appartements achetés à tour de bras par le duo de stars. Cinq depuis leur arrivée... Vingt-cinq pièces en tout !

— Vous croyez que cela suffira, avec le bébé ? raille Nigel. Il va falloir loger le bataillon de nounous !

— Vous exagérez, lancent de concert Stella et Philip Johnson. Une artiste a besoin d'un atelier.

— Lui, oui, mais elle ? riposte Cherie. Il paraît qu'ils utilisent un appartement pour ranger leurs affaires, un autre pour loger leurs amis, un autre encore abrite des séances d'astrologie, d'hypnose... et même de sorcellerie.

Andrew lève les yeux au ciel. Et pourquoi pas des séances d'exorcisme ? Certes, les Lennon étaient bizarres. Un jour, il avait entendu Yoko parler de leur régime macrobiotique et de leurs cures de silence, mais après tout, c'était leur affaire. On ne pouvait exiger qu'ils mènent la vie des Bicker qui dînaient à 17 heures et se couchaient deux heures après !

— Andrew, vous devriez tempérer cet appétit immobilier, observe Steve. Sinon, ils achèteront tout l'immeuble et nous mettront dehors.

— Vous savez bien que c'est impossible. Le règlement interdit l'expulsion des résidents.

Vingt-cinq pièces... Pour Shawn, c'était tout simplement inimaginable. Combien d'habitants de Harlem pourraient loger dans le parc immobilier des Lennon ? Même à Strivers' Row, sur la 138e Rue, entre les Septième et Huitième Avenue, là où vivaient les plus riches de Harlem – médecins, avocats et musiciens – dans trois rangées de *townhouses* à l'allure de palais italiens, il n'y avait pas autant de place. Shawn caressait le rêve d'offrir un jour à sa mère l'une de ces demeures patriciennes. Impossible, à moins de dealer. Et les dealers étaient la plaie de Harlem, ses bourreaux. Aucun n'osait s'approcher de Shawn et s'ils le croisaient, les voyous baissaient les yeux.

Lauren Bacall sirote lentement un soda, perdue dans ses pensées. Shawn lui tend une serviette en papier.

— Merci, jeune homme. C'est vous qui aimez tant mon chien Snoopy, n'est-ce pas ?

— Oui, Madame.

L'actrice darde sur lui ses yeux de chat.

— Vous avez bien raison. Ils valent souvent mieux que les humains. Si cela ne tenait qu'à moi, je m'installerais à la campagne. Trop de voitures, de vacarme, de gens…

Shawn en sait quelque chose, lui qui doit répondre aux questions des fans et des touristes en faction devant l'immeuble, quand il n'éloigne pas ceux qui tentent d'y entrer malgré l'interdiction, en le soudoyant parfois avec un billet.

— Votre basset apprécierait mais vous vous ennuieriez assez vite !

L'actrice lui décoche l'un de ses sourires éblouissants.

— C'est vrai ! Et les bagels de chez Zabar's me manqueraient !

Shawn aperçoit Juan qui lui fait signe de s'écarter des convives quand surgit un homme en pull-over bleu électrique, les cheveux gris au vent.

— Bonsoir, Betty, lance-t-il à Lauren Bacall. Comment allez-vous ? Je viens de voir *Le Crime de l'Orient-Express*. Quelle prestation !

Leonard Bernstein, le compositeur de *West Side Story*. La mère de Shawn, qui adorait le chef d'orchestre, allait lui poser mille questions ! Mais pourquoi avait-il appelé l'actrice Betty ? Sans réfléchir, le jeune homme pose la question…

— Je m'appelle Betty Joan Perske ou Betty Bogart, répond gentiment la star. Bacall était le nom de ma mère. Vous savez tout, maintenant.

Shawn s'apprête à s'esquiver quand Bernstein lui attrape le bras.

— Je ne vous avais jamais vu. Vous travaillez ici ?

En guise de réponse, Shawn désigne son uniforme. Bernstein lui agrippe le bras en postillonnant à tout-va.

— Vous savez que je vous soutiens ? Vous avez entendu parler des Black Panthers ? Passez chez moi un de ces jours. Je vous raconterai la fameuse soirée du 14 janvier 1970… On m'a traité de gauchiste de Park Avenue. Une honte…

Gêné, Shawn se rappelle vaguement l'affaire : Bernstein et sa femme avaient organisé une soirée en faveur des Black Panthers dans leur luxueux appartement afin de lever des fonds pour leur procès, ce qui avait provoqué un mini-scandale dans l'*establishment* new-yorkais, redoublé par un article au vitriol signé Tom Wolfe dans le magazine *New York*. « Gauchiste de luxe. » La formule allait comme un gant à Bernstein, avec ses mocassins élégants, son pull en cachemire et ses airs patriciens, mais Shawn s'en moquait. Les Panthères Noires ne rugissaient plus. Et il se méfiait des libéraux comme Bernstein, des idéalistes plus ou moins sincères, toujours prêts à organiser des marches de protestation. « Demain sera meilleur ! », « Vivons ensemble », « Des États-Unis sans Blancs ni Noirs », entonnaient-ils en chœur avant d'aller se dorer la pilule aux Bahamas ou à Miami. La communauté noire devait s'élever en enfantant davantage de banquiers, d'avocats, de journalistes. Il fallait infiltrer et non s'opposer. Qui se souvenait des émeutes de Harlem et du New Jersey en 1943 et en 1967 ? Tout gosse, sa mère lui avait raconté les flics qui enlevaient les plaques d'immatriculation de leurs voitures avant de pénétrer dans les cités et défouraillaient à tout-va, y compris dans les maisons, blessant des enfants, des vieux et même des chiens et des chats. Il en avait fait des cauchemars dont elle ne l'avait pas consolé.

« La vérité t'élève, mon fils », avait répété Dolorès.

— Vous êtes bien musclé, mon garçon ! hurle Bernstein en tâtant les biceps du portier. Vous devriez pratiquer la boxe !

— J'y penserai ! sourit Shawn.

Le gars avait-il bu ? Était-il *stoned* ? La cour entière les observe. Mais, très vite, les discussions reprennent autour du prochain combat de Mohamed Ali à Manille, contre son meilleur ennemi, Joe Frazier, qu'il a battu l'an dernier à Kinshasa. Ce match, selon Ali, s'apparentait à « ce qui s'approche le plus de la mort ». La future maman Yoko mime un direct du droit. Bientôt, les Dakotiens ne parlent plus que de rounds, de garde haute, d'enchaînements. Mohamed Ali met d'accord tout le monde, même les nantis.

Soudain les yeux de Shawn se posent sur le fils Johnson : Tyler se tient la gorge en grimaçant. Au même moment, Stella Johnson se retourne et laisse tomber son verre.

— Tyler, Tyler ! Qu'est-ce que tu as ?

L'enfant suffoque, défaille, bleuit. Shawn le rattrape, lui administre de vigoureuses claques entre les omoplates.

— Mon Dieu ! s'exclame Stella.

— Lâchez-le ! hurle son mari.

Shawn appuie son poing au niveau du sternum. Tyler siffle, éructe, crache… Une cacahuète ! On applaudit. Stella se précipite sur son fils.

— Tu sais que tu n'as pas droit aux cacahuètes, imbécile !

— Il s'étouffe souvent, explique le père de Tylor. Un bonbon, un bout de pain…

— Merci, monsieur ! lance Stella. Vous l'avez sauvé.

— Je l'ai seulement remarqué le premier, c'est tout.

L'habitude. Chez lui, les jumelles portaient tout à leur bouche. Quand elles avaient deux ans, il les suspendait par les pieds comme des oies de Thanksgiving pour libérer leur gorge.

John et Yoko en ont profité pour filer.

— À l'anglaise…, glisse Juan, fier de sa blague. Allez, le héros du jour, je te paye une bière. Tu l'as bien méritée !

1976

Nigel

À peine le temps de faire chauffer l'eau qu'un pas rapide retentit dans le couloir, puis la sonnette carillonne. Il est 9 heures. Nigel ne travaille pas aujourd'hui, et tant mieux, la ville se prépare à la « tempête de neige du siècle », d'après les médias. Par la fenêtre, il admire la lumière argentée sur le petit lac glacé du parc. Déjà la neige habille de blanc monticules et ravines et l'on entend le bruit des pelles qui déblayeront toute la journée. Nigel pense à Don, en planque quelque part dans le Bronx, dans sa voiture déglinguée au sol jonché de détritus et au chauffage aléatoire. Une enquête sordide, comme la police en mène tous les jours. Un type retrouvé à la hauteur du Alexander Hamilton Bridge, les pieds coulés dans le béton, les mains coupées, sans doute jetées dans la rivière. Un règlement de comptes mafieux : l'omerta règne. Nigel soupire et ouvre la porte. Shawn lui tend un sac huileux.

— Tenez, je vous ai apporté des beignets au chocolat, comme vous les aimez.

— Merci de m'engraisser.

— Vous avez encore de la marge, s'amuse le géant noir en regardant Nigel qui flotte dans sa chemise. Vous devriez venir avec moi à la salle de muscu à Harlem.

Nigel rit de bon cœur.

— Vous me voyez vraiment soulever de la fonte ?

Il avise le livre que Shawn tient à la main.

— Alors, ce *Rouge et le Noir*... Pas mal, n'est-ce pas ?

— Oui ! Je vous le rapporte. Quel style ! Entre Mathilde de la Mole et Louise de Rênal, mon cœur balance.

— Bah, toutes les mêmes..., sourit Nigel. Mathilde méprise les hommes et Louise est manipulée par son précepteur.

— Seul Julien a le cœur noble, et l'ambition chevillée au corps.

Nigel avait vite perçu l'intelligence du garçon, sa soif d'apprendre. Shawn se révélait plus curieux que beaucoup d'étudiants de Columbia. Nigel lui avait ouvert sa bibliothèque... et le monde. Shawn voyait la France comme un paradis où les Noirs échappaient à l'esclavage et à la police. Nigel avait beau lui assurer que le racisme sévissait aussi sur le vieux continent, Shawn considérait l'Europe comme un éden.

Il tenait aussi à apporter quelque chose à cet homme si différent de lui et l'avait emmené plusieurs fois à Harlem.

— Vous vous souvenez de notre dernière balade dans mon quartier ?

— Je ne risque pas de l'oublier !

Les fenêtres brisées, les types sur les marches des porches qui lorgnaient les passants, les tas d'ordures où les mômes jouaient à atterrir en se laissant tomber du premier étage…

— Vous n'en meniez pas large…, ajoute Shawn, taquin.

— On pourrait aller voir le *Boléro* de Ravel monté par Béjart ! propose Nigel, changeant de sujet avec diplomatie. À faire une fois dans sa vie.

Il aimait toujours autant la danse mais n'avait pu convertir Don à « ce truc de folle ». Ils se disputaient souvent ces temps-ci, trop sans doute. Nigel avait décliné l'offre de Don trois ans plus tôt : ils ne vivaient pas ensemble. Il avait prétexté des horaires différents, les réactions des voisins, son besoin de calme pour travailler. Impossible de franchir le pas, de partager une vie quasi conjugale avec cet homme qu'il aimait pourtant. Il se sentait défectueux, vicié, promis à la solitude, et Don, qui ne comprenait pas, le pressait encore. D'où ces scènes répétées et la sensation pénible pour Nigel d'être traité comme un adolescent en pleine crise d'indépendance.

Le téléphone sonne. Shawn se lève, Nigel le retient.

— Restez, j'en ai pour une minute.

— Nigel, c'est maman…

Sa mère n'appelle jamais, de crainte que son père, qui épluche les factures, ne s'en aperçoive. Là, elle parle si bas qu'il n'entend qu'un murmure heurté.

— Maman, qu'est-ce qu'il y a ?

— Il est mort. C'est fini.

Le choc contracte ses épaules, son cou, son ventre.

— Mais… comment ?

Elle raconte la scène entre deux sanglots. Son père juché sur une échelle pour tirer sur des corneilles qui le réveillaient en tapant au carreau, et sa glissade, sa chute en arrière, son cri… Les secours n'avaient pu que constater le décès de Howard Downson, cervicales brisées. Depuis, le chien hurlait dans le jardin, comme s'il avait compris. Nigel entend l'animal au bout du fil, une plainte atroce qui lui tire des larmes malgré lui.

— J'arrive, maman. Je prends le premier avion…

Il se tourne vers Shawn.

— Mon père vient de mourir… Je dois y aller.

— Vous voulez que j'appelle un taxi ?

Nigel regarde le garçon comme s'il ne le reconnaissait pas.

— Je… je ne sais pas…

— Asseyez-vous, je vais vous chercher un verre d'eau.

Shawn reconnaît les symptômes de l'état de choc, il l'a éprouvé avec Sly. Il assoit Nigel de force, le fait boire, prépare un sac de voyage. C'est étrange de toucher les sous-vêtements, les chaussettes du professeur. Tout est rangé en piles, soigneusement plié. Peu d'affaires, mais de qualité. Il prend des habits noirs, une cravate.

— Vous avez vos papiers sur vous ?

Nigel reste prostré. Il devrait prévenir Don, téléphoner à l'aéroport pour savoir s'il y a des vols, malgré la tempête. Mais il fixe le mur. Les mains de son père, plus promptes à frapper qu'à caresser, son after-shave à la lavande, les parties de pêche le dimanche sur la rivière Maumee. Il parvient à laisser un message succinct au commissariat de Don. Il rappellera de Toledo. En bas, le personnel sait déjà. Eddy, José, Mike et Aldo lui serrent cérémonieusement la main. On se croirait dans un film, avec ces gars presque au garde-à-vous… Shawn tient la portière du taxi jaune, se penche sur lui.

— Je penserai à vous dans cette épreuve. Nous serons là à votre retour.

Ce timbre intime et chaud le réconforte.

Le trajet jusqu'à La Guardia remue un tourbillon de pensées. Partout, le reflet bleuté de la neige qui tournoie, efface les points de repère, engloutissant l'horizon. Il a pris le dernier vol pour Toledo avant la fermeture de l'aéroport. Pour se donner du courage, il a avalé un double scotch et son estomac proteste. Dix ans d'absence, si l'on retranche deux ou trois Noëls calamiteux… Comment allait-il renouer les liens avec les siens ? Pouvait-on avoir peur de sa propre famille ? Le chagrin de sa mère l'effrayait, tant il se sentait impuissant.

Celle-ci ouvre la porte sans qu'il ait frappé. Elle a vieilli, s'est tassée sur elle-même. Elle n'a pourtant que cinquante-neuf ans. Annie, sa sœur, l'enlace sans un mot. Cette odeur d'encaustique au citron et de toast brûlé… Robert, son frère aîné, vendeur chez Chrysler, brise le silence.

— Alors, on a quitté la cité des nègres, des gauchistes et des pédés pour revoir les péquenots ? Si tu veux mon avis, Gerald Ford avait raison d'envoyer New York au diable. Tu crois que la ville va faire sécession ?

Leur père n'était pas enterré que son frère, républicain comme le reste de la famille, cherchait déjà la bagarre ! Ignorant l'idiotie de son aîné – le Président Ford s'était ridiculisé en se rétractant –, il se tourne vers sa mère.

— Ça va, maman ? Tu tiens le choc ? J'aimerais bien le voir, tu sais.

— Oui. On ira cet après-midi à la salle funéraire.

Comme il l'a fait des milliers de fois, Nigel monte l'escalier, pose la main sur les endroits patinés par les passages répétés. Il s'assoit sur son lit, se revoit, lourd de désirs pour les hommes, honteux. Il avait voulu changer, soigner ses penchants. À quatorze ans, il trempait chaque soir son sexe dans du vinaigre. Sa mère ne comprenait pas que les bouteilles se vident si vite ! Annie, qui savait, le traitait en pestiféré. Le réconfort ne faisait pas partie de l'héritage familial et le mal de l'homosexualité le menait droit en enfer, entre des succubes aux sourcils épilés… Il songe à Don, puis à Shawn. Il devrait téléphoner au premier, puiser des forces dans sa voix. Il a de nouveau quinze ans et peur du regard mauvais de son père qui pensait que tout dans la vie était une question de volonté et de discipline. Sauf la mort, sans doute.

— Hé, tête de nœud ! crie Robert. Tu viens déjeuner ? Les voisins ont apporté de quoi tenir un siège !

Dehors, le ciel bouillonne de nuages.

Shawn

Pauvre Nigel ! Il avait l'air complètement perdu. J'aurais aimé faire davantage pour lui, mais je ne peux endosser sa peine. Si l'on m'avait dit qu'un jour, je serais copain avec un professeur de Columbia ! Il m'apporte beaucoup, plus qu'il ne le pense. À Harlem, je joue un rôle, celui du dur que rien n'atteint, qui protège sa famille. Ici, au Dakota, je suis un employé juste toléré par certains. La seule personne noire à part moi, c'est Roberta Flack, mais elle est si connue qu'elle n'apparaît plus comme une black, seulement une star parmi d'autres. Nigel se fiche de ma couleur et, en tout cas, n'en parle jamais. Avec lui, je respire : on parle d'art, de livres, de cuisine. On n'évoque jamais nos familles ou nos amours et on ne tente pas de définir notre relation. Ami, mentor, complice en littérature ? Peu importe. Pour la première fois depuis la mort de Sly, je me sens revivre. Je n'ai pas osé inviter Nigel chez moi à cause de la pauvreté des miens : aucune envie d'allumer de la pitié dans le regard du prof. Juan passe parfois déguster le riz aux crevettes de ma mère et reluquer Chanelle, mais avec Nigel on va plutôt au cinéma ou arpenter le macadam. Drôle de duo : sa silhouette fine, son air distingué, sa veste de costume, et moi, le géant aux épaules larges dominant la foule. Au MET, où on admire souvent les impressionnistes, Nigel m'a présenté comme un ami au directeur sans dire que j'étais portier. J'ai apprécié. Les seuls Noirs rencontrés au musée de la Cinquième Avenue déchirent les billets au seuil des salles…

Je l'ai emmené plusieurs fois manger des ribs chez Sylvia's, le restaurant le plus couru de Harlem, prendre un verre au Paris Blues, le club de jazz tenu par Samuel Hargress Junior qui arborait toujours le même chapeau, ou admirer la façade de l'immaculé et désormais fermé Hôtel Teresa, où Joséphine Baker, Fidel Castro et Nikita Khrouchtchev avaient séjourné. Pourtant, notre dernière balade dans mon quartier avait failli mal tourner.

Deux balèzes en blouson de cuir, la tignasse comme de la paille de fer, ont barré le chemin à Nigel en le traitant de « tarlouze blonde ». Il a baissé la tête, le cœur battant. J'ai bombé le torse et répondu qu'il était « avec » moi. Les types nous ont dépassés en nous insultant : « Sales fiottes ! Vous regardez *Roots* en vous tenant la main, c'est ça ? » *Roots*, qui cartonne sur ABC, raconte la vie d'une famille d'esclaves afro-américains sur plusieurs générations. Ma mère et mes sœurs en raffolent, pleurent bruyamment à tous les passages tristes et même moi, je suis la mini-série quand je le peux.

Le seul point d'accrochage entre le prof et moi, c'est la danse. Nigel veut m'emmener au ballet et là, je ne le suis plus. Tous ces types en collants noirs… Il a beau répéter qu'entre celle-ci et la boxe, il n'y a qu'un pas, je n'ai pas réussi à le franchir. Juan exploserait de rire si je lui racontais que je risque de me retrouver un jour devant *Le Lac des cygnes*. Mais il ne le sait pas, comme il ignore mon amitié avec Nigel, et c'est très bien ainsi.

Abigail

C'est sa voix qui l'alerte. Son père hésite, bafouille, ce qui ne lui ressemble guère.

— Ça ne va pas ? Tu es malade, papa ?

— Non, chérie. Mais j'annule notre brunch, je dois filer à Washington. La Maison Blanche veut me consulter à propos de la campagne présidentielle. Cela s'annonce serré.

— Eh bien, on peut dîner à ton retour, répond Abigail, à la fois rassurée et dépitée.

— En fait, j'y resterai tout le week-end. Je t'appelle.

Il raccroche sans avoir pris de ses nouvelles. Abigail, frustrée, jette ses coussins par terre. Leur déjeuner dominical représente une institution ! Quand une urgence devait se régler pendant le week-end au journal (il se passait toujours quelque chose au *New York Times*), ils se voyaient dans la soirée, le lendemain au plus tard. Une vague de solitude s'abat sur elle, ce sentiment d'abandon venu de loin et dont elle ignore la source, mais aussi un accès de vulnérabilité dont elle ne connaît que trop l'origine.

Rentrée à l'aube, Abigail décide de se rendormir. Après son dîner dans la Crystal Room du restaurant Tavern on the Green, elle a suivi une petite bande qu'elle connaît de vue. Des limousines les attendaient, direction *downtown*. Abigail s'était retrouvée entre deux filles sublimes qui poussaient de petits cris quand la voiture rebondissait sur les ornières de la Cinquième Avenue. On se serait cru dans une capitale africaine ! Pourris par la drogue, envahis par les sans-abri, le Bowery, Hell's Kitchen, la 42e Rue, des quartiers entiers s'enfonçaient dans la pauvreté. Raison de plus pour se sentir vivant. Quelqu'un avait sorti un magnum et des flûtes, les bulles de champagne scintillaient à la lueur des réverbères. Les rues se peuplaient à mesure qu'on descendait vers le sud. Des garçons en tee-shirt, des *party-girls* en escarpins, des *drag-queens* en robe longue discutaient sur Broadway, indifférents à la température quasi polaire. Abigail s'était laissé embrasser par le garçon qui l'avait emmenée. Il se disait comte hongrois, ou polonais. La voiture avait stoppé au 33 Union Square West. La nouvelle Factory ! Abigail fréquentait souvent le premier atelier d'Andy Warhol au coin de la 16e Rue, dans l'immeuble Decker, sur Union Square. Les fêtes attiraient un mélange extravagant d'artistes, d'acteurs porno, de mannequins équivoques, de demoiselles bien nées comme elle et venues s'encanailler, le tout dans un décor de vaisseau spatial aux murs couverts de papier argenté. À son arrivée, elle était tombée sur le maître des lieux, Andy, en marinière rayée, son Polaroïd autour du cou, ses cheveux raides et neigeux dessinant une sorte de halo. Il ressemblait à un ange pervers ou à un clown triste avec son nez rouge qu'il repoudrait régulièrement.

— *Darling*, te revoilà ! l'avait-il accueillie de sa voix métallique et sourde, presque de mutant. Où étais-tu passée ?

Il l'avait serrée dans ses bras, raide comme un automate. Depuis que Valerie Solanas, l'auteur du *SCUM Manifesto*, avait tenté de le tuer (et presque réussi), il portait un corset et souffrait sans le montrer.

— Amuse-toi. Ce soir, tout le monde est là !

En effet, elle reconnaissait bien des visages. Nico et Diane de Furstenberg conversaient dans un coin malgré la musique assourdissante. Lou Reed sifflait une bière au goulot. Elle avait discuté avec deux peintres qui secondaient Andy à la Factory, même si l'artiste œuvrait le plus souvent seul. Ses portraits sérigraphiés de Mao, Monroe ou Jagger faisaient fureur, comme ses boîtes de soupe Campbell auxquelles il avait donné une seconde vie. Un vrai publicitaire pop art, autrement plus doué que ce libéral prétentieux d'Andrew. Abigail avait un peu bu, embrassé un autre type qui tenait absolument à lui faire l'amour, proposition poliment déclinée. Mieux valait fumer de l'herbe en chantant à tue-tête.

Et ce soir, rebelote, Andy voulait l'entretenir d'une série sur les marteaux et les faucilles. Le maître de la Factory aimait mêler *parties* et business. Personne ne lui résistait.

Dans l'entrée du Dakota, elle demande sa voiture à José.

— Vous êtes sûre, Mademoiselle ? On prévoit une tempête pour ce soir.

— Ne vous en faites pas, José, je conduis lentement. Et je ne vais pas loin.

Elle pose une main sur le bras du vieil homme. Quand elle sort, on dirait qu'il l'attend pour aller se coucher, faisant les cent pas devant la grille. Elle chasse l'image de son père, si affairé. Ce soir, elle va s'amuser.

— À tout à l'heure, José.

— Soyez prudente, Mademoiselle.

La Factory est moins pleine, moins folle que la veille. Andy aperçoit Abigail et vient l'enlacer, ce qui est étrange quand on connaît sa phobie des contacts physiques. Il a décidé d'emmener sa bande au Chelsea Hotel sur la 23e Rue, lieu mythique qui a hébergé Tennessee Williams, Jack Kerouac, Leonard Cohen, Arthur Miller. Warhol aime l'énergie de l'endroit, son côté ruche. Les canapés du Chelsea sont pris d'assaut. Andy fend royalement l'assistance, se pose sur une marche du grand escalier et entame un discours – confus – sur l'art de la vidéo, dans un silence dévot. Puis les conversations reprennent, plus échauffées, comme si la semence verbale du maître faisait pousser les idées. Abigail plaisante avec Viva, la star des films d'Andy, une beauté aux traits purs, avec des pommettes de chat et des éclairs d'insolence dans les yeux. Un cow-boy en Stetson, muni d'un appareil photo Hasselblad, vient s'incruster. Son titre de gloire ? Il a posé nu pour le grand photographe Robert Mapplethorpe, attendu ce soir.

— Vous voulez vérifier la marchandise ? lance-t-il à la cantonade.

Il enlève sa chemise, ses santiags, son jean, son caleçon et s'expose en pleine lumière dans le plus simple appareil.

— Il a dû plaire à Robert, celui-là ! hurle un jeune homme en admirant ses formes de culturiste. Bravo !

La salle applaudit et le cow-boy, ivre de joie et de whisky bon marché, entame un rodéo sur la rampe d'escalier. On se croirait au Vault, la boîte de la Dixième Avenue, connue pour son savant mélange d'hétéros et d'homos, où l'on pouvait recevoir les plus belles fessées du monde libre, d'après la publicité !

Abigail jubile. Si les dames des comités aux twin-sets pastel la voyaient au milieu de cette faune !

— On s'est déjà rencontrés, à Atlantic City, je crois !

Courtaud, l'inconnu porte un bandeau sur l'œil droit.

— Je ne crois pas.

— Si ! Si ! Vous êtes la danseuse de tango. Je vous reconnais.

L'homme lui saisit le bras, ses ongles sont longs et sales.

— Apprenez-moi quelques pas, vous êtes sublime !

Abigail s'exécute, amusée de se glisser dans la peau d'une entraîneuse d'Atlantic City pour complaire à un Capitaine Crochet à la petite semaine. Elle tournoie sur elle-même, guide son cavalier, quand une main se referme sur sa pomme d'Adam.

— Dis, traînée, laisse mon mec tranquille ! vocifère une fille aux lèvres peintes en violet, saucissonnée dans un tutu blanc. Il est à moi ! Dégage…

Au moment où elle se retourne, la dingue écrase sa cigarette sur son épaule. Abigail hurle de douleur, l'écarte d'un revers du coude en l'insultant et se fraye un chemin parmi les fêtards indifférents. Pour elle, la soirée est terminée. Soudain dégrisée, elle se dépêche de récupérer son manteau. Dehors, le froid avive la brûlure sur sa peau. New York est décidément peuplé de fous ! Pour arranger le tout, le Mexicain mâchouilleur de cigare qui garde la Mustang au parking en plein air manque de monnaie. Elle lui abandonne cinquante dollars, pressée de s'abriter du blizzard qui s'insinue dans son manteau de fourrure. De gros flocons de neige dansent autour des réverbères. Un paysage russe sur la terre d'Amérique. À hauteur de Columbus Circle, elle accélère. La neige forme comme un rideau blanc, soudain crevé par un taxi en maraude. Elle donne un coup de volant, perd le contrôle de la Mustang qui glisse sur la chaussée, défonce une congère. Elle s'entend crier. La statue en marbre de Christophe Colomb, les fontaines de la place se rapprochent. Puis le noir.

— Miss, ça va ? Vous n'êtes pas blessée ?

Abigail resterait bien allongée, les yeux clos, sur le cuir des sièges, mais un homme en turban orange tente de la relever. Se sentir palpée par un inconnu la glace plus que le froid.

— Enlevez vos mains. Laissez-moi tranquille.

Surgie de nulle part, sirène hurlante, une voiture de police stoppe à leur niveau. Le chauffeur de taxi sikh brandit ses papiers, mais les flics le plaquent sur le capot de la Mustang. Après le Capitaine Crochet de la

Factory, voilà Aladin sous une guirlande de gyrophares. À l'hôpital Mount Sinai, elle est prise de nausées. On va la garder pour la nuit : elle a tout juste été capable d'indiquer le numéro de téléphone de son père. Arrivé dans le quart d'heure, livide dans son pardessus trop léger pour affronter le froid, Henry lui paraît vieux, pour la première fois.

— Je n'ai rien, papa. C'est ridicule, la voiture a dérapé. Ils m'ont juste pommadé l'épaule. Un petit problème au Chelsea.

— Je vais appeler le Pr Cunningham, c'est le meilleur ici. J'ai dîné avec lui il y a un mois.

Il arpente la pièce, se lisse nerveusement les cheveux.

— Ramène-moi à la maison, demande-t-elle. Mes chiens…

— Sûrement pas. Tu as peut-être un traumatisme crânien. Je vais joindre notre avocat. Tu étais en tort ?

— Papa, tu me donnes mal à la tête… Au fait, comment était ton week-end ?

Elle se retient de lui rappeler que, sans cette escapade à Washington, elle serait sagement restée au Dakota après leur brunch dominical. C'était presque sa faute, tout cela.

— Très bien.

Il se gratte le nez, un tic nerveux chez lui.

— Tu as vu Reagan ?

— Oui. Il est trop conservateur par rapport à Ford, mais quelle éloquence ! Et sa prestance hollywoodienne ! Il a ses chances, je crois… mais pas tout de suite.

— Tu as profité de la ville ?

Silence. Son père regarde par la fenêtre.

— Chérie, ce n'est pas le meilleur moment pour en parler, mais…

— Mais quoi ?

Abigail le sent hésitant.

— J'ai rencontré quelqu'un. Une femme très bien. J'aimerais te la présenter. Nous étions ensemble à Washington. Elle s'appelle Maureen.

— Formidable.

Quelle nuit ! Le cow-boy nu, la dingue à la cigarette, l'accident avec le taxi enturbanné et maintenant, son père amoureux. Les amies de Henry apparaissaient et disparaissaient sans qu'elle ait vraiment le temps ni l'envie de les rencontrer – il ne le lui avait d'ailleurs jamais proposé. Mais là, c'était différent. Sa gêne, son émotion ne trompaient pas. Elle devait compter à ses yeux.

— J'ai sommeil, papa. Je vais dormir maintenant.

Elle remonte le drap rêche de l'hôpital sur son menton. Henry dépose un baiser sur sa joue froide, sans sécher la larme qui brille entre ses cils.

Nathan

Dire que tout avait débuté par une banale conversation au petit-déjeuner ! Nathan se souvenait de chaque mot prononcé.

— S'il te plaît, papounet, dis oui !

À dix ans, alliée à sa sœur Deborah, Jessica menait une campagne inlassable pour l'adoption d'un animal domestique. Elles voulaient une peluche vivante à caresser et avec qui jouer.

— On l'installera dans la chambre de Lea pour qu'il ne te gêne pas, ajoute la fine mouche.

Lea, l'aînée, finissait ses études de médecine à Harvard, la meilleure fac du pays – et aussi la plus chère. Elle souhaitait devenir cardiologue, sauver des vies, de préférence dans un pays du tiers-monde, ce qui les emplissait de fierté, mais son départ à Cambridge avait chagriné la famille. Nathan passait avec émotion devant sa chambre désormais trop bien rangée et Judith redoublait d'ardeur à l'hôpital pour ne pas trop y penser.

— Impossible, chérie, répond Nathan. Tu sais bien que je suis allergique aux chats.

C'était plutôt psychique. Qu'un chat le frôle et Nathan disjonctait. La famille Mendelsohn se rappelait avec un mélange d'effroi et d'hilarité la comédie de l'année précédente. John Lennon adorait les chats. Il en possédait un tout blanc nommé Poivre et un autre tout noir logiquement appelé Sel, qu'il baladait volontiers sur son épaule, chacun à tour de rôle, dans le Dakota. Dégoûtant et risqué selon Nathan qui l'évitait, contrairement aux autres résidents qui s'émerveillaient en apercevant la rock-star avec l'un de ses félins ou, mieux encore, avec son fils, le petit Sean. Tous accouraient alors pour échanger trois mots avec le Beatle, histoire de s'en vanter ensuite auprès de leurs amis. Un jour, en rentrant chez lui, Nathan avait trouvé Poivre paisiblement allongé sur le canapé Chesterfield. Le père de famille et psy estimé s'était mis à hurler, à bombarder de coussins la bête affolée, à injurier sa femme et ses filles qui avaient osé laisser la porte entrouverte, avant de s'enfermer dans la cuisine, en proie à une crise de panique.

— Vous vous rappelez ce qui est arrivé à l'autre chat du Beatle ? rappelle-t-il pour évacuer un sujet gênant.

Après Poivre et Sel, Lennon avait acheté un chat bleu russe nommé Alice. Une vraie beauté. Mais la pauvre bête avait chuté de la fenêtre et, contrairement à la légende qui veut que les chats retombent toujours sur leurs pattes, s'était écrasée au milieu des taxis canari, laissant la star en deuil. Juan l'avait confié à Shawn qui l'avait confié à Nigel qui l'avait confié à Nathan. Aucun secret ne résistait au Dakota.

— Alors pourquoi pas un oiseau ? Ou même deux ? suggère Judith. Des inséparables, ce serait mignon, non ?

— Oh oui, des perroquets ! s'exclame Jessica.

— Les perroquets savent voler, les perroquets ne s'écrasent jamais…, chantonne Deborah.

— Sauf quand on leur rogne les ailes pour les vendre, rétorque Nathan à court d'arguments.

— Regarde : j'ai trouvé ! « Vends chiot king-charles. » Drôlement chou !

Deborah brandit le *New York Post*.

— Ils disent que c'était le chien préféré du roi Charles Ier d'Angleterre.

— Tout ce qu'il y a de plus chic ! s'esclaffe Judith.

— Et combien coûte cette bête digne de la Couronne d'Angleterre ?

— Aïe ! soupire Deborah, un œil sur l'annonce. Deux mille dollars, quand même…

— Vous savez combien mes parents payaient notre mansarde sur Clinton Street ? Un dollar par semaine ! Je n'en mettrai pas deux mille dans un cabot prétentieux !

— L'anniversaire de Jessica tombe dans un mois, observe Judith. On pourrait demander à mes parents de le lui offrir ?

— Ah non, ne me reparle pas de tes parents !

Nathan jette sa serviette, le café reflue dans son œsophage, brûlant ses muqueuses. Depuis quelque temps, il a moins d'appétit. S'il pouvait, il se nourrirait de bananes, le seul aliment qui calme ses aigreurs d'estomac. Mais Judith s'y opposerait… Comme elle s'oppose à lui aujourd'hui au sujet de l'argent. Élevée dans la soie, son épouse ne se rendait pas compte. Qui avait besoin d'une femme de ménage et d'une nounou en 1976 à New York ? Deborah aurait bientôt dix-huit ans, Jessica onze, le mois prochain. Nora pouvait faire le boulot d'une femme de ménage ou s'en aller. Mais les filles l'adoraient, donc on la gardait, voilà tout ! Même si Nora s'ennuyait ferme dans l'appartement et si Nathan, quand il rentrait à l'improviste, la trouvait souvent à flirter avec Jerzy, le gros liftier polonais. En vérité, ils vivaient au-dessus de leurs moyens : le personnel, les vacances, les études de Lea. Nathan échouait à stopper l'hémorragie financière et, chaque fois qu'il abordait le sujet, sa femme sortait son joker *parents* ! Ils se disputaient souvent à ce propos, surtout depuis que Nathan avait refusé la proposition « mirobolante » de son beau-père, trois ans plus tôt. Celui-ci était arrivé avec vingt minutes de retard au cabinet de son gendre, pestant contre les embouteillages, ce qui avait d'emblée irrité Nathan. Pourquoi ne restait-il donc pas à Long Island, ce cimetière pour vivants ? Saul abusait de la lampe à bronzer et affichait un teint de homard. Ses cheveux trop longs, d'un noir corbeau directement sorti d'un flacon, contredisaient ridiculement sa date de naissance. Pourquoi son beau-père riche à millions s'affichait-il comme un maquereau d'Atlantic City ? Saul s'était calé dans le fauteuil, observant le bureau de Nathan, puis sa main mutilée d'un air dégoûté, comme s'il ne s'habituait pas, après tant d'années, à ce handicap, cette faiblesse. Nathan s'en sentait offensé, car ses doigts coupés faisaient partie de son identité. N'ayant rien à se dire, le gendre et le beau-père si dépareillés en étaient venus aux faits. Alerté par sa fille de l'état de leurs finances, Saul lui avait proposé d'entrer dans la clinique esthétique d'un de ses copains à Long Island. Un institut où l'on refaisait les nez, corrigeait la loi de la gravité, retendait les peaux usées. Son rôle serait de facturer un maximum de consultations aux patients pour les rassurer sur le bien-fondé de leur opération.

— Tu pourras échanger ta vieille Chevy contre une Ferrari. De l'argent facilement gagné, cela ne se refuse pas.

Mais Nathan avait refusé tout net. Lassé à l'avance de voir des patients à la chaîne, de rassurer des ménagères sur leur lifting et du trajet quotidien en train. Cette fin de non-recevoir avait froissé Judith ; trois ans après, elle y pensait encore. Il l'avait vu dans son regard quand elle avait évoqué ce maudit animal…

De sa chambre, Nathan entend les filles embrasser leur mère et claquer la porte.

— Tu es fâché ? Moi aussi ! Elles en ont tellement envie…

— Tu connais le montant de notre découvert ce mois-ci ? répond Nathan. La banque m'appelle tous les jours, figure-toi.

— Je ferai des heures supplémentaires à l'hôpital.

— Pas question. Tu rentres déjà assez tard comme cela.

— C'est à moi de gagner davantage, c'est tout.

Assise sur le lit à ses côtés, Judith oublie sa main si blanche sur sa cuisse. Ce frôlement aussi léger qu'une aile d'oiseau suffit à l'émouvoir. Il sent son parfum, mélange d'une huile d'amande pour bébé, de désinfectant hospitalier, d'odeur de café. Son corps somptueux a résisté aux grossesses, ses seins montent la garde. Ils jaillissent soudain. Un scénario immuable. Après une dispute, Judith aime faire l'amour. Une façon de se rassurer, de recréer une bulle d'intimité, alors qu'il est plus lent à s'extraire de sa carapace. Mais Nathan n'arrive pas à lui résister, pas longtemps. Mutine, elle se penche, l'entoure de ses bras satinés. Il se glisse en elle, doucement, puis plus fort. Il s'appuie sur ses coudes pour admirer ce visage qu'il connaît mieux que le sien, quand un spasme lui tord l'estomac. Vertige : un géant implacable lui piétine le cœur, lui broie mâchoire et cou.

— Nathan ! Qu'est-ce que tu as ?

Il entend Judith sans pouvoir lui répondre. Le blanc des draps se rapproche, fond sur ses joues brûlantes, comme s'il se trouvait sous la grêle d'or du mois d'août, avant que le ciel ne lui tombe dessus et ne l'enterre.

Il a repris conscience face à une légion d'ambulanciers en parka à bandes fluo. Au fond de la chambre, collée contre le mur, Judith porte un peignoir largement ouvert. S'il remarque ces détails, c'est qu'il n'est pas mort.

— Ça va aller, monsieur. On va vous aider.

L'haleine à la chlorophylle du type réveille son vertige. Et toujours cette douleur qui coule dans son bras tel du mercure en fusion. L'hôpital a diagnostiqué un infarctus du myocarde, « léger », un petit caillot de sang dans l'artère coronaire. Nathan le savait déjà, mais il a tout oublié du trajet en ambulance, du séjour aux urgences avant d'intégrer une chambre, de ses trois filles, blanches d'inquiétude à ses côtés. Le médecin a répété à Judith qu'il avait de la chance. Pas d'opération, mais des médicaments, de l'aspirine chaque jour, des repas adaptés et surtout du repos.

Assis dans son fauteuil, Nathan regarde les nuages griser le ciel new-yorkais. Au moins, on ne parlait plus du cabot à deux mille dollars. Bientôt, il pourrait se reconcentrer sur ses dossiers. Ce matin, avant de partir travailler à l'hôpital, Judith a déposé devant lui des baskets blanches flambant neuves.

— Que veux-tu que j'en fasse ?

— Les emmener se promener à Central Park.

— Sinon ?

— Sinon nous ne pourrons jamais reprendre là où nous nous sommes arrêtés, lance Judith avec une œillade appuyée.

Nathan sourit. Un mois après sa crise cardiaque, son épouse songe à la bagatelle. Une bonne raison de vivre. Elle avait eu tellement plus peur que lui ! Écrasée sous son poids, elle avait bondi du lit. En passant dans le couloir, Shawn avait cru rêver : elle hurlait au secours devant la porte, nue comme un ver. Le jeune homme avait eu les bons réflexes et les pompiers avaient accouru, paraît-il. Judith lui avait sauvé la vie. Alors, s'il doit courir pour elle, il l'accepte de bonne grâce. Mais pas jusqu'à l'épuisement. Sinon, ils ne pourront plus se retrouver, heureux et gorgés d'eux-mêmes.

Cherie

Comme chaque fois qu'elle peut divulguer un potin en exclusivité, une information, Cherie bout.

— Je t'assure, Steve ! La grève débute demain matin à 7 heures. John, le superintendant, l'a confirmé tout à l'heure.

— Il n'y a jamais eu de grève du personnel au Dakota ! Dans d'autres immeubles chic à New York, mais pas ici.

— Peut-être, mais il s'agit d'une décision syndicale, à l'échelle de la ville. On ne sait pas combien de temps ça va durer.

— Eh bien, si personne ne bosse plus, ce sera à nous de nous y coller !

— Tu vois la Bacall distribuer le courrier ou Lennon surveiller l'ascenseur ? ricane Cherie. Moi, en tout cas, je ne lèverai pas le petit doigt. J'ai sorti assez de poubelles dans ma vie !

— Chacun va devoir y mettre du sien.

Comme souvent, Steve a vu juste. La grève décrétée par le syndicat représentant les liftiers, concierges, portiers, préposés au courrier et autres gardiens a gagné la ville entière. Piquets de grève, interdiction aux « jaunes » d'entrer dans les immeubles, conférence de presse. Il s'agit d'obtenir une hausse de salaire, une meilleure assurance maladie et une amélioration des conditions de travail. Sur Park Avenue, cinq mille portiers ont défilé à grand renfort de pancartes, sifflets et roulements de tambour. Du jamais-vu dans le quartier ! Dans la cour du Dakota, où Cherie descend tous les matins après son petit-déjeuner, l'effervescence règne. Les résidents s'organisent, viennent aux nouvelles, sollicitent Andrew qui délaisse son agence pour parer au plus pressé, tandis que les rares membres du personnel, soudain désœuvrés, en profitent pour discuter avec les petites bonnes qui, elles, s'activent et assistent à la scène, médusées. Steve avait encore raison : chacun a une tâche à accomplir. Cherie a intrigué pour surveiller de temps en temps les entrées et les sorties ou répondre au téléphone, sans plus. Mais elle a fini par s'amuser de la situation et souhaite désormais que la grève s'éternise. Côtoyer des gens bien placés ou des célébrités, c'est toujours utile.

Ce matin, Andrew distribue les rôles autour d'une table dressée près de la fontaine.

— Il faut nettoyer l'entrée. Qui se porte volontaire ?

Chacun regarde ses chaussures. Au bout d'un moment, Nigel lève la main.

— Je n'ai cours qu'à 14 heures à la fac, je peux m'y mettre.

— On a besoin d'une personne à la sécurité. Impossible de laisser l'immeuble ouvert à tous les vents.

— Je m'en charge, dit Judith. Mais ne comptez pas sur moi pour tirer sur quelqu'un ! Je resterai bien au chaud à la réception.

Tout le monde sourit. Ce matin, Cherie a de la chance, elle se retrouve à côté du grand Leonard Bernstein à trier le courrier qui s'amoncelle. Pour une fois, elle ne pipe mot. Elle n'a jamais vu *West Side Story* ! Comment l'avouer à « Lenny », comme tout le monde l'appelle ici ? Le compositeur l'intimide, avec sa chevelure poivre et sel, son large nez, son regard pétillant. On dit qu'il est gauchiste, qu'il milite pour les Noirs et les Palestiniens, contre le nucléaire. Steve le traite d'hystérique et de « rouge » – ses parents ne venaient-ils pas de Russie ? Heureusement, il parle le premier.

— Au début, en 1884, le Dakota employait jusqu'à cent cinquante personnes. Garçons d'écurie, blanchisseuses, maîtres d'hôtel… Vous vous rendez compte si on devait remplacer tous ces gens ?

— Des chevaux ici ? s'exclame Cherie. Vous imaginez l'odeur dans la cour ?

— Le propriétaire, Edward Clark, qui avait fait fortune dans les machines à coudre Singer, a dépensé un million de dollars à l'époque, une fortune, pour attirer les riches sur le West Side. Il avait une idée : leur vendre la vie de château, sans en payer le coût ni le personnel. On pouvait prendre ses repas en commun, se promener dans le jardin privé, jouer au croquet ou au tennis, déguster un thé apporté par une gouvernante en gants blancs. Bref, vivre comme dans un manoir anglais, avec des écuries, un gymnase, mais en pleine ville !

— Et cela a marché tout de suite ?

— Engouement immédiat, malgré les pessimistes qui répétaient que les gens chic habitaient des maisons, pas de vulgaires cages à poulets, que personne ne s'exilerait si loin ! D'où le nom de Dakota, l'un de nos États les plus reculés.

— Andrew m'en a parlé, dit Cherie, mentant effrontément.

Elle laisse ses doigts traîner sur des enveloppes joliment calligraphiées à la main. Des invitations qui lui rappellent son objectif.

— Et maintenant nous voilà, s'amuse Bernstein, pauvres nantis à travailler de nos mains dans notre immeuble classé monument historique…

— Oui, c'est plutôt amusant quand on y songe !

S'il savait… Cherie se souvient des canettes qu'elle ramassait le long des routes pour en tirer quelques sous en traînant la plus jeune de ses sœurs dans un landau hors d'âge qu'on leur avait prêté, avec les trois autres petites accrochées à elle, pendant que les automobilistes klaxonnaient comme des dingues. Était-ce par compassion ou parce que Cherie à dix-sept ans affichait une beauté sauvage ? La misère n'avait rien de romantique ou de formateur, contrairement à ce qu'en disaient les beaux esprits. Y avait-il eu de bons moments ? Elle ne s'en souvenait pas. Nettoyer du vomi et de la pisse, voilà à quoi avaient ressemblé ses plus belles années… pas à un bal permanent ! Comment un homme adulé dans le monde entier aurait-il pu la comprendre ?

— Et votre appartement, vous en êtes content ? ose enfin Cherie. C'est une merveille, dit-on. Tout en acajou.

— Oui, très heureux. Et la cheminée fonctionne tous les jours en ce moment. Dire que certains résidents veulent détruire la leur !

— Qu'ils essaient, et le grand Andrew leur tordra le cou !

Bernstein sourit.

— Je suis décoratrice, ajoute-t-elle, enhardie, en lui frôlant le bras. Si je puis vous être utile, j'en serais ravie !

Cherie meurt d'envie de visiter l'appartement des Bernstein. Au premier étage, à l'angle nord de l'immeuble, neuf pièces truffées d'objets de collection.

— Très intéressant, la décoration, répond le musicien en dardant sur elle des yeux facétieux. J'ai dans l'idée de changer ma salle de bains. Passez un jour, si vous avez le temps !

Cherie ne cache pas sa joie. Elle a déjà redécoré trois appartements appartenant à des relations de Steve et rénové un bureau pour le compte d'une fille rencontrée à la gym. Mais là, c'est le gros lot. Un projet chez le célèbre compositeur, et dans son propre immeuble !

— Avec grand plaisir. Dès demain matin, si vous le désirez. Avec des croissants !

— Si Andrew n'a pas trop de sacs postaux à nous faire dépiauter ! Les joies du kibboutz en plein Manhattan !

Cherie vérifiera le sens du mot « kibboutz » dans le dictionnaire. Pour l'instant, elle n'en revient pas de la quantité de courrier que les gens reçoivent.

— Quels sont vos projets en ce moment ? reprend-elle après un silence étudié.

À l'aise sur une chaise de pique-nique, Bernstein tire enveloppes et paquets des grands sacs bruns estampillés US Post Office.

— Une tournée en Europe avec le Philharmonique et une comédie musicale. Et Malher, encore et toujours. Comme je le dis souvent, « Malher, c'est moi. »

— Accepteriez-vous de jouer au gala contre le handicap ? ose enfin Cherie. Ce serait un tel honneur !

Léonard Bernstein la dévisage, étonné.

— Voyez avec mon assistant, je suis très pris... Mais comment pourrais-je écarter une invitation de ma collègue de la poste ?

Le pianiste pouffe et se lève d'un bond.

— Je dois vous laisser. Une urgence !

Drôle de numéro. Becky parlait de lui comme du « Peter Pan de la musique ». Peter Pan s'était envolé mais lui avait ouvert deux portes : celle de son appartement et celle du gratin new-yorkais, si elle réussissait à le faire jouer pour la soirée caritative. Elle se lève à son tour. Mission accomplie, au-delà de ses espérances. Tout ce courrier attendra !

Shawn

En ouvrant les yeux, cela me revient. Troisième jour de grève ! Quand le mot d'ordre a été voté, Juan et moi n'avons pas été longs à nous décider, malgré le manque à gagner. Nos salaires n'ont pas bougé depuis trois ans et le travail, lui, a été multiplié par deux. Je ne ménage pas ma peine, maman non plus et Chanelle donne un coup de main chez le coiffeur de la rue le samedi mais on ne s'en sort pas. Dès le 17 du mois, c'est raviolis en boîte au menu tous les soirs. Mon rêve de reprendre des études s'évanouit un peu plus chaque mois. Comment payer un jour les cours ? Ma mère m'exhorte à donner le meilleur de moi-même, à m'imposer. Certains résidents m'accusent déjà d'avoir fomenté la grève. Comme si j'en avais le pouvoir ! Quelques-uns me détestent, je le sais. À l'image de cette Cherie, née de mauvaise humeur. Ou les Bicker qui me regardent de travers, jamais le moindre pourboire, même quand j'apporte de gros paquets jusqu'à leur dernier étage. Mme Bicker chuchote à son mari, d'une voix assez forte pour que j'entende : « Encore lui ? Je ne veux pas de négro ici ! »

Une fois, elle a fait de l'humour : « Celui-ci aura beau se laver, sa couleur ne partira pas… » Hilarant.

Dans les beaux quartiers, on parle du « pouvoir noir » avec un frisson dans la voix. Laissez-moi rigoler ! Il est où, notre pouvoir ? Les types des Panthères Noires que j'apercevais dans mon quartier, avec leur col roulé sombre, leur veste en cuir et leur poing tendu vers le ciel, ont tous disparu. Beaucoup ont été assassinés, le reste croupit en taule. Comme Angela Davis. La révolution ? On y arrive. Harlem est devenu un no man's land où les meilleurs tentent de survivre en cumulant deux ou trois jobs, comme ma mère. La vérité, c'est que les politiciens de Washington se moquent de nous comme de leur premier caleçon et qu'ils nous laissent nous entre-tuer.

En tout cas, avec cette grève, le syndicat nous a obtenu une petite augmentation et ma mère a été ravie : j'ai repeint sa cuisine. Rester inactif n'est vraiment pas dans ma nature.

Becky

Becky embrasse la cour du regard. Shawn n'est pas là. La grève, bien entendu. Il avait l'air d'un gosse quand il lui avait annoncé sa participation, comme s'il ne se sentait pas légitime pour cesser le travail comme les autres, à cause de son quartier, de son jeune âge, de ses relations parfois tendues avec certains membres du personnel. Le portier revenait fréquemment chez elle, toujours en l'absence de son mari qui n'aurait pas apprécié. Elle se souvient encore de sa dernière visite, celle qui a vraiment scellé leur entente. Tout avait commencé par de banals pièges à rats. Les immeubles les plus surveillés n'échappaient pas aux rongeurs. Une vraie plaie ! Un million de rats dans la ville. La faute aux ordures, à la chaleur du métro. On prétendait qu'ils attaquaient les clochards et même les cadavres à la morgue. La dernière fois, au cinéma avec Chris, deux bêtes énormes se disputaient le pop-corn semé par les spectateurs !

Puis la conversation avait roulé par hasard sur l'amitié et là…

— Je crois qu'on ne peut avoir qu'un seul véritable ami, avait-il expliqué gravement. Moi, en tout cas.

— Enfin, Shawn, vous n'avez que vingt-quatre ans, s'était-elle amusée. J'espère que vous aurez plein de copains et… de copines !

À sa grande surprise, les yeux du garçon s'étaient noyés.

— Mon ami d'enfance est mort assassiné devant moi. Je n'ai rien pu faire pour le sauver.

Bouleversée par son chagrin, Becky s'était approchée, avait tapoté gauchement son épaule et offert son écoute. Les mots étaient sortis dans le désordre mais l'histoire l'avait glacée : pauvre gosse écrasé dans le métro ! Une pizza de nègre ? Comment pouvait-on même penser à une telle abjection ?

— J'ai perdu mes parents, avait-elle confié, s'étonnant de sa franchise. J'aurais dû me trouver avec eux sur le bateau. Je comprends votre peine.

Shawn avait soupiré, de ce soupir des survivants. Becky regardait ses pieds gigantesques, ses mains immenses. Si grand qu'il fût, le corps du jeune homme paraissait ne pas pouvoir contenir un tel chagrin.

Revenant au présent, Becky se concentre sur la réunion qu'elle a suscitée au bureau. Elle a préparé un petit laïus mais elle est tendue.

— J'irai droit au but. J'ai pu rencontrer Richard Goodings, il y a deux mois.

Le patron de la maison cesse de triturer son fameux stylo, celui qu'il place derrière son oreille, un tic légendaire dans le milieu.

— Comment êtes-vous entrée en contact avec lui ?

Goodings : deux prix Pulitzer, le National Book Award, des centaines de milliers de lecteurs. Il publiait depuis toujours chez Random, leur concurrent direct, et personne n'avait réussi à l'approcher. Il vivait reclus, tout à son œuvre, au nord de l'État de New York, à deux heures et demie de la cité, au milieu des sapins, dans un village joliment nommé Peace.

Becky préfère taire l'histoire de cette extraordinaire rencontre. Dans le métro, elle s'était trouvée nez à nez avec une liane brune aux traits de madone : Beverly, sa meilleure amie au lycée ! Après être tombées dans les bras l'une de l'autre, elles s'étaient raconté leurs vies depuis leur séparation. Becky avait fui la Floride et ses souvenirs ; Beverly y était restée, avant de venir poser pour quelques magazines à New York, puis d'y réaliser son rêve de devenir fleuriste. Grâce à un somptueux bouquet d'arums, elle avait rencontré son actuel compagnon. Becky en avait sûrement entendu parler, c'était un écrivain renommé : Richard Goodings. L'éditrice en avait oublié de respirer. Il avait bien soixante-cinq ans et Beverly, à peine trente-quatre ! Les deux amies s'étaient revues. Becky et son mari avaient été conviés à déjeuner à Peace. Chris avait protesté à l'idée de rouler des heures jusqu'aux sapins littéraires, mais Becky l'avait convaincu de la chance qu'ils avaient, car le grand homme ne recevait personne. Le courant était immédiatement passé avec l'écrivain, qui n'avait en fait rien d'intimidant. On disait qu'il travaillait sur la guerre de Sécession mais personne n'avait rien lu de lui depuis sept ans. Tandis qu'ils se promenaient, Goodings avait évoqué ses difficultés et ses doutes à propos de son éditeur, qui ne l'encourageait plus assez à son goût.

— J'ai besoin d'un avis, chère Rebecca. Accepteriez-vous de lire quelques chapitres ?

— Et comment !

Becky avait ouvert le manuscrit dans la voiture, sous l'œil jaloux du conducteur. Le lendemain matin, elle avait téléphoné à celui qu'elle appelait déjà « Rick ».

— C'est sans doute votre meilleur texte. Le plus dense, le plus prenant, le plus évocateur…

Discuter d'un roman par téléphone, c'était bien, mais on ne travaillait pas ainsi : il fallait se revoir, Rick y tenait. En la raccompagnant à la petite gare, Goodings avait pris ses mains dans les siennes. « Rebecca, j'aimerais que vous vous occupiez de ce livre. Vous seule. Je ne veux pas avoir affaire à de jeunes loups incultes. J'ai confiance, vous ne me décevrez pas ! »

— Goodings accepte de nous confier son dernier roman, lance Becky à l'aréopage éditorial. Il s'agit d'une grande fresque historique sur la bataille de Gettysburg. Autant vous dire que c'est grandiose.

— Formidable ! tonne le directeur général. Nous le sortirons pour les fêtes. Le cadeau idéal. Je vois déjà la campagne de pub : « Goodings fait sécession ! » Cela plaira à nos amis de Random… Allen et Campbell vont s'occuper de l'éditorial. Et pas de blague, hein, Campbell ! Que vos origines sudistes n'interfèrent pas avec le bouquin !

Tous s'esclaffent, sauf Becky.

— Excusez-moi…

On ne l'entend pas, elle hausse la voix.

— Je n'ai pas fini, excusez-moi !

Le patron va passer la porte, elle doit trouver quelque chose. Elle ôte sa chaussure et, tel Khrouchtchev à la tribune de l'ONU en 1960, l'abat fermement sur la table. Sidéré, le directeur revient sur ses pas dans un silence de mort.

— Écoutez-moi bien, messieurs. Goodings ne publiera chez nous qu'à la condition que je sois son unique interlocuteur. Il est très ferme là-dessus.

La sueur mouille son dos, ses jambes flageolent.

— Qu'est-ce qu'elle raconte, la petite ? la toise Allen du haut de ses deux mètres.

— Barbie veut entrer dans la cour des grands ! lance une voix courageuse au fond de la salle, sans doute un ventriloque.

— C'est à prendre ou à laisser, je regrette. Nous avons déjà commencé à travailler.

Un mensonge éhonté. Elle tient encore sa chaussure à la main. Quelle mouche l'a piquée ? Elle n'a rien de ces filles qui jettent les numéros de *Playboy* de leur mari pour marquer la fin de l'exploitation de la femme. Le boss la regarde derrière ses lunettes épaisses, tous attendent son verdict. Becky aussi, le cœur au bord des lèvres. Et si son *happening* personnel lui coûtait son poste ? Soudain le patron éclate de rire.

— Bien joué ! Les *boys*, je crois que Rebecca a toutes les cartes en main.

Pointant un doigt vers elle, il ajoute :

— Vous voilà condamnée à gagner. Ne me décevez pas !

Il sort, suivi d'Allen et Campbell, visiblement écœurés. Le temps de rassembler ses affaires, Becky file aux toilettes, s'agenouille et vomit longuement. Tout d'un coup, des chiffres dansent dans son esprit égaré. Cinq, sept… Oui, sept jours de retard. Son cœur s'emballe. La nausée, le manque d'appétit : un bébé ? L'idée est merveilleuse, effrayante. Depuis trois ans, ils essaient sans succès. Chris n'a jamais voulu passer d'examens pour s'assurer que tout allait bien de son côté. Comment concilierait-elle l'immense chantier qui l'attendait avec Goodings et une grossesse ? Elle songe à Chris, à leur vie qui pourrait enfin changer, mais elle se sent surtout amorphe. Trop d'émotions, l'euphorie Goodings, la panique Bébé. Elle se lève, nettoie son visage strié de mascara, ignore les regards des secrétaires (son esclandre à la russe a vite fait le tour des bureaux) et descend au drugstore pour acheter ce tout nouveau test de grossesse, le premier vendu en pharmacie aux États-Unis.

Elle remonte aux toilettes, urine sur le stick. Au bout de vingt minutes, le résultat s'affiche. Positif. *Je le savais, je le savais…* Elle rit et pleure en même temps. Impossible de retourner dans son petit bureau surchauffé, il lui faut de l'air. Elle jaillit sur la Sixième Avenue encombrée. Tous les klaxons de la ville pestent contre la neige qui ralentit la circulation. Le vent glacial fouette son visage, mais il pourrait le taillader qu'elle ne sentirait rien. Un vétéran du Vietnam détruit, comme il y en a tant, l'interpelle. Becky lui donne dix dollars, puis hèle un taxi. Elle doit retrouver Chris, impossible d'attendre ce soir.

À Sutton Place, comme toujours, la beauté plébéienne du quartier saisit la jeune femme. Le parc offre une terrasse élégante sur le Queensborough Bridge perdu dans le brouillard. Becky adore venir chercher son mari au bureau, elle aime l'accueil chaleureux dans le *brownstone* de trois étages où le cabinet s'est installé, le feu de bois dans l'entrée, les fleurs changées tous les jours sur la table en marbre. Le nez dans un dossier, Chris ne lève même pas la tête. Dans son costume bleu marine de chez Brooks Brothers, avec la fine cravate qu'elle lui a achetée chez Bloomingdale's, il respire l'autorité, la confiance en lui. Tout ce qui manque à Becky. Elle s'approche, pose le test de grossesse sur le bureau.

— Qu'est-ce que c'est que ce truc ?

Elle l'embrasse dans le cou.

— Pour un avocat brillant, tu n'es guère perspicace, mon chéri.

Un sourire illumine progressivement Christopher, il se lève et la prend dans ses bras.

— C'est fantastique ! Comment te sens-tu ?

— Merveilleusement bien. Et ce n'est pas tout : je vais éditer Goodings.

— Champagne ! Ce soir, on passe la nuit au Plaza. La plus belle suite, nous allons fêter cela dignement.

— Tu oublies que je ne suis pas censée boire.

— Qu'à cela ne tienne, on trinquera au jus de pomme. Je t'aime !

Becky ferme les yeux. C'est presque trop de bonheur, tout d'un coup. Elle dédie cette joie pure à ses parents qui flottent dans le ciel de sa mémoire et veillent sur elle.

Tyler

Drôle d'endroit pour une telle rencontre ! Le garçon lui avait donné rendez-vous à 17 heures sur le Bow Bridge, ce pont en fer qui enjambait le lac en plein Central Park. Un lieu d'un romantisme absolu, très prisé le week-end. Mais on était au milieu de la semaine, et la neige pilonnait le parc quasi désert où erraient quelques silhouettes emmitouflées, entraînées par leur chien. Tyler frissonne dans son anorak. Pourquoi avoir accepté de retrouver ici ce garçon plus âgé qui l'a approché dans la cour de l'école ?

— Moi, c'est Liam. Et toi, Tyler, c'est bien ça ?

Tyler avait marmonné un oui et tourné le dos. Personne ne lui adressait la parole, sauf pour le moquer, l'humilier, lui ordonner de donner son goûter, son nouveau stylo, de l'argent. À presque quatorze ans, Tyler était de petite taille, chétif, avec ses drôles de cheveux d'un blond métallique. Sa puberté ne se pressait pas. Bizarrement, le grand gaillard de quinze ans, roux, avec une cicatrice à l'arcade sourcilière et de mauvaises dents, ne s'était pas découragé. Le lendemain, il lui avait proposé la carte de Pete Rose, la star des Reds de Cincinnati. Tyler n'était pas un fan de base-ball, mais il se forçait. Bien obligé ! À l'école, c'était une religion. Tyler se faisait discret, mais les choses s'étaient aggravées depuis qu'on l'avait vu en photo. Une idée d'un ami de ses parents, directeur d'une agence de mannequins…

— Tu devrais me l'envoyer un de ces jours, avait-il glissé à Stella lors d'une soirée chez eux. J'aime bien son allure.

— Vraiment ? avait répondu sa mère, interloquée.

Jamais elle n'avait imaginé que son fils, avec son petit visage chiffonné, puisse piquer la curiosité.

— Oui, il a quelque chose, une sorte de charme caché. On a besoin d'enfants différents, pas seulement d'anges.

Son père avait ricané. Tyler posant pour un photographe !

— On peut s'attendre à un remake de *La Nuit des morts-vivants* ! On aura décidément tout vu !

Contre toute attente, les résultats du *shooting* avaient bluffé tout le monde. Tyler avait apprécié l'attention qu'on lui prodiguait, le maquillage, la coiffure, les essais vestimentaires. Sur les photos, il paraissait lunaire, habité, doté d'un véritable charisme. Si différent de ce qu'il montrait dans la vie ! On l'avait vu sur des affiches vantant de nouvelles céréales multicolores, dans des pages de magazines sur la rentrée scolaire. April, sa *bookeuse*, recevait de nombreuses propositions et il devait jongler entre les castings et son emploi du temps scolaire. Stella travaillait trop et souvent loin de New

York pour courir les castings avec son fils. La nounou du moment se chargeait de l'accompagner aux *shootings*. Tyler était invité à des premières, des soldes privés, des soirées même, où ses parents l'emmenaient quand cela pouvait leur être utile. On se faisait photographier avec lui, on offrait en douce une cigarette ou un verre à la star en herbe, chouchou de ces dames et garçon à la mode. Ses revenus étaient versés sur un compte bloqué jusqu'à sa majorité, mais ses parents se montraient forcément plus généreux pour l'argent de poche. Il avait pu offrir le thé au Waldorf Astoria à une Granny Daisy médusée, avant d'investir dans un hamster et un cochon d'Inde. Son père avait grommelé un « profites-en pendant que ça dure ». À l'école, en revanche, les choses empiraient. La popularité de Tyler Johnson s'était propagée comme un feu de forêt californien. Sur son casier, on avait collé certaines de ses photos, traversées d'une flèche. Les filles affichaient des poses outrancières de mannequins et le sifflaient comme une *pin-up*. Il n'avait jamais osé leur parler malgré le désir qui le tenaillait.

— Dis, l'albinos, maintenant qu'on te voit partout, tu vas penser à nous pour les premières ?

— Tu ne joues pas dans le *Rocky Horror Picture Show* ?

— Lui, c'est plutôt *Les Dents de la mer*. Le mec qui se fait manger tout cru !

Tyler aperçoit enfin Liam qui s'approche, escorté par un type d'au moins dix-sept ans. Il envie leur aplomb. Malgré son succès de papier glacé, il demeure anxieux, persuadé que tout cela n'est qu'un malentendu, une parenthèse. Il ne se confiait à personne, pas même au vieux José, son complice du Dakota. Il s'occupait de ses animaux domestiques, bricolait des radios dans sa chambre, fabriquait des bombes à eau pour embêter les voisins.

— Salut, Tyler ! Voici Connor, mon grand frère. Et mon petit frère s'appelle Conan ! Un vrai clan d'Irlandais !

Les trois font cercle sur le pont englouti par le brouillard. Même les écureuils ont déserté le parc, tant il fait froid.

— Tu veux une Pall Mall ? demande Connor.

— Non merci, répond Tyler.

— Paraît que tu connais Goldie Hawn ? demande Connor. Je l'ai vue dans son dernier film avec Warren Beatty. Je me la ferais bien !

— Tu rigoles ! intervient Liam. C'est une vieille ! Elle tape au moins trente-cinq balais ! Je préfère Cybill Shepherd, elle est plus sexy avec ses gros nichons.

Tyler baisse la tête. Il avait en effet croisé Goldie Hawn à une fête réunissant trois cents personnes pour la sortie de *Shampoo*. L'actrice l'avait salué gentiment et avait embrassé son père. Accessible, une vraie *girl next door*. En robe fourreau noire, toutefois.

— La prochaine fois, tu nous rapporteras des autographes.

Tyler acquiesce, engourdi par le froid.

— Bon, passons aux choses sérieuses, dit Connor en tapant ses mains rougies l'une contre l'autre pour les réchauffer. Il paraît que tu as des soucis. Liam m'a tout raconté.

Il s'appuie nonchalamment contre le parapet du pont.

— Eh bien, on a une solution pour toi. On va t'aider.

— Ah oui ? répond-il, plein d'espoir.

— On peut te protéger, régler tes ennuis. Comme ça, ajoute-t-il dans un claquement de doigts.

— Et comment ? demande Tyler avec un petit rire perplexe.

— Laisse faire les pros, petit. Tu n'as pas besoin de le savoir. Par contre, ce sera trois cents dollars par mois.

— Je ne les ai pas !

— Te fous pas de nous, intervient Liam. Et tout le fric que tu te fais avec ta petite gueule ?

— Je n'ai que treize ans et…

Liam s'avance, menaçant.

— Débrouille-toi. Si tu n'apportes pas le fric, je te promets que ta vie deviendra un enfer à l'école. Hein, Connor ?

Celui-ci se baisse comme pour lacer les baskets de Tyler, le soulève et le pose sur le parapet gelé. Tyler sent le froid lui mordre les fesses et le vertige le gagner. Connor le tient à la gorge, renversé au-dessus du lac. La tête en bas, Tyler ferme les yeux, puis les ouvre sur l'eau moirée et glaciale qui semble dangereusement proche.

— Tu as pigé maintenant ? hurle Liam. On ne plaisante pas. Trois cents dollars demain à la sortie de l'école. Sinon tu vas le regretter ! À demain…

Les deux gaillards s'éloignent en sifflotant. Abandonnant son cartable, Tyler détale dans la direction opposée, vers Bethesda Walk. Le sang bat à ses tempes. Il aperçoit les tours blondes du San Remo, juste en face du Dakota. Il dérape sur une plaque de verglas, avale des flocons, traverse en courant Central Park West, slalome entre les voitures qui klaxonnent. Jamais la grille en fer forgé noire du Dakota ne lui a semblé aussi accueillante. Hors d'haleine, la face tatouée de neige, il ne ralentit l'allure que dans le hall.

— Eh bien, tu as vu le diable, mon garçon ?

Shawn s'approche.

Tyler a les yeux exorbités, le teint livide, les cheveux collés par des cristaux de glace. Un lutin en perdition.

— Tu veux prendre un chocolat chaud avec moi ? demande Shawn, inquiet. Depuis qu'il a « sauvé » Tyler lors de la fête, il le surveille, mine de rien. Le gosse a l'air si malheureux. Presque autant que lui quand il courait dans les rues pour échapper à ses beaux-pères successifs.

Tyler fait non de la tête, incapable de parler.

Dans l'ascenseur, il cherche ses clés. Poche droite, gauche… Elles ont dû tomber quand ce Connor a failli le jeter à l'eau. Et son cartable, qui est resté dans le parc, avec ses livres de classe et ses devoirs pour demain… Tyler se met à pleurer à gros bouillons puis sort de l'ascenseur, sonne chez lui avant de se souvenir que Alejandra n'arrivera pas avant une heure. Il se dirige vers la porte du fond, hésite, puis sonne.

— Tu tombes bien, petit, j'avais à te…

Son voisin s'interrompt en découvrant Tyler larmoyant, la morve au nez, les cheveux raidis par la neige.

— Mais qu'est-ce qui se passe ? Entre, tu as l'air gelé.

Tyler s'affale sur une chaise en tremblant. Andrew va chercher une serviette et le frictionne. Il lui tient la main en silence et Tyler, qui se réchauffe à ce contact, ouvre enfin la bouche.

— J'ai besoin d'argent. Il faut que vous m'en prêtiez.

— Pas de problème.

Andrew sort quelques billets froissés de sa poche.

— C'est pas assez, bégaye Tyler.

— Ah oui ? Et combien te faut-il ?

— Trois cents dollars.

— Rien que ça, sourit Andrew. Tu veux dévaliser FAO Schwartz ?

Tyler secoue la tête. Décidément, les adultes ne comprenaient rien. Il n'avait plus l'âge de jouer avec les petits soldats que l'on trouvait chez FAO Schwartz, le plus grand magasin de jouets de New York, sur la Cinquième Avenue.

— Enlève cet anorak trempé, je te prépare un thé bien sucré et tu vas me raconter tout ça…

Tyler voudrait ne parler que des clés et du cartable mais il finit par tout raconter, dans un fouillis de pleurs et de hoquets, le racket des Irlandais, la scène du pont, les humiliations. Andrew l'écoute sans lâcher sa main ni poser de question. À la fin de sa confession, Tyler, blanc comme du *cottage cheese*, s'endort sur le canapé. Dans l'obscurité, Andrew écoute le souffle de l'enfant et sent la colère monter. Il ferme les poings pour la retenir.

Andrew

Le petit dormait, assommé. Dire qu'Andrew, en tant que président du *board*, s'était préparé à le sermonner ! Depuis quelque temps, Tyler multipliait les bêtises. D'abord les bombes à eau jetées dans la cour. Même José, son copain, avait eu droit à une douche. Depuis, on se plaignait de plus en plus de Johnson junior. Tel un organisme vivant, le Dakota acceptait certains résidents et en rejetait d'autres, parfois violemment. Le couple Bicker réclamait une pétition pour se débarrasser du « délinquant » de treize ans ! Tyler ne s'était-il pas permis de sonner chez tous les résidents célèbres pour grossir sa collection d'autographes ? Réveillé en sursaut après un ballet éprouvant, Rudolf Noureev avait appelé Andrew pour se plaindre. Et l'histoire du cochon d'Inde dont tout l'immeuble résonnait encore… Un après-midi, Tyler avait frappé chez John Lennon, qui l'avait reçu en peignoir blanc, son bébé logé dans un drôle de sac kangourou sur son ventre. Mais l'adolescent n'était pas venu seul. Affolé par les chats de la star, son cochon d'Inde avait bondi du creux de son coude, filé dans le long couloir et disparu sous un enchevêtrement de guitares, de micros, de fils et d'amplis hauts comme des armoires. Il avait fallu cinq membres du personnel et une heure entière pour dénicher le rongeur, pendant que le Beatle se cloîtrait dans la cuisine avec son fils qu'il couvait comme un œuf. On disait que Lennon renvoyait les nounous les unes après les autres et changeait lui-même les couches du petit, du jamais-vu, même à New York ! Le jeune Tyler avait aussi mis le feu à un tas de feuilles dans la cour. Plus d'une fois, José avait signalé une odeur de fumée du côté de chez les Johnson. Selon lui, Tyler, marqué par le film *La Tour infernale*, aimait à brûler des ordures ! Dans un appartement lambrissé, au cœur d'un immeuble comme le Dakota, décoré de bois précieux ! Le récit du racket confortait Andrew : quelque chose clochait dans la famille Johnson. Il fallait agir.

Andrew avait de bonnes raisons d'abhorrer la violence, l'injustice, l'enfance blessée, mais il préférait ne pas se les rappeler. New York devenait impitoyable. Seuls les plus durs ou les plus riches y trouvaient leur place. Obsédés par la réussite, les adultes délaissaient les enfants, même dans les écoles prestigieuses des quartiers chic.

Andrew guette les pas dans le couloir. Vers 19 heures, au bruit d'une porte qui s'ouvre, il bondit.

— Tyler est chez moi.

La nounou des Johnson roule de gros yeux, moins gros cependant que les deux sacs en papier plaqués sur ses seins plantureux.

— *No entiendo, Señor*, répond-elle un peu effrayée.

— *El niño esta aquí...*, répond-il en montrant l'entrée de son appartement.

Andrew ne parle pas espagnol. Et il a oublié les autres langues, celles qu'il parlait *avant*. Si un mot étranger lui vient encore parfois sur la langue, il ne rêve plus qu'en anglais. Son enfance est une terre lointaine, qu'il ne visite plus même dans le sommeil, qui lui échappe de toute façon, malgré les cachets.

— *¡ Oh, Dios !* hurle-t-elle en reconnaissant Tyler. *Esta muerto ?*

— *No muerto, no muerto*, assure Andrew en mimant un bâillement.

La fille se signe, court à la cuisine et revient bientôt avec un torchon mouillé, sûrement repêché sous les assiettes sales dans l'évier. Malgré les heures supplémentaires de la bonne, l'appartement virait au capharnaüm. Les chemises habillaient les fauteuils comme des fantômes en visite. Au contact du tissu mouillé sur son front, le gamin cligne des yeux, puis grimace quand il distingue la nounou penchée sur lui.

— Ça va, ça va, Alejandra ! Ne me mouille pas, en plus...

— Vous allez me donner l'argent ? reprend Tyler. Sinon, pas la peine que j'aille à l'école demain.

— Il y a mieux à faire que payer ces voyous.

— Alors je suis mort ! s'écrie Tyler. Ils ne vont pas me rater.

— Et si on parlait à tes parents et à la directrice ?

— Mon père dira que c'est ma faute ! Quant à l'école, à part l'incendier, je ne vois pas.

— Au fait, plus de petits feux de joie au Dakota. Jamais. Tu m'entends ?

Tyler baisse la tête. En gamin paumé, pas en incendiaire.

— Brûler des ordures, c'est débile, se radoucit Andrew. Si tu veux canaliser ton énergie, mets-toi aux arts martiaux…

— Avec quels muscles ? Je ne suis pas Shawn, moi ! Et pas de panique, quand je brûle un truc, j'ai toujours mon seau d'eau à côté…

Il sort de l'appartement, suivi par la nounou. Quel gosse bizarre !

À 7 h 30, Andrew marche sous une flottille de nuages roses, le soleil repeint la ville d'une énergie jaune. Lui reviennent les mots du poète Walt Whitman, « des immeubles montent en légèreté dans les hauteurs claires du ciel ».

Devant l'école, un groupe d'élèves rentre les épaules à la façon d'une tortue romaine, pour lutter contre le vent ou éloigner les adultes. Bientôt, un rouquin qui dépasse les autres d'une tête vient se caler contre le mur. Une cicatrice à l'arcade sourcilière, une allure de voyou frimeur.

— Tu t'appelles Liam, n'est-ce pas ?

Le garçon le regarde à peine, occupé à scruter l'horizon.

— C'est vos oignons, monsieur ?

— Et ton frère s'appelle Connor ?

— Drôlement bien sapé pour un *pig*…

Pig, policier en argot des rues. Charmante figure aux dents cariées et à l'haleine fétide.

— Non, je ne suis pas du NYPD, mon garçon. Laisse-moi me présenter.

D'un élégant portefeuille, Andrew sort une carte de visite d'un jaune radieux.

— Andrew Binx. De l'agence de pub WinStewart, l'une des meilleures du pays, sans fausse modestie.

— Ah, vous voulez me faire poser comme cette mauviette de Johnson ? À moins que vous ne soyez une tantouze…

— C'est sympa d'évoquer mon ami Tyler, répond Andrew, faussement amène…

— Une tapette, j'en étais sûr ! Qu'est-ce que vous lui trouvez, à l'albinos ?

Andrew le saisit à la gorge.

— Renonce à ta combine de racket. Sinon, voilà ce qui va se passer : mon agence organisera une campagne qui devrait plaire à tes parents et à ton école : ton visage et celui de ton frère sur des affiches géantes à Times Square.

— Vous ne pouvez pas faire ça ! J'ai des droits !

— Tyler aussi ! Tu as intérêt à le protéger. Sinon, c'est ta tête et celle de ton frangin sur les murs de la ville. Et votre numéro de téléphone en dessous.

Andrew relâche son emprise, laissant une marque rouge sur le cou du garçon.

Liam s'ébroue, rejoint l'école en chaloupant. Quand il se retourne, Andrew lève le pouce avec un rire moqueur. Cela fait longtemps qu'il ne s'est pas senti aussi libre, aussi vivant. Il fredonne *New York, New York*, de son copain Sinatra. Personne ne se retourne sur lui. Les New-Yorkais en ont vu d'autres ! Comme il chérit sa ville, surtout quand elle a l'air de l'approuver.

Shawn

— Entre hommes, tu peux bien me le dire : il paraît que vous faites plein de trucs fous au pieu… Vous êtes vraiment les meilleurs au lit ?

Je ne sais pas comment j'ai gardé un visage impassible devant Steve Kelly qui me posait cette étrange question d'un air entendu. Oncle Eddy me le répète assez : j'ai la nuque raide ! Beaucoup de membres du personnel font des risettes, des courbettes, la causette sur la météo ou l'incurie du maire, tout pour amadouer les résidents et récolter quelques billets au passage. Très peu pour moi ! C'est plutôt une qualité, un atout dans la vie, de ne pas se montrer servile, surtout avec les puissants.

Avec Juan, on en a quand même bien rigolé dans les vestiaires, un peu étonnés que cette légende perdure à l'heure du porno triomphant à Times Square.

— Qu'est-ce que tu lui as répondu ? m'a demandé Juan.

— J'ai cité Noé maudissant son petit-fils, Canaan, noir de peau. On dit que le père de Canaan, Cham, avait abusé de lui sexuellement.

— Mais de quoi tu parles, mec ?

— De la Bible, gros bêta ! Fou de rage, Noé a prédit à Canaan que sa descendance arpenterait la terre toute nue et que les sexes des hommes s'allongeraient de manière ignominieuse. J'en suis la preuve vivante ! Tu aurais vu la tête du type, ébahi, presque inquiet…

Juan s'est à moitié étranglé.

— Tu as appris ça au catéchisme ? J'aurais peut-être dû choisir une église à Harlem !

Aujourd'hui, je ne travaille pas et maman a invité deux de ses cousines de La Nouvelle-Orléans, venues à New York pour une grande réunion baptiste. Chez nous, pas question de sortir de table autrement qu'au bord de l'indigestion ; maman cuisine pour dix, des ribs, de la purée, un jambon cuit à l'ananas, de la macédoine maison, un gâteau à la banane, des gaufres. Je l'aide comme je peux en épluchant les patates. C'est un des rares moments que nous passons à deux.

— Devine à qui j'ai tenu la porte, maman !

— À la duchesse de Windsor, mon fils ?

À part la Bible, dans une édition toute cornée et presque d'époque, ma mère ne lit que l'*Amsterdam Star News*, le canard de Harlem, et sa litanie de viols, de meurtres, de scandales. Elle serait incapable de reconnaître la duchesse de Windsor.

— Bien mieux que cela. Ton amoureux ! Harry Belafonte !

— Harry ? Tu as vu Harry ! Tu as pu lui parler ?

Le célèbre chanteur né à Harlem avait fréquenté ma mère à ses débuts dans le club de jazz The Royal

Roots. Les lumières de Broadway l'avaient happé, mais ma mère n'avait rien oublié. Quand Harry animait une émission du Tonight Show, elle nous imposait le silence devant la télé. Elle conservait pieusement dans son portefeuille des photos de Belafonte et de Luther King découpées dans un magazine. Il lui arrivait d'embrasser ses « deux héros », amis et complices dans la bataille des droits civiques jusqu'à l'assassinat de King.

— Le calypso, ce n'est pas un peu out ? intervient Chanelle, qui claque la porte en rentrant. Moi, je préfère Iggy Pop ou David Bowie !

Ma sœur en reine de la provoc… Elle écoutait de la musique à fond, jouée par des mecs aux cheveux longs, en perfecto et jean déchiré au genou, qu'on commençait à appeler les punks. Les Talking Heads, les Ramones. Un jour, excédée, ma mère avait balancé ses disques par la fenêtre. Depuis, elles se chicanaient constamment et je servais souvent de tampon entre elles.

— Attention à ce que tu dis, jeune fille. Belafonte reste le plus grand, le plus impliqué dans la lutte pour l'égalité et contre la famine en Afrique. Un modèle pour nous tous…

Les cousines arrivent avec un album de photos.

— Regarde comme tu étais mignon, Shawn ! Un joli bébé tout doré. Enfant, tu nous demandais s'il suffisait de frotter sa peau avec une brosse pour devenir blanc !

Sur la photo, je fais risette, fesses à l'air, trois cheveux dressés sur le crâne. Thelma et Jolene, d'un noir tirant sur le bleu et joliment crépues, se moquent.

— On dirait un Blanc trempé dans du caramel !

Même Chanelle sourit. Puis la discussion roule fatalement vers le Sud. Les cousines défendent leur région avec fougue.

— Les choses ont beaucoup évolué. Fini les chambres réservées aux Blancs dans les hôtels ou les paravents pour dîner au restaurant à l'abri de leurs regards, comme dans notre enfance. On nous respecte maintenant.

— Pas trop tôt ! ironise Chanelle. Et nous avons aussi le droit de prendre le bus, le métro, l'avion… Quelle chance ! Pourtant, quand j'entre dans un magasin, il y a toujours une vendeuse pour se précipiter vers moi.

— Pour t'aider ? demande la cousine Jessica.

— Non, pour vérifier que je ne pique rien dans les rayons !

On éclate de rire.

Plus tard, maman nous surprend tous.

— Un jour, je rentrerais bien dans le Sud. Quand les filles n'auront plus besoin de moi.

— Pour te frotter à la pire racaille du pays ? répliqué-je. Tu te souviens de ton enfance ? Ils n'ont pas dû changer tant que ça depuis…

Maman nous a raconté le café pour Noirs du Marché français de La Nouvelle-Orléans, la moue dégoûtée des matrones blanches croisant leur bonne foncée en ville, la police qui interrogeait les adolescents à coups de flingue. Avait-elle vraiment envie de retrouver ce Sud-là ?

— Je suis fatiguée, mon chéri. Lasse de cette vie. Là-bas, au moins, j'ai mes racines.

Entre ma mère et moi, il y a un monde. Elle ne sort du quartier que pour prendre le métro de nuit qui l'emmène à Wall Street, déserté et fantomatique, avec ses gratte-ciel hystériques bruns, noirs, ocre. De la ville, elle ne connaît que les quelques rues pouilleuses du coin, mais pas les autres secteurs de Manhattan, leur diversité, leur énergie. Le Dakota, pour elle, c'est un job et pas une victoire, même si je suis le premier Noir à y accéder. Le mois dernier, je lui ai offert une course en taxi parce que ses jambes gonflées la portaient à peine. Eh bien, à cinquante ans, c'était sa première fois ! Et elle n'en a pas beaucoup profité, car elle s'est assoupie sur la banquette. Elle travaille dur, très dur, à nettoyer les sols salis par les centaines d'employés, vider les corbeilles, remettre de l'ordre dans le chaos des bureaux des financiers. Dès son retour à 6 heures du matin, elle cuisine, s'occupe de mes sœurs, surveille leurs devoirs avant de filer vers la superette. Récemment, elle a fait installer quatre verrous et des chaînes à notre porte. Il y a des fêlés capables de tuer une famille entière pour cent dollars en pleine journée, ou, moins grave, de rafler télé, bibelots ou couvertures et les revendre, parfois sous les fenêtres des propriétaires ! Voilà pourquoi je rentre tous les soirs à la maison. Avec mon salaire, il y a belle lurette que j'aurais pu louer une chambre plus bas vers Times Square, où les loyers sont modiques, recevoir des copines, écouter de la musique sans déranger mes sœurs, mais ma mère s'appuie de plus en plus sur moi, l'homme de la maison.

Après une sieste digestive, je sors. Harlem, mon repaire, mon bouclier. La vie y est pourtant désespérante. La ville a frisé la faillite l'an dernier, elle sombre dans la pauvreté comme le South Bronx. Certains pâtés de maisons ont été transformés en décharges remplies de frigos abandonnés, d'épaves de voitures et de camions. Cela me choque, surtout depuis que je connais le luxe. En face de chez moi, on a ouvert un centre pour accros à l'héroïne. Des enfants jouent dans les venelles au son de la musique caribéenne et des jeunes ont peint une nouvelle fresque murale dans les tons orangés au coin de ma rue. « Briser les chaînes de l'oppression » en lettres de feu, avec des Africains en pagne qui font le V de la victoire. Vaillant Harlem où mille cœurs battent à l'unisson, où les gens s'entraident, demandent des nouvelles des vieux. La solitude des beaux quartiers, avec ses ombres pathétiques aux fenêtres, n'a pas cours ici. Sly n'est pas oublié. Il vit dans chaque sourire que l'on m'adresse, chaque partie de basket improvisée, dans chacune des voitures cabossées qui, le samedi soir sur le boulevard Malcolm X, se croisent lentement tandis que les jeunes à bord échangent des blagues et reluquent les filles qui roulent des hanches. C'est ici que je m'oxygène, même si l'Upper West Side et le Dakota me sont indispensables. Le grand écart entre deux mondes est devenu ma gymnastique mentale, la base de ce nouvel équilibre qui m'étonne. À vingt-quatre ans, je me sens mieux qu'avant, plus optimiste, plus mûr. Le Dakota est une sacrée école de la vie ; j'y rencontre plus de nouvelles têtes en un mois qu'en une année dans mon quartier. J'ai l'impression d'y déployer mes ailes, de prendre un nouveau départ.

Je me baisse pour caresser deux chats errants dans l'allée. Le propriétaire n'apprécie pas que je les nourrisse, mais je ne supporte pas de les voir si faméliques, surtout les petits. Direction la salle de boxe. J'essaye de m'y défouler quatre fois par semaine, histoire d'entretenir mon image de baraqué dans l'immeuble. Sage précaution avec le liftier Jerzy, qui me tourne autour comme une mouche vicieuse. Deux boxeurs s'entraînent en ahanant sous une douche de sueur, d'autres sautent à la corde ou font du shadow. Le punching-ball danse devant moi. Un, deux, droite, gauche, je frappe, jab, uppercut… Le sac est mon ennemi. Selon les jours, il prend le visage de l'assassin de Sly ou celui de mon père dont je peine à me souvenir. Certains se noient dans leur colère, je préfère utiliser la mienne sur les rings.

— Salut, champion !

Le mec aux avant-bras tatoués qui m'interpelle, c'est Whip, ou plutôt Shadi, comme il se fait appeler. On a partagé les mêmes bancs à l'école, le peu de temps qu'il y est resté. Depuis, il traîne et va à la mosquée. Beaucoup de copains ici se convertissent et prennent des noms arabes. Une véritable épidémie.

— Alors, tu fais toujours l'esclave chez les puissants ?

— L'esclavage, c'est fini. Je gagne ma vie, figure-toi.

— Tu bosses pour l'ennemi, oui ! On est en guerre, mon frère, et tu ne le vois même pas. Rappelle-toi Malcom X : « Si tu es Noir, tu es en prison. »

— Tu crois que Mahomet va nous en sortir ? J'en doute.

Je me détourne, enlève mes gants. Ce prêche m'énerve. Ces types débitent tous le même discours : les diables blancs veulent nous voler notre identité, reprenons celle de l'islam… Des sornettes qui ne font qu'aggraver nos problèmes.

— La religion du Blanc ne l'empêche pas d'opprimer nos frères partout dans le monde, reprend-il.

— Arrête un peu avec tes salades ! Si on veut vraiment agir, il y a mieux à faire que se convertir, crois-moi.

Shadi se rapproche, sa barbe frôle mon épaule.

— Il faut utiliser l'arme économique, la seule efficace dans ce pays : envoyer plus de jeunes à la fac, engendrer des patrons et des P-DG, acheter des immeubles, des commerces. Accéder à la propriété et réinjecter l'argent dans la communauté, voilà le vrai pouvoir !

— C'est en tenant la porte à des rombières que tu vas faire fortune et devenir un roi de l'immobilier ?

— Au moins, j'ai un job. Maintenant, si tu veux régler cela sur le ring, je suis ton homme.

Les boxeurs s'esclaffent. Whip, avec sa petite taille et son air malingre, est mal taillé pour se battre et ne le sait que trop.

— Sinon, va-t'en faire la révolution à la mosquée, maugrée le propriétaire en brandissant un balai. Pas de ça chez moi !

— Vous vous croyez libres ? répond Whip en s'éclipsant. Vous n'êtes que des mécréants. Allah vous regarde !

— Ouais, nous aussi, on ne te quitte pas des yeux !

Encore un qui n'avait jamais ouvert un livre ni quitté sa rue, qui ignorait qu'il y avait aussi des musulmans parmi les négociants d'esclaves et que Harlem n'avait pas toujours été noir. À l'origine, le plus célèbre ghetto américain ressemblait à un éden résidentiel pour riches New-Yorkais. L'édification du métro avait entraîné une folle spéculation et l'effondrement du marché en 1904. On avait dû diviser les beaux immeubles, morceler les appartements, louer à une population moins exigeante. Les Noirs s'étaient installés quand les Blancs avaient fui. Schéma classique dont on ne pouvait sortir qu'en inversant le mouvement du tiroir-caisse, comme j'avais tenté de l'expliquer à cet imbécile de Whip. Tout cela, je l'avais appris en discutant avec Nigel qui m'avait ouvert des horizons. Nigel qui devait se morfondre là-bas, dans l'Ohio, après le décès de son père. Nos débats me manquaient. Moins que sa présence.

4 juillet 1976. Toit du Dakota

— Vous croyez vraiment que Ford va l'emporter ?

— Il a déjà battu Reagan, alors tout est possible !

— Pitié, pas Ford ! Qui voudrait d'un Président qui tombe tout le temps ? Vous l'avez vu trébucher à la sortie de l'avion ? Un clown !

— C'est qui, ce Carter ? On n'en a jamais entendu parler.

Cocktail à la main, Nigel, Andrew et Nathan arborent chacun un insigne patriotique pour célébrer dignement le bicentenaire de la Déclaration d'indépendance des treize colonies d'Amérique. Nigel a noué un foulard rouge à son cou, Andrew porte une tenue blanche, Nathan a privilégié le bleu et accroché dans son dos un grand « 76 » en papier.

— À nous trois, nous dessinons le drapeau de l'Oncle Sam, s'amuse Andrew. Il faut rester collés toute la soirée, faire bloc !

À mesure que le soir tombe, la terrasse du Dakota se noircit de monde : les résidents, leurs amis, le staff, tous invités par la copropriété. On ajoute une chaise, un transat, un guéridon, on apporte boissons fraîches et flûtes de champagne. De la terrasse, la vue est imprenable sur des kilomètres. La pelouse du parc s'étend comme un gros chat, on pourrait presque toucher les arbres. L'East Side s'enflamme sous les derniers rayons du soleil. De la 72e Rue montent des notes de musique et des explosions de pétards. Il pleut des confettis sur New York en liesse. La foule agite des drapeaux, chante à tue-tête, tente d'avancer malgré les policiers à cheval et les barrages. Ce soir, New York a des airs de Rio.

— Ford déteste les New-Yorkais depuis toujours et Carter n'est bon qu'à vendre des cacahuètes dans sa Géorgie natale, incapable de gouverner.

— Pas de politique ce soir ! s'exclame Mme Dickinson. C'est trop ennuyeux.

Shawn va surveiller l'installation des tables sous la houlette de John, le superviseur. La grève de cet hiver, qui a duré trois jours, un record, n'est qu'un lointain souvenir. Le rythme de travail s'est encore accru pour le personnel. Un buffet attend les Dakotiens habitués au meilleur : whisky aux épices, cheeseburgers au bacon, mayonnaise bleu-blanc-rouge, gâteaux en forme de drapeau.

— Raconte-moi ta journée, demande Cherie à Becky qui vient d'arriver. Les hommes sont impossibles…

— Nous sommes descendus au port. Plus de deux cents bateaux devant la statue de la Liberté, toutes voiles dehors, et des milliers de marins dans les rues. Quel spectacle ! Regarde, j'ai même pris un coup de soleil !

Becky a les joues cramoisies et Christopher, son mari, le nez écarlate. Tant mieux, car sa voisine semblait plutôt pâlotte ces derniers temps. Abigail apparaît en majesté au bras de son père, fendant la foule, rejetant la tête en arrière, distribuant sourires et petits signes, comme sous des flashs invisibles. L'habitude, sans doute. Cherie la mange des yeux. Elle aimerait avoir sa classe, sa minceur, son pedigree et sa date de naissance.

— Elle nous la joue Grace Kelly, glisse-t-elle à son mari.

— Quelle snob, celle-là ! répond Steve. Un vrai sac d'os emmailloté de haute couture…

Loyal Steve, toujours prompt à la rassurer. Debout sur une chaise, Andrew lève les bras pour réclamer le silence.

— Mesdames, messieurs, j'ai un message. Enfin, surtout pour vous, messieurs…

— Il a l'air déjà soûl, lâche quelqu'un. Il va tomber.

— Tu parles ! répond un autre. Avec son foie de publicitaire, notre cocktail spécial *4th of July*, à base de curaçao, de vodka et de grenadine, ne lui fait pas peur.

Shawn sourit. Il aurait aimé convier ses sœurs, leur montrer enfin où il travaille, mais John a été formel : « Les résidents ont droit à deux invités et le personnel doit venir seul. Dakota ou pas, la terrasse n'est pas extensible. »

— Nous avons fait installer un portique de lavage dans le parking, poursuit Andrew sous les applaudissements. Plus besoin de mener vos carrosses au garage.

Que ceux qui veulent découvrir notre dernière attraction me suivent !

— Tu ne descends pas au parking avec eux ? demande Stella à son mari.

— Moi, tu sais, les bagnoles…, répond Philip, les mains prises par une assiette de salade de pommes de terre. Je préfère vous surveiller, tous les deux !

Tyler lorgne sur les mini-cocktails de gelée alcoolisée, margarita, tequila ou vodka, colorés suivant le thème du jour. Quelle plaie de se trouver là, au milieu d'adultes qui l'ignorent et de gamins surexcités, shootés au Coca. Si l'un d'eux tombait et s'écrasait sur la foule, cette maudite fiesta tournerait court… Il veut surtout éviter le regard d'Andrew qui pèse sur lui. À l'école, les choses s'étaient calmées, Liam n'avait pas réclamé l'argent et l'évitait. Son voisin était-il intervenu ? Si oui, comment ?

Ravissante dans une robe en soie chinoise, Judith pioche un peu de poulet sauce barbecue au moment où les hommes remontent du parking, hilares. Même M. Bicker arbore un sourire grivois. Seul John a l'air mortifié.

— Alors, ce nouveau joujou ? demande-t-elle.

Les rires redoublent, Steve frôle l'apoplexie.

— Eh bien, qu'ai-je dit de si drôle ? interroge Judith. Pourquoi ces rires ?

Christopher vend la mèche.

— En fait de joujou, on a surtout vu celui de Juan… très occupé, dans une voiture, avec la petite bonne du quatrième…

— Non ! Pas possible ! répondent en chœur Cherie et Becky, amusées. Elle a l'air si convenable !

— Quand nous avons allumé, lance Christopher, on aurait dit des lapins pris *in flagrante delicto*, comme on dit dans les cours de justice.

— Il la ramène toujours avec sa culture, celui-là, glisse Steve à sa femme. Du latin, maintenant…

— Tu imagines Juan à poil ? pouffe Stella. Quelle vision ! Il faut être demeuré pour s'arranger une partie de jambes en l'air au sous-sol un jour comme celui-ci !

Shawn esquisse un sourire. Sacré Juan ! Il poursuivait les filles du Dakota de ses assiduités et les attrapait souvent. Il avait le chic pour écouter, offrir un petit bouquet de fleurs, proposer une bière ou un billet de concert à l'une puis à l'autre, parfois le même jour. Shawn croisait dans les couloirs des nounous, des couturières, des masseuses, des coiffeuses éplorées et des employées de maison prêtes à lui tordre le cou. Juan et sa libido s'étaient fait nombre d'ennemies et ce dernier coup d'éclat lui vaudrait sans doute la porte, à en juger par l'air furibard du superviseur !

Tiens, voilà les Lennon ! John, les cheveux très courts, magnifique dans une chemise en lin noir, et Yoko, en noir aussi, les cheveux détachés, portant leur fils Sean dans une couverture en laine. Silencieux, le couple respire la sérénité, dans sa bulle, inatteignable. Tous cherchent à capter l'attention du Beatle, apercevoir la frimousse du bébé contre sa mère. On reparle du dernier épisode de la saga du groupe mythique. Le producteur de Saturday Night, sur NBC, avait proposé en direct un chèque de trois mille dollars aux petits gars de Liverpool pour qu'ils viennent chanter trois chansons dans l'émission, et ce au moment même où Paul McCartney et sa femme Linda regardaient le show avec John et Yoko au Dakota. Les deux musiciens avaient failli sauter dans un taxi. Plus pour le fun que pour les dollars.

— Tu te rends compte ! s'était exclamé Juan. Les Beatles de retour et le Dakota, théâtre d'une reformation historique !

— Ah non, ça suffit avec ton virus Beatles ! s'était agacé Shawn. Ils se sont séparés en 69 et ne reviendront pas. Qu'un trentenaire comme Christopher s'y intéresse, passe encore, c'était sa jeunesse ! Mais à l'époque de *Penny Lane,* tu étais un gamin !

Le jeune portier préfère de loin Patti Smith, découverte grâce à sa petite sœur. Il écoute en boucle *Gloria*, un titre de l'album *Horses* sorti cet hiver, séduit par le look androgyne de la chanteuse, jean et chemise blanche toute simple. Une autre de ces créatures cool qu'il ne rencontrerait jamais. Il avait peu de temps pour les filles et, à Harlem, elles en pinçaient surtout pour les petites frappes ou les chefs de gang. Sa dernière copine, venue des Antilles, l'avait vite plaqué. Aux climats torrides des boîtes de nuit, il préférait les gorilles et les panthères du zoo du Bronx. Une autre jungle.

Des petites lanternes patriotiques illuminent la terrasse. Face aux flèches des tours de Manhattan, les premières salves du feu d'artifice, des chapelets de fusées rouges, bleues, blanches, déchirent la nuit. Réveillé par les explosions, bébé Lennon fixe la pluie incandescente. Cherie observe Noureev qui s'est mêlé discrètement à l'assemblée et entreprend le joli serveur bouclé au lieu de contempler le spectacle. À presque quarante ans et après des milliers de représentations, le danseur le plus célèbre de tous les temps affiche une beauté troublante. Bronzé, il rentre peut-être de sa maison de Saint-Barth ou de son ranch en Virginie. Avec sept propriétés éparpillées sur la planète, on n'a que l'embarras du choix. Cherie se damnerait pour visiter son appartement, en face de celui de Lauren Bacall. D'après John, ses murs sont couverts de nus masculins, comment dire… explicites. Elle s'approche assez pour voir le danseur glisser une carte de visite dans la poche arrière du pantalon du serveur et palper ses fesses en souriant de toutes ses dents. Les homos se croient tout permis ! En bas, la foule rugit, klaxonne à chaque salve. Nathan prend photo sur photo, toujours passionné par cette pyrotechnie qui lui a coûté trois doigts. Vers 23 heures, le bouquet final irise le ciel d'une pluie de couleurs. Shawn, qui seconde les serveurs, n'a plus assez de mains pour ouvrir le champagne !

— Pourquoi tu n'as pas filmé ? Je t'offre une caméra super 8 pour l'occasion et tu ne t'en sers pas !

La voix de Philip Johnson distrait du spectacle plusieurs résidents. Tétanisé, Tyler fixe un point invisible de ses yeux pâles comme de l'eau.

— Petit crétin !

Stella regarde ailleurs. Mais Andrew s'interpose.

— Ça suffit, maintenant !

Philip fait volte-face.

— Tu as une famille, des enfants ? Non ! Alors, laisse-moi m'occuper du mien comme je l'entends.

— Ne me parle pas de famille, s'il te plaît ! réplique rageusement Andrew. Quand on en a une, on la protège… Tu étais où quand on l'a menacé de racket ? C'est moi qui l'ai réconforté !

Philip lâche Tyler.

— Qu'est-ce que c'est que cette histoire ?

— Tu lui demanderas…

— Profites-en pour lui parler des feux de joie qu'il allume dans l'immeuble, renchérit Christopher.

— Et des bombes à eau dans la cour, ajoute Mme Bicker.

— Mais vous êtes tous devenus fous ! s'insurge Stella. Mon fils va très bien, il est très heureux…

— Alors il cache bien son jeu ! ricane Andrew.

Philip s'avance, menaçant, mais Nathan intervient.

— Calmez-vous, tous les deux ! Ce n'est pas ainsi que vous aiderez Tyler.

— Hé, c'est à moi que tu parles ? *Hey, you're talking to me ?* nasille Andrew en imitant Robert De Niro dans *Taxi Driver*, ode crépusculaire à New York sortie pendant l'hiver et primée à Cannes.

— La ferme, le psy ! éructe Philip. Ce n'est pas demain que je t'enverrai mon fils.

— Je n'ai pas besoin de nouveaux patients et je ne traite pas les enfants.

Les Johnson et leur fils s'éloignent quand la voix d'Otis Redding s'élève, déversant son rhythm'n'blues sur le petit monde du Dakota. *Try a little tenderness…* Une idée de Lauren Bacall, qui a demandé à John de faire diversion. Elle se met à onduler sur la musique.

« — *It's not just sentimental, no no no,*

She has a grief and care, yeah yeah yeah… »

La voix de l'actrice sublime les paroles de la chanson. Sous les derniers feux célestes, son visage paraît taillé dans du marbre. Tout en blanc, plusieurs sautoirs en collier, elle incarne à cet instant la beauté libre de l'Amérique sous la voûte d'un bleu dur.

1977

Nigel

— J'ai une bonne nouvelle et une très bonne nouvelle. Je commence par laquelle ?

— Bugsy, je bosse…

Mensonge. La soirée dans le Meatpacking District a fini à l'aube, embrumée de tequila. Sa montre marque 14 heures. Une odeur âcre flotte dans la chambre, les vêtements jonchent le sol. Et Bugsy, son attaché de presse, stridule de joie au téléphone.

— Tu l'as ! Le prix du premier roman américain ! Je te l'avais prédit. Je ne me trompe jamais.

Nigel se frotte les yeux, s'extirpe des draps, saisit le fil du téléphone et s'assoit nu à son bureau, là où tout a débuté pour lui.

Une fois les cendres de son père dispersées dans les eaux du lac Érié, il était rentré à New York. Impossible de s'attarder dans la maison de son enfance. Trop d'images l'assaillaient, aussi violentes que les chaises que son père lui envoyait à la figure. Insomniaque et désemparé, il avait commencé à jeter ses émotions sur le papier, surpris par l'intensité de ce deuil d'un être qu'il craignait tant. Dix, cinquante, cent pages. Écrire. C'était le seul moment où il se sentait à peu près entier. Les mots se pressaient, les paragraphes s'enchaînaient. Les yeux rivés sur des cahiers anglais achetés pour lui par Don dans une papeterie de l'East Side, il ne voyait pas les lumières de la cour s'éteindre une à une. Il ne s'arrêtait que vaincu par le sommeil.

— Mais enfin, de quoi peux-tu parler ? s'était étonné Don, un soir. Tu ne me racontes rien, à moi !

Vrai. Nigel ne se confiait qu'à ses cahiers. Son sentiment d'étrangeté, sa différence avec ses deux frères. Son espoir, à cinq ans, de voir tomber son zizi s'il glissait plus vite du toboggan. Ces après-midi à jouer avec les poupées Barbie de sa sœur, en mariant deux Ken. Son amour éperdu pour sa mère. Le silence coupable qui planait chez eux sur la sexualité. Après deux mois d'écriture, il était tombé sur Becky dans l'ascenseur. Elle semblait lasse, les traits chiffonnés et des lunettes aussi noires que son nez était rouge.

— Vous travaillez toujours dans une maison d'édition ?

— Oui.

— J'aimerais vous montrer quelque chose, à l'occasion.

— Je passe mon week-end à lire, avait-elle répondu avec un sourire forcé. Venez quand vous voulez.

Becky avait lu son texte en une nuit et l'avait appelé à l'aube.

Trois rendez-vous plus tard, il signait un contrat chez Simon & Schuster, avec un confortable à-valoir. Il avait fêté l'événement avec Don chez Elaine's, à l'angle de la 88e Rue, où l'on croisait souvent Saul Bellow, qui venait de remporter le prix Nobel, et l'immense Norman Mailer. Ce soir-là, Woody Allen goûtait une soupe de potiron en devisant avec la propriétaire, Elaine Kaufman, qui fumait à la chaîne, rudoyait ses clients et traquait les paparazzis, au besoin en leur jetant une poubelle.

À propos d'*À corps défendant*, le *New York Times* avait titré : « Le nouveau Rimbaud est américain. » *Time* et *Newsweek* avaient confirmé avec des articles aussi élogieux. Et tous les journaux du pays avaient suivi. Après plusieurs passages à la télévision, l'éditeur de Nigel lui avait organisé un *book tour*, une campagne de promotion dans une quinzaine de villes. L'ouvrage était entré dans la liste des best-sellers et un public de garçons plus jeunes que lui se ruait aux séances de dédicace, l'interrogeait, lui confiait ses expériences, ses émotions, l'un d'eux lui glissant parfois son numéro de téléphone. En cette année 1977, la parole homosexuelle se libérait, ceux qui comme lui avaient enduré les lazzis, les injures ou les coups voyaient en ce brillant écrivain débutant un héraut, un symbole. Les médias sollicitaient ses avis, la presse lui ouvrait ses pages pour des portraits ou des interviews, on lui proposait des conférences à l'étranger, les cadeaux pleuvaient.

Évidemment, son couple avait explosé. Don avait supporté le mutisme de Nigel à la mort de son père, ses nuits chastes et solitaires à noircir des pages, son refus de reprendre leurs balades du week-end. Mais pas de voir changer l'homme qu'il aimait, sa nouvelle manière de se placer dans la lumière. Lui qui naguère avait peur de son ombre savourait désormais l'attention, l'excitation autour de lui. Don ne le reconnaissait plus. Épuisé par son service de policier, il n'aspirait qu'au calme. Les meurtres ne cessaient d'augmenter à New York – deux mille en 1976, six par jour – et il était las d'annoncer à des parents qu'on avait retrouvé leur fille nue dans une benne à ordures ou que leur fils avait pris une balle dans le ventre à la sortie d'une discothèque. Il parlait de s'installer dans le Vermont, de cultiver un potager. Nigel, au contraire, s'épanouissait dans son nouveau cercle d'amis, tous plus jeunes que lui et homosexuels. Il sortait chaque soir, découvrait un New York insoupçonnable, l'atmosphère âpre des discothèques glauques où ondulaient des légions d'éphèbes, les boîtes de strip-tease masculin où l'on fourrait des dollars dans les boots de cow-boys craquants, les sex-clubs où des gogo-dancers électrisaient la foule, pendant qu'au sous-sol on s'étreignait dans la pénombre. New York s'invitait au banquet de Platon. Des petits durs à la peau tendre, des types bâtis comme des Vikings, tout était à portée de main, désirable, permis. Le prof timoré découvrait qu'il allumait des étoiles dans les yeux d'autres hommes. Il rôdait du côté des entrepôts abandonnés du Meatpacking, où les hommes folâtraient à quelques mètres des bouchers déchargeant des carcasses de viande, il glissait dans l'ombre des camions sur les quais, jusque dans Central Park, où drogués et prostitués s'affairaient à la nuit tombée. Don avait fini par craquer.

— À quoi tu joues ? Il va t'arriver des bricoles à force de hanter les bas-fonds… Sans compter les maladies… Je ne comprends pas – sa voix s'était brisée – pourquoi je ne te suffis plus. Tu as l'argent, la célébrité, le talent. Tu cours après quoi ? Tu as même abandonné la fac !

Ayant obtenu un congé sabbatique, Nigel jouissait à fond de sa liberté. C'était une seconde naissance, libérée de la honte et du joug de son père. À trente-sept ans, il faisait son *coming out*.

— Quelle est la prochaine étape, te présenter comme premier maire pédé de la ville ? avait ricané Don pour masquer son chagrin. Fais gaffe ! À t'éclater en short à paillettes à Fire Island, au paradis des gays, tu vas virer folle professionnelle ! Crois-moi, ce n'est pas un métier.

Nigel avait en effet changé de look. Cheveux plus longs cachant tant bien que mal son début de calvitie, petit diamant dans l'oreille, Levis moulants et tee-shirts Fruit of the Loom pour danser toute la nuit sur *Shake your Body*, le hit des clubs. Il s'était inscrit dans une salle de gym à Chelsea en vue de sculpter ce corps frêle qu'il détestait. Au début, il en avait bavé, mais au bout de quelques semaines, des muscles s'étaient dessinés sous les yeux gourmands des autres sportifs. Au Dakota, Shawn le charriait : « Vous voulez vous mesurer à l'étalon italien ? » Ils étaient allés au cinéma pour voir Sylvester Stallone qui triomphait dans le rôle de Rocky Balboa défiant le champion du monde des poids lourds. Shawn avait adoré le scénario inspiré du combat Ali/Wepner et vibré aux meilleurs moments sur le ring. Par affection, Nigel avait feint de s'y intéresser, mais il avait la tête ailleurs.

— Fais attention à toi, mec. Et donne-moi des nouvelles de temps en temps.

Onze ans de liaison qui finissaient sur un palier. Don en avait gros sur le cœur. Nigel s'était enfoui sous les draps, triste à en mourir. Le soir même, il ramenait un garçon chez lui.

— Bugsy, c'est vrai pour ce prix ? Tu ne blagues pas ?

— Tu crois que je prendrais le risque de te réveiller avec ce genre de blague ? On t'attend à 18 heures à l'hôtel Algonquin. Sur la 44e Rue, tu vois ?

— Enfin, je suis new-yorkais…

L'Algonquin, où les jeunes écrivains fauchés des années vingt venaient manger et dormir une nuit en échange d'un livre dédicacé. Aujourd'hui, ils se contentaient d'une ristourne sur une chambre et de biscuits apéritifs, mais le lieu cher à Dorothy Parker, John Barrymore et Harpo Marx gardait son charme.

— 18 heures ! Juste le temps de me faire couper les cheveux. Tu m'as parlé d'une autre nouvelle…

— Oui… Tu es bien assis ? Robert Mapplethorpe te veut pour une série de portraits. Des stars et des anonymes censés représenter la vitalité de la ville.

— Ses clichés sont assez hots ! J'espère qu'il ne me fera pas poser en combinaison de latex.

— C'est pour la ville, pas pour une *backroom* !

— Bon. Je file sous la douche. À tout à l'heure.

— Encore bravo. Tu es sur les traces de Capote !

— Sans l'alcool ni la dépression !

Nigel raccroche en pensant à sa mère. Ils se sont rapprochés depuis la mort de son père. Il veille sur elle de loin, elle découpe les articles le concernant, même si elle n'a jamais abordé la question de l'homosexualité qui est au cœur de son livre. Il va l'appeler pour lui annoncer la nouvelle quand le téléphone retentit. C'est Snake, ce garçon aux yeux verts rencontré hier.

— Salut, l'écrivain ! Tu m'emmènes à l'ouverture du Studio 54 ce soir ?

Depuis des semaines, la ville ne parlait que de ce nouveau club, un ancien théâtre sur la 54e Rue. Ses propriétaires, Ian Schrager et Steve Rubell, voulaient créer la discothèque du futur : une piste de danse immense, des décors qui changeraient au cours de la nuit, un public mélangé de célébrités, d'anonymes au look travaillé, de jolis monstres et de mannequins, servis par de jeunes beautés des deux sexes.

— On verra, répond-il mollement. Je te téléphonerai.

Nigel avait aussi appris à mentir. Il irait seul, profiterait du spectacle, se mêlerait à la foule, s'abandonnerait à ses envies et ses pulsions. On ne partait pas à Munich en emportant sa propre bière. Pourquoi s'embarrasser d'un compagnon ?

Abigail

— Pour accueillir les invités, j'ai pensé offrir à chaque femme un oiseau en origami. Qu'en pensez-vous ?

Jennifer Bishop fait sa petite moue pincée. Les Français appellent cela « une bouche en cul-de-poule », se dit Abigail. Elle est pénible avec ses suggestions à la noix, on dirait qu'elle a découvert l'atome ! Et cette façon d'aspirer comme dans une paille avant de parler. Tout crispe Abigail ce matin à la réunion des volontaires et des mécènes du gala annuel « New York contre la faim », qu'elle préside. Betty Vanakin coupe la parole, Elizabeth Massley s'empiffre de mini-sandwichs au concombre, Leslie Rockefeller tient à parler chiffons.

— Abigail chérie, comme tu étais chou avant-hier à la soirée déguisée chez Thad !

Thaddeus Reenquhist, qui dirigeait une banque d'affaires à Wall Street, avait eu la riche idée de donner un bal inspiré de la Black and White Party offerte par Truman Capote en novembre 1966 à l'hôtel Plaza. Une soirée restée dans la légende avec cinq cent quarante invités, tous masqués. Les femmes portaient diamants, zibelines et costumes dignes d'une scène, avec des plumes de cygne, des ailes, des coiffures savantes, des cheveux teints en blanc, en noir ou les deux. Une créature défilait nue dans un filet de pêche qui couvrait sa peau d'albâtre tel un bas résille géant.

— Parfait, les origamis, Jennifer. À la fin, nous offrirons une rose blanche à chacune.

D'habitude, elle appréciait ses invitées, des relations plus que des amies, élégantes, spirituelles, cultivées, mais aujourd'hui elle broyait du noir. Son père l'avait invitée à déjeuner au Four Seasons, avec la fameuse Maureen.

Les perruches envolées, elle inspecte sa silhouette qui se reflète dans le grand dressing. Comment impressionner Maureen, assécher son venin ? Gilet en cachemire ivoire et pantalon crème, les cheveux relevés sur la nuque. Satisfaite, elle sort dans la rue et demande à Shawn d'arrêter un taxi. Celui-ci s'exécute sans ouvrir la bouche, mais il remarque son air malheureux et inquiet : même les princesses, semble-t-il, rencontrent des difficultés. Il la salue en touchant sa casquette, pour la première fois depuis des mois, et Abigail, appréciant son geste, lui sourit.

Abigail avait déjà déjeuné une ou deux fois avec Maureen Withings. Elle s'était attendue à une femme d'un certain âge, calme et effacée – son père bientôt sexagénaire appréciait la discrétion –, mais celle-ci était encore jeune. Quarante-cinq ans maximum, des sourcils entièrement épilés, des courbes à la Betty Boop, des cheveux roux, une grosse poitrine en apesanteur sonorisée par un rire tonitruant. Elle parlait sans cesse, retroussant ses lèvres fort rouges sur ses gencives, ce qui la faisait ressembler à un cheval affolé.

À la fin de l'apéritif, Abigail n'avait pas encore réussi à en placer une. Elle fixait son père, fasciné par cette créature.

— Vous savez, Abigail, avait-elle glissé d'un air vipérin, j'ai connu votre père avant vous.

— Maureen est la fille de mon ami William, avait toussé Henry. Je l'ai tenue sur mes genoux quand tu étais encore dans les limbes…

— J'ignorais qu'il s'agissait d'un concours, avait persiflé Abigail.

— J'étais déjà amoureuse de lui ! À l'adolescence, en tout cas, je rêvais qu'il m'embrasse. Tu étais si beau, mon chéri !

Pourquoi n'avait-elle jamais entendu parler de cette Maureen ? Une liaison secrète, au long cours, paraissait inconcevable. Pas son père ! Qu'aurait pensé sa mère, si raffinée, de cette jument à l'accent texan ? L'éducation d'Abigail lui imposait une certaine diplomatie.

— Comment vous êtes-vous retrouvés ?

— Au Racquet and Tennis Club sur Park Avenue ! avait-elle henni. Drôle, non ? Dans un cocktail. Car les femmes sont interdites d'activités sportives. Un scandale, si vous voulez mon avis.

Les codes du Racquet and Tennis Club n'avaient aucun secret pour Abigail, pas plus que le règlement du Knickerbocker, club réservé aux hommes depuis la guerre de Sécession, sur la 62ᵉ Rue, un autre favori de Henry.

Son grand-père, son père, ses oncles possédaient leur carte de membre de ces vénérables institutions et ils s'y retrouvaient pour jouer au tennis, au billard, prendre un verre, lire un journal ou dîner. Abigail rejoignait son père lors des soirées qui, elles, étaient ouvertes aux femmes. Et elle ne voyait rien de scandaleux dans cette tradition héritée des clubs anglais.

— J'ai reconnu Maureen tout de suite, poursuit son père. Inchangée ! Avec cette chevelure rousse qui attirait tous les regards… Mon écureuil de Central Park.

Était-ce vraiment Henry qui collait cette gourde et pouffait à chacune de ses phrases ? Abigail ne parvenait pas à détacher son regard de sa main qui frôlait l'épaule de Maureen, s'attardait sur sa cuisse.

— Formidable, avait-elle soufflé. Vous êtes aussi sportive ?

— Surtout au lit, avait-elle gloussé. Et dans ce domaine, croyez-moi, votre père est très doué !

À partir de là, Abigail s'était contentée de hocher la tête face à cette femme au débit aussi hallucinant que son sans-gêne. Également réduit au silence, son père buvait ses paroles.

Après cette entrée en matière, Maureen n'avait pas caché son animosité. Elle voulait accaparer Henry, n'entendant le partager avec personne, pas même avec sa fille. À cet effet, elle menait une lutte sournoise et incessante. Les invitations au restaurant et les soirées au Philharmonique s'étaient faites de plus en plus rares. Pour Noël, Pâques, le 4 Juillet ou Halloween, Maureen avait toujours prévu quelque chose – sans Abigail. Et quand la fille parvenait à téléphoner à son père ou à le voir, Maureen rôdait dans les parages, s'invitait dans la conversation et même à leur brunch du dimanche. Abigail ne comptait plus les piques, les sous-entendus malveillants, les fables colportées par Maureen sur son compte que de bonnes âmes lui rapportaient.

Abigail franchit à grandes enjambées le seuil du Four Seasons sous le salut zélé du portier, sans un regard pour la salle à manger créée par les architectes Mies Van der Rohe et Philip Johnson, ni pour l'immense rideau de scène dessiné par Picasso, *Le Tricorne*, pour un ballet russe, dont le thème tauromachique l'impressionnait enfant. Elle vient d'apercevoir son père, superbe dans son costume bleu marine, sa main couvrant celle de Maureen. Il a l'air nerveux.

— Oh, mais tu as mauvaise mine ! attaque d'emblée Maureen. Tu devrais prendre rendez-vous chez Elizabeth Arden pour un soin du visage. Ils font des miracles.

— Tu es ravissante, ma fille, comme toujours. Tout va bien ?

— Oui, répond Abigail, ignorant Maureen qui a grimacé au compliment. Beaucoup de travail. Vivement ce soir et l'ouverture de cette nouvelle boîte de nuit, le Studio 54.

— Comment peux-tu supporter cette foule ? couine Maureen. La dernière fois que je suis allée dans un club, j'ai cru que mon cœur allait claquer avec tout ce boucan disco…

— C'est l'idée, je crois, répond Abigail.

Elle avait un faible pour les Bee Gees, ces trois frères australo-anglais au brushing étudié et au sourire éclatant. L'amie de son père parlait comme une rombière et cela ne lui déplaisait pas.

— De quoi voulais-tu m'entretenir, papa ? demande-t-elle en se penchant vers lui, barrant ainsi la vue de Maureen.

— Eh bien, j'ai décidé… Enfin, nous avons décidé…

Abigail remarque qu'il ne porte plus l'alliance qu'il gardait depuis la mort de sa femme. Celle de sa mère, pendue à une chaîne, bat contre sa poitrine et ne la quitte jamais. Lors de cette atroce soirée, quinze ans plus tôt, dans l'état de confusion où elle se trouvait, elle avait cru l'avoir perdue. La peur avait dépassé la douleur, l'humiliation, la rage. Finalement, elle avait retrouvé le bijou à ses pieds et choisi d'y voir un signe. Pourquoi y songer en cet instant ?

— Voilà, se lance Henry, nous allons nous marier. Dans l'intimité, juste des proches et des amis, sur la pelouse de la maison à East Hampton.

— Pas si intime que cela, le reprend Maureen en agitant sa main potelée où luit un diamant de belle taille. Ma famille compte une centaine de personnes, mon chéri… Et j'ai déjà des idées pour ta tenue, ma future belle-fille !

Un film défile dans la tête d'Abigail. Les photos du mariage de ses parents, à Montauk, dans la propriété de ses grands-parents, le voile de sa mère que les femmes de la famille se transmettaient depuis trois générations, les larmes de son père quand il croyait qu'elle dormait, enfant, et qu'il n'y avait qu'eux deux, soudés dans leur bulle de chagrin... Sentant son désarroi, son père continue :

— Nous passons déjà beaucoup de temps ensemble. C'est juste une façon d'officialiser les choses.

Son ton, à la fois coupable et patelin, exaspère Abigail.

— Oui. Ne t'inquiète pas, je n'épouse pas ton père pour son argent. Dieu merci, j'ai le mien.

À vingt-cinq ans, la Texane avait arraisonné un pétrolier de Houston et l'avait dépouillé d'une partie de sa fortune lorsqu'il s'était enfui avec sa secrétaire. Un million de dollars, se vantait-elle. Abigail se moquait bien de son héritage ; elle possédait son propre fonds fiduciaire depuis la naissance, enrichi par l'argent de sa mère, ce qui la mettait à l'abri du besoin pour plusieurs générations. Décidément, cette grue ne mesurait pas la solidité du lien qui l'unissait à son père. Ce n'était pas une Texane hystérique et malveillante qui couperait ce fil d'or.

— Et si on commandait du champagne ? propose Maureen, insensible à l'ambiance plombée autour de la table.

— Je vais rentrer, papa. Je suis lasse. Je te téléphone.

En se levant, elle fait tomber un verre sur la table.

— Tu es trop vieille pour porter les alliances ou ma traîne, s'amuse Maureen. Mais je compte sur toi pour l'enterrement de ma vie de jeune divorcée !

On dirait Cruella d'Enfer, pense Abigail en s'éclipsant. Elle a troué l'un de ses bas, sa tête lui tourne.

Elle ignore qui elle fuit exactement, celle qu'elle va devoir appeler sa belle-mère, son père aveuglé par l'amour, ou sa propre incapacité à exprimer ce qu'elle ressent.

Nathan

— C'est gentil, maman, mais inutile. Je mange bien, je boulotte du fromage tous les jours pour consolider mes os. Une vraie souris. Non, non… Judith veille, ne t'inquiète pas…

Depuis qu'il est cloué dans ce maudit fauteuil, sa mère l'appelle tous les matins et insiste pour passer. C'était toujours la même chanson, elle commençait par se plaindre de son père et des intempéries, puis tirait de deux immenses cabas une batterie de Tupperware remplis de mets roboratifs et odorants : boulettes, saucisse à l'ail, salade de harengs, carpe verte, cou d'oie farci, kouglof joufflu et beignets obèses. Festin d'origine hongroise comme elle, qu'elle avait mis une journée à cuisiner et porté à bout de bras depuis le Queens en métro, car elle refusait de dépenser pour un taxi. Penser au menu maternel dès le matin lui donne la nausée. Nathan n'a plus d'appétit, plus envie de rien. A-t-il besoin d'un psy ? Il se souvient du moment où tout a basculé. Pas après sa crise cardiaque, curieusement : il la voyait comme un accident de parcours, un simple avertissement physique. Les médecins l'avaient retapé, comme ces milliers de quinquagénaires de Manhattan qui tiraient trop sur la corde et se réveillaient un jour en soins intensifs. Il se remettait juste quand la malchance s'en était mêlée. Nathan entend encore le bruit des os de sa jambe, comme un pain de sucre qu'on brise. Ce matin-là, selon le serment fait à Judith, il trottinait dans Central Park. Il marchait vite, plutôt, aveugle à la splendeur du Skyline, préoccupé par un patient qui le harcelait au téléphone. Alors qu'il traversait l'allée sans regarder, un cycliste l'avait percuté de plein fouet. Double fracture péroné-fémur, avec rupture des ligaments du genou. Étalé par terre, la jambe bizarrement tordue, il avait vu une petite foule pousser comme une forêt devant lui, avant l'arrivée des pompiers. Et tout à coup, un chien surgi de nulle part lui avait léché le visage.

— Brontë, ça suffit, arrête…

Il connaissait ce vibrato haut perché.

— Mon Dieu, monsieur Mendelsohn ? Que vous est-il arrivé ?

C'était Abigail Marbury qui promenait ses animaux à poils blancs.

— Le chien, le chien…, avait-il balbutié.

La douleur le vrillait et il craignait de s'évanouir sur le sol jonché de feuilles.

À sa grande surprise, Abigail avait pris sa main, celle qui était estropiée, et ne l'avait pas lâchée jusqu'à l'arrivée de l'ambulance. Elle lui parlait doucement, même s'il ne saisissait pas tout, et cette présence le soulageait.

Elle avait couru téléphoner à Judith qui l'avait attendu aux urgences du Mount Sinai, son hôpital. On l'avait opéré puis plâtré de la hanche aux orteils. Quarante-cinq jours sans poser le pied par terre, trois mois de béquilles, ce qui, avec sa main abîmée, lui promettait bien du plaisir. Il avait tenté de se traîner jusqu'à son cabinet, mais le trajet l'avait épuisé. Voilà comment il se retrouvait coincé chez lui, harcelé par sa mère et livré aux attentions de Nora, la nounou.

Comment accueillir des patients dans un salon encombré par les jouets des filles, les journaux de Judith – sans compter le bruit de l'aspirateur et les odeurs de cuisine ? Il en était réduit à attendre que Jessica rentre de l'école pour contrôler ses devoirs. C'était surtout pour lui faire plaisir, car leur fille se débrouillait très bien sans lui. Quant à Deborah, à bientôt dix-neuf ans, elle rêvait de devenir DJ, une ambition qui plongeait ses parents dans des abîmes de perplexité. Ce nouveau métier était-il seulement envisageable pour une fille ? La cadette écoutait en boucle *That's the Way I Like It*, le tube disco du groupe KC and The Sunshine Band, et Judith montait le son de ses disques de Barbra Streisand pour se venger. Quelle cacophonie !

Nathan végétait, les pieds dans des chaussons tel un retraité. Ses promenades le long de l'Hudson lui manquaient, comme les excursions en ferry à Staten Island avec la ligne d'horizon de Manhattan à 360°. Comment le Dakota, ce cocon qui abritait son bonheur domestique, avait-il pu se muer en prison ? Nathan se souvient avec nostalgie d'un matin sur la Cinquième Avenue. Il était 7 heures et le ciel virait au rose. Un galop avait retenti sur l'avenue la plus chère du monde. À cru sur un cheval blanc, une femme aux longs cheveux, nue comme Ève, fonçait dans sa direction. Fasciné, il avait regretté de ne pouvoir photographier cette vision homérique, avant d'éclater d'un rire reconnaissant, amoureux. New York l'avait conquis dès son enfance et le ravirait toujours.

— Je ne dîne pas là ce soir, papa, lance Deborah en glissant une tête dans le salon, vêtue d'un blouson en jean et d'un pantalon à pattes d'éléphant.

— Et tu vas où, mademoiselle ?

— Chez Jennifer. Sa mère travaille chez Calvin Klein et nous a obtenu des invitations pour l'inauguration du Studio 54, une nouvelle boîte.

— Mais nous sommes mardi…

— Oh, papounet, minaude-t-elle en venant glisser les bras autour de son cou. Plus de cinq mille invitations ont été lancées. Il y aura Peter Gabriel, Elton John, Mick Jagger ! Maman a dit oui…

— Qui suis-je pour m'y opposer…

Il n'a pas envie de contrarier sa fille, encore moins sa femme. Ces derniers temps, Judith travaillait beaucoup, se montrait irritable, soupe au lait. Elle lui criait dessus puis éclatait en sanglots. La ménopause ? Nathan évitait ce sujet. Et il y avait ce nouveau tueur en série qui terrifiait New York au calibre 44. « Le Fils de Sam », qui tirait sur des couples en train de flirter dans des voitures du Queens, fascinait Judith et occupait tout son temps libre.

— Tu te rends compte, des flics se déguisent en tourtereaux dans des parcs pour le coincer !

— Alors mes parents ne craignent rien, même s'ils vivent dans le Queens, avait répondu Nathan. Ils ne sont ni jeunes ni amoureux !

— Oui, mais notre fille ? Imagine qu'elle s'entiche d'un gars du coin… Pour moi, vu le calibre de son arme, c'est un ancien policier.

Si, comme l'écrivait Kipling, un mariage ressemblait à une longue conversation, certaines paraissaient interminables à Nathan. Après le quatrième assassinat, Judith avait séché une journée à l'hôpital pour suivre une conférence de presse organisée par la police de New York et le maire. Elle était rentrée vibrionnante, persuadée qu'on avait affaire à un schizophrène aux tendances paranoïdes.

— Excellent diagnostic, Dr Mendelsohn, avait-il rétorqué. Tu devrais changer de métier…

Judith avait répondu à sa manière, en lui tournant le dos, qu'elle avait fort beau. Ce dos chéri le renvoyait à ses manquements, à ses failles. Ils ne faisaient plus l'amour. Malgré leurs efforts, les mots tendres ou crus, les scénarios exotiques de sa femme, Nathan n'y arrivait pas. La scène où il s'était écroulé sur elle, certain de mourir, l'obsédait. Il se sentait diminué pour la première fois de sa vie. Il s'était accommodé de sa main atrophiée, mais un cœur fragile et une jambe cassée l'expédiaient maintenant sur l'autre versant de la vie. Une déprime pour ses cinquante ans, voilà qui était original ! Il fixe le toit du ciel, indifférent à tout.

Il avait même éconduit Abigail qui venait prendre de ses nouvelles, les bras chargés d'un excellent whisky. Peut-être l'avait-il mal jugée, cette fille de la haute.

On sonne avec insistance dans l'entrée. Nathan se trouve seul dans l'appartement, comme tous les matins. À cloche-pied, s'appuyant sur la commode en palissandre dans le couloir, il parvient enfin à ouvrir la porte, moite et mécontent.

— Je ne vous dérange pas, Dr Mendelsohn ?

Lauren Bacall, le visage pâle, baigné de larmes.

Ils se saluaient dans l'ascenseur mais ne s'étaient jamais parlé. Que lui voulait l'une des femmes les plus célèbres au monde ?

Cherie

Ils l'attendaient tous, depuis une bonne demi-heure déjà. Posh, le décorateur, avait passé un smoking. Il y avait une artiste créatrice de bijoux avec qui elle avait sympathisé et son mari, un collègue célibataire de Steve, plutôt pas mal, ses voisins Becky et Christopher, qui venaient d'arriver avec des ombres sous les yeux. Cherie avait engagé un traiteur réputé et loué les services d'un pianiste obèse qui devait jouer quelque chose de léger, de new-yorkais, du Gershwin par exemple… Steve ne jurait que par *Rhapsody in Blue*. Ne manquait plus que Leonard Bernstein.

Cherie l'avait invité à fêter le nouveau décor de sa salle de bains, réalisée par ses soins. Une merveille : deux vasques d'Italie, des tomettes provençales, une douche où l'on pouvait tenir à plusieurs, un plan de toilette de cinq mètres de long en marbre veiné d'or. Bernstein avait convié des copains à admirer les travaux et Noureev avait même félicité Cherie, confite d'émotion, devant le Dakota ; elle avait travaillé dur. Mais que fichait son client le plus illustre ? Cette soirée serait son heure de gloire, annonçant d'autres commandes.

— Arrête de te goinfrer ! Il va arriver d'une minute à l'autre.

Steve, qui piochait dans un plat, suspend son geste, l'air penaud.

— C'est que j'ai faim, moi ! Tu lui as bien dit 19 heures ?

— Évidemment, répond-elle en faisant claquer ses talons sur le parquet.

À 20 h 15, la sonnette retentit.

— Lenny..., roucoule-t-elle. Je commençais à croire que vous m'aviez oubliée, mon cher...

Devant sa voisine excessivement maquillée et embijoutée, Bernstein hésite sur le seuil. Au fond, le pianiste entame bravement le thème d'*On the Waterfront*, le film d'Elia Kazan, en l'honneur du compositeur qui l'a créé en 1954. En jean et pull à col roulé, le musicien découvre éberlué les invités sur leur trente et un, la table qui scintille de toute son argenterie, les garçons qui s'agitent et Posh en smoking.

— Mais vous m'aviez parlé d'un verre de fin de chantier, à la bonne franquette...

Cherie lui prend le bras, faussement cool, les mâchoires crispées.

— Lenny, vous êtes si drôle ! Je me suis laissé emporter par une vague russe, voilà tout. Ce sont juste quelques amis. Et voici mon mari, Steven, *trader* au World Trade Center. Il achète et il vend, de l'or, de l'argent, du sucre.

Elle parle trop, c'est plus fort qu'elle. Tout sourire, Steve s'approche, les doigts graisseux.

— Attendez de voir ce qu'elle a prévu pour le dîner !

— Un dîner ? Mais on m'attend dans une demi-heure !

Cherie entraîne Bernstein au salon, lui présente ses invités. Elle le force presque à s'asseoir sur un fauteuil. Et ce maudit pianiste, rond comme un sumo, qui continue ! À côté d'eux, l'artiste n'en finit pas non plus, évoquant des bijoux taillés dans des balles utilisées par la police, qu'elle coule dans un bain d'or.

— Ma façon de protester contre la violence d'État.

— Savez-vous, opine Bernstein, qu'il y a aujourd'hui plus d'Afro-Américains en prison, en liberté surveillée ou en conditionnelle que d'esclaves noirs en 1850 avant la guerre civile ?

— Oui, s'enflamme la créatrice de bijoux. Quatre Noirs sur cinq à Harlem auront un jour affaire au système pénal. Comment supportent-ils cela ?

Cherie ne se prononce pas, cela vaut mieux. Elle venait du Sud, alors il ne fallait pas lui en raconter, et puis elle écoutait les informations, qu'elle traduisait à sa manière. Si Harlem était devenu une zone de non-droit, c'est parce qu'on ne remettait pas les Noirs à leur place. La preuve avec ce Shawn. Il avait renâclé à monter les palettes de tomettes au salon et refusé tout net d'aider à porter jusque chez Bernstein la baignoire à pattes de lion commandée en France. Elle avait fini par l'insulter, ce qui n'avait guère troublé le jeune homme. Depuis, c'était la guerre froide. Elle le surveillait et, au moindre accroc, elle en parlerait à Andrew.

— 21 heures, déjà ! s'écrie Bernstein. Je dois me sauver. Je dîne avec Mike Wallace, de 60 Minutes. Il veut m'interviewer, après Deng Xiaoping !

La tête de Cherie pendule et son sourire se troue. Comment Bernstein ose-t-il s'éclipser alors qu'elle comptait lui parler des bibliothèques immenses qui assombrissaient encore davantage son salon ?

Bernstein parti, Cherie tente de sauver les meubles.

— Passons à table, les amis. Quelques petits grains de Russie devraient nous réjouir…

Elle a acheté assez de caviar et de vodka pour tenir un siège. Elle place à sa droite le collègue de Steve, qui se révèle être vice-président, hiérarchiquement au-dessus de son mari.

— Je peux vous appeler Edward ?

— Avec plaisir. Votre mari parle beaucoup de vous au bureau.

— Comme c'est gentil ! Vous a-t-on déjà dit que vous ressemblez à Jack Nicholson ?

— Tout le temps ! dit-il en éclatant de rire. Dans *Vol au-dessus d'un nid de coucou* !

Yeux mobiles et perçants, dents très blanches, un charme de loup-garou urbain…

— J'espère avoir l'air moins fou que lui !

Vodka, caviar et bortsch au canard délient les langues. L'artiste évoque sa dernière performance : elle est restée enchaînée toute une journée devant Central

Park pour protester contre le peu de crédit octroyé par la ville aux saltimbanques.

— Vous habitez où ? demande Christopher.

— 740 Park Avenue, avoue-t-elle, un brin gênée.

— Pas vraiment une adresse de crève-la-faim, note Chris.

Cet immeuble était le seul à pouvoir rivaliser avec le Dakota.

Cherie se trouble de plus en plus. Cet Edward lui parle en se penchant vers elle, la colle presque, rit à toutes ses phrases, la complimente, la ressert trop souvent en vodka. Elle a soudain chaud. Les yeux de l'homme forment des petits lacs où elle aimerait plonger. Elle croise et décroise les jambes, le visage en feu, luisant à la lueur des bougies.

— Pourquoi Steve vous a-t-il cachée ? bouffonne son voisin. Si j'avais une femme comme vous, je l'exposerais comme un tableau !

Au dessert, Cherie accepte sa carte de visite. Au moment du thé, servi dans un samovar loué pour l'occasion, elle lui promet de le retrouver le lendemain à l'hôtel Pierre. Sentant sa victoire complète, le supérieur de Steve effleure sa cuisse sous la table. Son sourire se fait carnassier quand il découvre qu'elle porte des bas.

— Je ne vais faire qu'une bouchée de vous, je le sens.

À quarante-deux ans, Cherie épiait sans relâche dans sa salle de bains les premières atteintes de l'âge. Bientôt son visage ressemblerait à une poterie ridée, comme celui de sa mère. Elle soupesait ses seins qui s'affaissaient, lentement mais sûrement, comme sa taille qui s'épaississait. Une liaison lui offrirait une cure de jeunesse. Et puis Steve y trouverait peut-être aussi son compte. Combien de maris à Wall Street étaient-ils devenus vice-présidents grâce aux atouts de leur épouse ? Dès qu'elle est allongée, elle s'endort, un sourire aux lèvres.

Becky

— Tout va bien, Rebecca ? Cela fait longtemps qu'on ne s'est pas vus. Vous paraissez bien pâle…

Becky laisse entrer Shawn, presque à contrecœur, avec un immense bouquet offert par un auteur reconnaissant.

— Vous aussi, si je peux me permettre, répond-elle. Des soucis chez vous ?

Becky lui demande toujours des nouvelles de ses petites sœurs dont il lui a montré les photos.

— Oui, avec mon cousin, le fils d'Eddy, celui qui était en stage l'an dernier ici…

— Jorge, c'est ça ? Je m'en souviens ! Un garçon vif et malin.

— Plus maintenant, il est tombé dans l'héroïne. Il se pique où il peut, aux bras, aux cuisses, aux doigts de pied. Après une énième cure, il a même braqué un pharmacien pour obtenir de la morphine ! Encore heureux qu'il n'ait pas été pris en flagrant délit !

— Vous avez besoin d'adresses, d'un contact avec un spécialiste ? demande Becky.

— Non merci. Près de chez moi, un prêtre a ouvert une officine pour informer les jeunes et soigner les malades. Mais l'argent manque…

Un instant, Becky se demande si Shawn ne souhaite pas qu'elle lui fasse un chèque.

— Ce n'est pas un appel de fonds, rassurez-vous. J'essaye d'y passer de temps en temps le dimanche, mais on se sent très démunis.

— Pauvre Eddy, soupire Becky. Il doit être dévasté par ce qui lui arrive, et votre famille aussi.

— Oui, c'est dur.

Shawn dévisage celle qu'il considère désormais comme une amie. En arrivant au Dakota, il n'aurait jamais imaginé se lier avec quelqu'un, encore moins une femme, blanche de surcroît. Il devait bien reconnaître que les clichés circulaient dans les deux sens. Pendant longtemps, il avait trouvé les résidentes et les femmes du quartier superficielles, affectées, inintéressantes au possible dans leur oisiveté. Toutes semblables, avec le même sac, la même silhouette émaciée. Mais Rebecca était une lady, une vraie, qui se fichait des diktats de la mode, travaillait dur et avait un avis éclairé sur tout. Progressivement, elle lui avait accordé sa confiance et il ressentait le besoin de la protéger. Aujourd'hui, elle a l'air épuisée et son regard fuit. Depuis quelque temps, elle se ferme et le jeune homme sent que, en insistant, elle pourrait se briser. Alors il attend. Sans poser de question indiscrète.

Après un long silence, elle lance :

— Vous savez qui nous a invités hier soir ?

— John et sa femme ? s'amuse Shawn.

Tous les Dakotiens rêvaient de dîner chez ceux qui vivaient retranchés à leur étage.

— Non. Juste Cherie et son mari.

— Et vous avez accepté ? demande Shawn, incrédule.

Il détestait cette femme à la méchanceté incrustée dans ses traits.

— Oui, car Bernstein était l'invité d'honneur. Chris possède presque tous ses disques.

— Plutôt souper avec Le Fils de Sam…

— Très drôle, grince Becky en le raccompagnant à la porte.

Ces derniers temps, elle manquait souvent au bureau, se faisant porter pâle. Avant, elle courait pour attraper son bus, assistait, émerveillée, au réveil d'une ville de huit millions d'habitants, et tous les matins ressemblaient à la naissance du monde. C'était il y a une éternité, elle attendait alors une autre naissance, confiante. Et puis étaient survenus ce sang et des coups à l'intérieur, qui lui martelaient le ventre. Le médecin avait été formel.

— Une fausse couche n'est qu'une péripétie, madame Ravoine. Reposez-vous et croyez-moi, vous attendrez bientôt un enfant !

Il avait fallu supporter les crampes, les serviettes hygiéniques à changer toutes les heures, et l'expulsion, seule dans la salle de bains, d'un magma qu'elle n'avait pas osé regarder. Inquiet mais impuissant, Christopher avait choisi d'ignorer les détails de cette scène de guerre intime. Elle s'était sentie si vide. Comment un être qui ne l'avait habitée que dix semaines pouvait-il la plonger dans une telle affliction en la quittant ? Roulée en boule dans son lit, elle attendait que la petite rivière entre ses jambes se tarisse, que le nid se reforme avec des brindilles d'espoir. Elle rêvait d'une fille qu'elle emmènerait patiner au Rockefeller Center ou voir *Casse-Noisette* au Lincoln Center. Elle devait se forcer à se lever quand Christopher rentrait de son cabinet. Et puis le courage et la force étaient revenus. Elle avait repris le travail avec application, réarmé son sourire. C'était aussi une forme de réparation. Dans son agenda, elle cochait les jours, les périodes propices. Elle avait refait l'amour avec Chris, naturellement. Son mari était sa maison. Elle avait perdu son innocence mais pas ses sentiments : elle s'agrippait à lui dans le noir, l'attirait en elle, le pliant à ses désirs. La bonne nouvelle, deux mois plus tard, les avait aussitôt ravis, mais ils n'en avaient parlé à personne, par superstition. Le jour de la première de *Marathon Man*, un thriller avec Dustin Hoffman, que Chris adorait, au moment où Becky fermait les yeux devant la scène de torture sur le fauteuil du dentiste, un liquide chaud avait coulé entre ses cuisses.

— Il y a un problème, avait-elle balbutié, affolée. Il faut sortir !

Elle s'était levée. La tache grossissait sur sa robe jaune canari, devenait un pays, un continent. Autour d'elle, on protestait, on s'agitait. Elle avait grondé de douleur pendant que Chris l'entraînait dehors. Elle refusait de tout son être ce nouveau coup du sort, cette malédiction. À six mois de grossesse, le cœur du fœtus s'était arrêté. Depuis combien de temps portait-elle un cadavre dans ses entrailles ?

Cette fois, le médecin avait compati : perdre un embryon de cet âge impliquait un accouchement. Becky l'avait subi dans un silence absolu.

— Vous voulez la voir ?

C'était une fille. Elle le savait. Un bébé parfait, un être minuscule au visage lisse et reposé qui semblait sur le point de se réveiller. Becky avait longtemps fixé cette bouche en forme de cœur qui n'avait jamais émis un son.

La jeune femme s'était à nouveau réfugiée dans son lit. À ses rares apparitions, le soir, pâle et silencieuse, Christopher sursautait. Il rentrait de plus en plus tard, sombre et mutique. Ils n'avaient refait l'amour que deux fois en six mois, au milieu de la nuit, sans un mot. Son corps flétri, anéanti, faisait horreur et honte à Becky. Et un matin, Christopher l'avait renversée sur le canapé.

— Arrête, maintenant ! Compris ? Nous aurons des enfants. Reprends-toi, tu bascules dans quelque chose de maladif. J'existe, moi aussi, avait-il déclaré sur un ton qu'elle ne lui connaissait pas.

Revenir au bureau l'avait réconfortée. Elle égayait ses journées par des mots, des phrases, des pages écrites par d'autres. Les livres la berçaient, la protégeaient. Elle avait punaisé au mur un petit mot joliment calligraphié que Shawn avait glissé sous sa porte. Une phrase de Hemingway : « Un homme, ça peut être détruit, mais pas vaincu », le portier avait ajouté « encore plus vrai pour une femme ». C'était la seule fois où il avait abordé le sujet, mais, sentant sa détresse, le jeune homme passait régulièrement, sous un prétexte ou un autre. Il portait ses sacs de courses, rapportait du bois pour la cheminée, lavait les baies ombrées par la pollution. Sa présence silencieuse apaisait Becky qui redoutait le retour de Christopher et l'obligation de faire bonne figure.

La soirée chez les Bernstein s'était étonnamment bien passée. À l'apéritif, la vodka l'avait grisée. Christopher s'était montré disert, en tout cas avec leur hôte.

— Lenny, j'étais présent à la Scala de Milan quand vous avez conduit *Médée* avec la Callas. Un enchantement !

— En 1953 !

Bernstein avait imité les volutes de la cantatrice.

— La Callas, pour moi, c'est la bible de l'opéra !

— Comment se porte-t-elle en ce moment ? avait demandé le collègue du mari de Cherie dont Becky avait oublié le nom.

— En pleine forme ! Et amoureuse, comme d'habitude ! Elle veut écrire son autobiographie. J'en tremble d'avance. Comme la moitié de New York !

Elle avait peu parlé mais le dîner l'avait divertie, même si Bernstein avait dû filer. En rentrant, elle s'était dit que ce soir sonnerait peut-être l'heure des retrouvailles charnelles avec Chris. Elle évitait de penser à une nouvelle grossesse, mais faire l'amour les réunirait.

Quand elle était revenue de la cuisine avec deux verres de Bailey's, Christopher scrutait l'obscurité par la fenêtre. Elle avait appuyé la tête sur son dos, le sentant respirer lourdement.

— C’est le départ de Bernstein qui t’a contrarié ?

— Rebecca, avait-il lâché en se retournant, je ne peux pas continuer ainsi…

Elle n’avait pas saisi ses mots. Une langue étrangère.

— Je n’y arrive plus. Toi non plus. Quelque chose s’est cassé. Et ce n’est pas seulement un problème d’enfant…

Becky avait reculé, failli trébucher sur la table basse.

— Mais tu m’as dit que tu m’aimais ! avait-elle gémi.

— Oui, nous avons été heureux, mais…

Ce passé composé l’avait giflée et avait réveillé une intuition.

— Il y a quelqu’un d’autre ? Je la connais ?

Le visage livide de son mari avait parlé pour lui : l’air coupable, honteux et pourtant habité d’un désir, d’une faim qu’elle ne lui avait pas vus depuis longtemps. On avait pris son cœur, elle le savait.

— Becky, je vais m’installer dans la pièce à côté pour quelque temps.

Elle lui avait barré la route.

— Dis-moi ! Dis-le !

— Je ne l’ai pas cherché, je t’assure… Mais c’est arrivé… Avec Beverly…

— *Ma* Beverly ?

Soudain le cauchemar de ses nuits l’avait submergée. Sa gorge s’emplissait de bulles sombres, des algues nouées à son cou.

— Mais Beverly habite Upstate New York ! avait-elle lancé dans une sotte tentative de rationalisation.

— Elle est venue au cabinet, pour un avis sur une boutique à ouvrir avec une associée… Nous nous sommes revus… Elle va quitter l'écrivain.

Elle n'avait entendu que *quitter*. Il allait s'en aller, la laisser. Elle avait dû s'asseoir.

Alarmé par sa pâleur, Christopher s'était approché. Elle avait pris sa main, l'avait mordue de baisers, sur le point de supplier, de se rouler par terre, de tout casser. Il avait repris sa main. Elle l'avait vu s'éloigner. La porte s'était fermée.

— Va te coucher, Becky. Je t'en prie. Il n'y a que cela à faire.

Au fond de l'eau noire, une crevasse l'avait avalée. On ne la retrouverait jamais.

Tyler

Tout avait commencé par un lapin bleu aux oreilles délavées à force d'être suçotées. Tyler aurait pu ne pas le remarquer car il discutait avec José, mais ils avaient levé les yeux. John Lennon traversait la cour en tenant son fils par la main. À dix-huit mois, le môme gambadait, se précipitait vers la fontaine aux poissons, revenait, tournoyait, une vraie toupie. Dans sa ronde, il venait de laisser tomber son jouet et Tyler l'avait ramassé.

— Tenez, je pense que c'est à lui, avait-il dit en s'approchant timidement.

— Ah oui ! Dieu nous préserve d'égarer le précieux lapin, s'était amusée la rock-star.

En remontant ses lunettes rondes sur son nez, il avait dévisagé Tyler.

— Je te connais, toi. Tu es monté me faire signer quelque chose, non ?

Tyler avait hoché la tête, embarrassé. À bientôt quinze ans, il se jugeait trop vieux pour les autographes. Lennon l'impressionnait, même s'il n'avait rien d'une star avec ses cheveux en bataille, son teint blafard et son jean taché.

— Et c'est toi qui t'es étouffé à la fête des voisins ? Tu nous as flanqué la frousse…

Tyler s'était baissé vers le petit Sean.

— Tu devrais mettre ton lapin dans un sac à dos, bonhomme. Comme ça, tu ne le perdras pas…

— Bonne idée, avait jugé le Beatle. Dis, tu as un moment ? On va se promener au parc.

Tyler s'était tourné vers José, qui lui fit signe d'accepter. Une invitation de Lennon, même pour une balade bucolique, cela ne se refusait pas !

Quand ils avaient traversé Central Park West, les automobilistes avaient klaxonné. Lennon avait continué son chemin, perdu dans ses pensées, sans voir les gens qui se retournaient sur son passage, certains en sifflotant *Hey Jude* ! Sortant la tête de sa cabine, un camionneur toutes dents dehors l'avait interpellé : « Hé, mec, quand est-ce que tu rejoues ? »

— Cela ne vous embête pas, tout ça ? demande Tyler.

— Non. À New York, c'est cool. On ne me harcèle pas. Un autographe, un sourire, c'est tout. Ici, je me sens en sécurité, peinard. En Angleterre, les filles hurlaient, voulaient nous arracher nos fringues, dormaient devant chez nous. Quel cirque !

Le Beatle poursuit, avec cet accent qui étonne Tyler. On dirait une langue étrangère.

— À propos, tu sais à qui *Hey Jude* était destinée à l'origine ?

Tyler n'en a pas la moindre idée. Il est né l'année du *split* des Beatles et ses parents écoutent plutôt de l'opéra, du classique, des trucs barbants à se jeter par la fenêtre.

— À mon fils aîné, Julian. McCartney l'a composée en 1968, au moment de mon divorce, pour les réconforter, lui et Cynthia, mon ex. Chanson de l'année chez les *Brits*, vingt semaines dans les *charts* américains, six millions de galettes vendues dans le monde. Il a eu du nez, mon pote. Mais tout ça, c'est du passé…

Tyler ignorait que Lennon avait un autre fils. Pourquoi ne le voyait-on jamais au Dakota ?

— On va tous les jours sur la grande pelouse, la *Great Lawn*. C'est un peu loin, mais j'aime bien regarder les gamins jouer au base-ball. Tu y joues, toi ?

Tyler hausse les épaules.

— Pas sportif ? Moi non plus. Mais le bon air fait du bien à Sean.

La première fois, ils étaient restés deux heures ensemble. Immobile, Lennon contemplait les nuages, le vert de la pelouse, les New-Yorkais qui dépliaient des couvertures, s'allongeaient sous le soleil printanier, écoutaient pulser Aerosmith ou AC/DC sur d'énormes *ghettos blasters*.

— On est bien là, non ? demande Lennon.

À plat ventre, Tyler laisse le feu du soleil frapper ses paupières. Des ombres s'accroupissent sous les arbres.

— Tu n'es pas bavard, rigole la star. Mais tu sais y faire avec Sean. D'habitude, il est comme moi, il se méfie un peu…

C'est ainsi que tout avait commencé. Lennon passait dans la cour, sifflait et Tyler se précipitait. Quand il pleuvait ou que John n'avait pas envie de sortir, il téléphonait au jeune homme qui lâchait ses devoirs et se propulsait au septième étage. Une femme de ménage le guidait jusqu'au salon. Une pièce sans caractère, peu meublée, où John le recevait en kimono, assis par terre en train de jouer avec Sean. D'autres fois il les retrouvait sous une couverture blanche, dans une chambre immaculée, occupés à regarder la télé. Tyler n'avait jamais imaginé pareille complicité entre un père et son fils. Sean n'avait pas encore conscience de sa chance.

— Enlève tes chaussures et viens t'asseoir avec nous.

Tyler se faisait tout petit et regardait des dessins animés avec eux. Souvent, John somnolait (il pouvait dormir plusieurs jours d'affilée) ou fixait le plafond. Parfois il décidait d'investir la cuisine, et la bonne levait les yeux au ciel. Lennon aimait plus que tout fabriquer son propre pain.

— Ça me détend, gamin. Regarde, essaye.

Lennon plaçait les mains de Tyler sur la pâte odorante.

— C'est bon, non ? Aussi agréable que les fesses d'une fille !

La miche sortait fumante du four, mais l'apprenti boulanger n'avait jamais faim. Travaillé par la puberté, Tyler engloutissait le pain, tartiné de beurre. D'après José, Lennon marchait à plein de saletés. Tyler n'avait jamais rien vu, même si le Beatle affichait parfois une pâleur spectrale, incapable de se lever. On croisait rarement Yoko. Elle travaillait dans son studio, à l'étage inférieur. Trois appartements du Dakota lui servaient à stocker ses fourrures dans une pièce réfrigérée et ses vêtements comme dans un grand magasin.

Tyler appréciait l'appartement aux effluves d'encens. À son arrivée, Sean se précipitait dans ses jambes en battant des mains. Les trois chats se frottaient à lui. Peu à peu, il s'était enhardi, se confiant à cet homme au regard bienveillant derrière ses verres de myope. L'école, ses parents, sa grand-mère, les *shootings*… Il avait raconté sa vie, en filigrane. L'adulte l'avait écouté attentivement.

— Moi aussi, j'étais mauvais en classe, tu sais. Toujours à faire le clown, des bulletins lamentables… Je me battais, je voulais déjà être le boss.

— Le travail, ça va à peu près. Mais ça ne m'intéresse vraiment pas. Et puis les gosses de riches de mon école…

— Quelque chose te plaît quand même ? La musique ?

— Oui. Et le dessin et les BD. Mais mon père dit que cela ne mène à rien.

— Mon paternel s'est tiré quand j'étais môme et ma mère n'a pas pu m'élever. On m'a collé chez la tante Mimi, un ange. J'ai mis dix ans à retrouver ma mère, elle avait deux filles et un autre bonhomme dans sa vie. Elle est morte quand j'avais dix-sept ans. Alors la famille, c'est un peu de la science-fiction pour moi.

— Mon père rentre de Los Angeles les week-ends, mais j'ai toujours été un boulet pour lui, je le déçois.

Il ne va pas se mettre à chialer ! Encore que Lennon en a vu d'autres…

— Le mien a toujours fui ses responsabilités. Quand j'ai commencé à être connu, il a voulu en profiter et réaliser son vieux rêve, devenir chanteur lui aussi. Il m'a fait le coup du papa aimant et il manigançait dans mon dos pour sortir un disque en même temps que moi. Tu imagines ?

Tyler hoche la tête.

— Voilà pourquoi je m'occupe autant de Sean. Je sais ce qu'on dit… Père au foyer quand on a été une superstar… Mais je veux le voir grandir, profiter de lui, tout ce que je n'ai pas eu avec Julian. Tu comprends ?

— Ouais. Moi aussi, quand j'aurai un enfant, je ne le confierai pas à une armée de nounous.

— Bien dit. Mais tu as le temps, gamin. Profite ! À propos, tu as une *girlfriend* ? C'est important, les copines…

Il y a bien une fille… Des cheveux blonds taillés à la diable et si courts qu'on voit son crâne, des yeux charbonneux, un blouson d'aviatrice en cuir, des mitaines. Telete traîne dans le parc à côté du Dakota avec des garçons plus âgés que Tyler, à boire de la bière cachée dans des sacs en papier marron ou à s'en griller une, les fesses posées sur le dos du banc. Sa blondeur éclaircit le vert du parc. Il n'aurait jamais osé l'aborder, mais un jour, elle lui avait adressé la parole.

— Vu tes cheveux, on pourrait être frère et sœur !

Ses copains avaient rigolé. Tyler s'était avancé, le cœur battant.

— Non, mais tu ressembles à Blondie !

— Tu connais ? demande-t-elle.

Peu de monde avait entendu parler de la New-Yorkaise Debbie Harry et de son groupe Blondie, qui mêlait new wave, punk et disco. Tyler avait écouté son disque chez Lennon, qui se tenait au courant des nouveautés. Information qu'il ne pouvait divulguer au risque d'être pris pour un affabulateur.

— J'ai bien aimé son album, répond-il d'un ton de connaisseur.

— Elle est incroyable, tu veux dire ! Je filerais mon blouson pour aller l'entendre au CBGB dans le Bowery ou au Max's Kansas City sur Park Avenue. C'est là que ça se passe : les Ramones, les New York Dolls, Patti Smith… Que des fantastiques ! Mais je n'ai pas encore l'âge. Dix-sept ans, ça craint !

— Hourra pour les punks !

Les mecs à côté se sont levés comme pour la protéger. Le plus grand porte un blouson clouté et un pantalon à trous bardé de fermetures Éclair ; l'autre, une tenue de camouflage rapiécée avec des épingles à nourrice.

— Je m'appelle Telete. Comme la déesse grecque. Mes vieux sont des fondus de mythologie.

De près, elle était encore plus gracieuse, avec des cils au kilomètre, des iris verts parsemés de petites îles marron. Sa fraîcheur résistait au maquillage trop appuyé.

— Et toi ?

— Tyler. Nettement moins exotique.

Les types épais comme des clous se marrent.

— Tu habites par ici ? demande le garçon au treillis hérissé d'épingles.

— Pas très loin…

Inutile de révéler qu'il vivait dans l'immeuble le plus chic de la ville. Il voulait revoir cette fille dont le sourire et la voix le transperçaient.

Un merle se pose devant eux.

— Tu sais combien d'oiseaux se tuent tous les ans à cause des gratte-ciel ? demande-t-il à Telete complètement hors de propos. 90 000 !

— Celui-ci est un survivant alors, rigole-t-elle. Bon, eh bien, à une autre fois, frérot…

Elle avait allumé une cigarette et la flamme avait dansé sur sa peau.

Tous les soirs après les cours, Tyler était revenu. Telete semblait l'attendre au même endroit. Elle séchait le lycée, dormait chez les uns et les autres, rentrant rarement chez sa mère. Ils parlaient peu, mais se tenaient l'un près de l'autre. Respirer le même air qu'elle, son odeur de savon Dove et de patchouli, suffisait au bonheur de Tyler.

La voix de Lennon interrompt sa rêverie.

— Tu songes à ta copine ? Il faut bien se tenir avec les filles, éviter de jouer au salaud… Moi, j'ai été un prédateur. Une groupie tous les soirs… La Beatlemania, c'était comme un magasin de bonbons en libre-service. Trop tentant !

Tyler ne lui parlera pas de Telete. C'est son secret. Un secret qui le réconcilie avec l'existence.

Andrew. Upper West Side

— Je prépare leur *macaroni and cheese* et on y va !

Dans sa cuisine aux murs jaunes, tablier à la taille et pieds nus, Mia Farrow rayonne parmi sa nichée. Il y a les jumeaux Matthew et Sascha, Fletcher, leur cadet, les trois fils de son mari André et deux petits Vietnamiens, Lark et Summer. La pièce est pleine comme un œuf et chaque surface recouverte d'une armée de poêles, casseroles, bouteilles de lait et boîtes de céréales. Andrew connaît Mia depuis son mariage avec Sinatra, en 1966. À vingt et un ans, l'actrice avait illuminé l'autel avec sa coupe à la garçonne et sa robe blanche toute simple. Comme tous les mâles présents, Andrew avait flashé. Ils s'étaient peu vus pendant les deux ans d'idylle avec le crooner, car le couple voyageait beaucoup, mais *Rosemary's Baby* les avait rapprochés. Un matin, en effet, Andrew était tombé sur Mia qui patientait devant le Dakota où Polanski tournait. Le scénario faisait d'elle une femme manipulée par des satanistes et prête à enfanter l'Antéchrist. On lui aurait donné le bon Dieu sans confession avec son faux ventre de femme enceinte.

Angélique. Malheureuse à en crever aussi. Cet idiot de Sinatra avait envoyé un avocat pour lui remettre les papiers du divorce la semaine précédente, devant l'équipe du tournage. Une humiliation. Ils avaient sympathisé et Mia montait souvent chez lui entre deux prises afin d'échapper aux curieux.

À l'époque, Andrew sortait avec Lauren Hutton, l'actrice au léger strabisme et à la beauté atypique. Avec Mia, il avait choisi l'amitié et l'admiration. Elle le bluffait par sa maternité exigeante, excessive. Elle n'avait rien d'une diva, aimait la campagne, les soirées à la maison, les animaux. L'appartement qu'elle occupait près du Dakota avec son mari André, chef d'orchestre, ressemblait à une arche de Noé : poissons rouges, chat, canari, chinchillas, perroquet… Avec les cris des enfants, on ne s'entendait plus penser.

— Tu veux dîner ? Tu ne peux pas rater les pâtes du chef !

— Non merci. Après ça, je ne pourrais plus danser.

Mia feint de lui jeter une cuillère en bois à la tête et les enfants rigolent. C'est une blague entre eux : Mia veut nourrir tout le monde, presque de force. Ému, il observe la scène : ces gamins attablés en pyjama et leur mère aux fourneaux. Il a peu de souvenirs de son enfance, la plupart ont été gommés. Cette paix domestique, ce bonheur tranquille lui sont inconnus. Il sort fumer dans le salon, ouvre une baie en grand. Combien font la même chose dans l'immeuble d'en face ? Chaque fenêtre ouvre sur un théâtre.

— J'y vais pour toi, Andrew. Je n'aime pas la foule, encore moins les boîtes de nuit. À cette heure, d'habitude, je dors !

— Tu vas voir, on va s'amuser. Et ton dernier film vient de sortir, tu dois te montrer un peu, ma belle asociale !

— Ne m'en parle pas ! Après *Rosemary's Baby*, *Le Cercle infernal*… Encore une histoire de mort et de fantômes. Je suis abonnée aux films qui fichent la trouille !

— Et *Gatsby le Magnifique*, alors ? Je t'ai beaucoup aimée en Daisy Buchanan. Tu peux tout jouer, tu le sais.

— Je t'adore, toi !

À l'approche de la 54e Rue, on se croirait un jour de parade. Des centaines de personnes empêchent la limousine d'avancer. Quand l'actrice en sort, les fêtards groupés derrière une corde en velours rouge protégée par deux videurs taillés dans le béton se mettent à scander « Mia ! Mia ! ». Effrayée, elle ne lâche pas la main d'Andrew qui fait écran pour la protéger de la marée humaine. Ils pénètrent enfin dans cet ancien théâtre devenu studio de télé, avant d'être transformé en immense boîte de nuit. Après les effets stroboscopiques à l'entrée, Andrew découvre les décors amovibles : un forum grec, une jungle équatoriale, une planète lointaine. Des serveurs déguisés en légionnaires romains ou torse nu, des danseurs en string chaloupant dans des cages en plastique. Deux mille personnes en transe dansent sur *Never Can Say Goodbye*, de Gloria Gaynor. Cela sent l'herbe, la sueur, le désir. Tous les oiseaux de nuit sont là. Margaux Hemingway, Richard

Gere, Diana Ross discutent comme au bar du coin… La chanteuse Cher porte un tee-shirt blanc, des bretelles et un chapeau de paille. Des baignoires de champagne sont installées aux endroits stratégiques, on empêche un mec aux cheveux roses d'y plonger. Entourée d'actrices, Mia adresse un petit signe à Andrew : ils se retrouveront après… ou pas.

— Salut, Tim. Pas mal, non, comme *dancefloor* ? lance Andrew à un type rondouillard qu'il reconnaît.

— Tu connais Steve Rubell ? répond celui-ci.

Le propriétaire du lieu déverse de la vodka d'un pistolet géant directement dans la bouche de ses voisines.

— Génial ! lance Andrew. Je n'ai jamais rien vu de tel.

— L'art consiste à savoir mélanger les genres : gays, Noirs, secrétaires, superstars… Tous les gens cool vont venir chez moi. Et tu n'as encore rien vu !

Les pupilles dilatées, Tim l'entraîne au balcon. Là, les filles dansent seins nus, on se frôle, s'embrasse, geint dans une demi-pénombre fauve. Le plus petit recoin est colonisé par le désir.

— Un vrai lupanar ! s'exclame Andrew.

— Bienvenue au Studio 54, le paradis sur terre, mon pote. *Sex and drugs and rock'n'roll.*

Laissant Tim dans les bras d'une fille aux courbes de modèle, Andrew redescend sur la piste de danse, dans l'axe de la chevelure neige d'Andy Warhol qui brille sous les projecteurs. Soudain, des ballons explosent au-dessus des danseurs et une clameur s'élève : il pleut de la cocaïne ! Une Sodome et Gomorrhe moderne, revisitée par Hollywood. Andrew se laisse flotter, entouré par des centaines de corps tièdes, au rythme de la musique qui semble le pénétrer, s'immiscer dans son cerveau. Il a envie d'aller vers les gens, de les toucher, de les embrasser. Ses yeux clignotent comme des gyrophares. Son corps chauffe, bout, il a très soif. Soudain, il remarque une fille de dos, juchée sur les épaules d'un type roux. Étole en velours rose, débardeur à paillettes, minijupe, bottes. Pas mal, pas mal du tout. Et ce maintien aristocratique, comme si elle montait à cheval quelque part en Californie et non sur ce lourdaud ; drôle de centaure qui bientôt vacille et s'effondre. Par réflexe, Andrew lève le bras pour empêcher l'écuyère de s'écraser au sol.

— Ah, quelle coïncidence ! Que faites-vous ici ?

— La même chose que vous, sans doute…

Abigail Marbury, la *socialite* aux loulous de Poméranie ! Elle cache bien son jeu, celle-là…

— Vous avez vu cette folie ? sourit-elle de ses dents parfaites. C'est inouï !

Quelqu'un la bouscule et Andrew sent ses cheveux, un rideau de soie, lui effleurer la joue. Sans réfléchir, il lui propose un verre. À sa grande surprise, sa voisine acquiesce. Elle lui parle à l'oreille de Roy Lichtenstein avec qui elle a dîné chez Leo Castelli, le célèbre marchand d'art, d'un nommé Julian Schnabel, un jeune peintre selon elle promis à une carrière de météorite. Il n'entend pas tout, mais l'haleine de la jeune femme sent la cannelle. Ils plaisantent en piochant quelques pilules dans un bol. Quand Abigail veut se lever, ses jambes se dérobent.

— Waouh ! Je ne sais pas ce qu'il y a dans ces trucs, mais j'ai l'impression d'avoir été renversée par un bus.

— Moi aussi.

Dans la rue, Andrew hèle un taxi. À 4 heures, il y a encore foule devant la boîte, mais Marc, le portier redouté de tous les New-Yorkais, refoule ceux qui n'ont pas le bon look. Au-delà des tours, des docks, des cubes aux arêtes fantomatiques, Andrew contemple le ciel laiteux. Il ne fait jamais vraiment nuit à Manhattan, les lumières glissent lentement sur le visage pâle d'Abigail, elle se blottit contre son épaule. À la hauteur de la 57e Rue, veine pulsante tracée d'est en ouest, ils échangent un baiser doux et prolongé, sans entendre le chauffeur toussoter à travers la vitre de séparation.

Au seuil du Dakota, Shawn les salue, étonné. Décidément, cet Andrew qui lui tapait dans le dos comme s'ils étaient copains n'en rate pas une. Un vrai play-boy ! Et avec Miss Marbury !

Dans l'ascenseur, Andrew effleure sa joue, elle lui caresse le poignet d'un doigt, volupté inconnue d'Andrew. Toujours en silence, ils font l'amour dans le couloir devant chez lui, puis sur son lit, plus doucement. Là encore, c'est un rythme nouveau pour Andrew, ému par la peau de soie et le besoin de protéger ce corps gracile.

Il est 13 heures quand il se réveille avec une légère gueule de bois. Le lit chahuté est vide, l'appartement désert, mais il se souvient de tout. Comment lui, qui fuit les complications, a-t-il pu coucher avec une Dakotienne ?

Shawn

Cela aurait dû être le plus beau jour de ma vie. Tout avait commencé normalement. Arrivée au Dakota à 5 h 45, tenue à enfiler, café brûlant, la routine, scandée par les blagues de Juan qui, par miracle, n'a pas été viré après l'épisode porno du parking.

— Alors je dis à la fille : « Tu veux prendre un verre avec moi ? » Et tu sais ce qu'elle me répond ?

— Non, Juan, je ne sais pas.

Je le laisse parler, cela fait un fond sonore, un peu comme la radio.

— Pas la peine, je suis frigide !

Les autres gars s'esclaffent, je souris en coin. Ma vie amoureuse est un désert. Personne avec qui aller au cinéma ou me balader dans les fêtes de quartier le week-end. Pourtant il y a bien une personne. Je l'ai repérée tout de suite. Facile, c'est l'être le plus pur que j'aie jamais connu. Elle s'appelle Kyumi et s'occupe deux fois par semaine du fils de Lennon. Attention, elle n'a rien d'une nounou. D'après Juan, son rôle consiste à éveiller le petit, à lui parler et à chanter en japonais, à le masser parfois. Il a pourtant une mère, non ? Ces bourgeois s'y prennent tôt pour faire de leur enfant un champion… Jamais je n'oserai l'aborder. Elle passe en coup de vent, agite une main céleste et pâle, mais elle ne ressemble pas à une poupée asiatique. Elle dégage une force, une assurance si troublante que c'en est presque douloureux. C'est une Japonaise née en Californie. Qui suis-je pour elle ? Un type planté dans une guérite ou sous le lustre scintillant. Un meuble, un élément du décor. Pourtant, elle me sourit toujours et, sous son épaisse frange, ses yeux noirs m'ensorcellent. Plusieurs fois, je suis monté chez le Beatle, apportant des fleurs, du courrier, des vêtements du pressing dans l'espoir de l'apercevoir, mais elle ne quitte pas la nursery. À quoi occupe-t-elle son temps en dehors du Dakota ? Juan, à qui rien n'échappe, me conseille de me lancer.

— Qu'est-ce que tu risques ? Elle aurait tort de snober un beau mec comme toi.

Il est sympa, Juan, mais, même si l'on croise de plus en plus de couples interraciaux dans les rues *downtown*, je ne suis pas sûr que cela plaise à tout le monde, encore moins au Dakota. J'essaierai de lui parler, un jour ou l'autre…

En fin de matinée, j'avais terminé de laver le hall d'entrée. J'aime l'odeur de citron qui s'en dégage. Le soleil commençait à vernir les trottoirs, les immeubles et les frondaisons dans un triptyque aveuglant, quand j'ai vu s'avancer un homme à la silhouette massive. En le saluant, quelque chose m'a frappé, un faisceau d'ondes, une aura. Le contre-jour cachait son visage, étrangement familier. Un pas de plus et je l'ai reconnu. Mohamed Ali. Le triple champion du monde. C'était comme Noël et mon anniversaire à la fois.

— Ça va, mon frère ? On dirait que tu as vu un fantôme !

Sanglé dans un imperméable beige, le cheveu ras, Ali avait fière allure. Ceux qui le disent cuit à trente-cinq ans se mettent le doigt dans l'œil. Il y a trois ans, le combat de Kinshasa a prouvé qu'il restait « *The Greatest* ». Et que dire du récent combat à Manille où Frazier a jeté l'éponge ?

— Je… J'ai…

Je bafouille. Le rire carnassier d'Ali résonne dans le hall. Des dents d'une blancheur incroyable, la peau claire, comme moi, la même taille. Même s'il a grossi et que ses joues se sont arrondies, il dégage une animalité hypnotique.

— Je boxe à cause de vous. Grâce à vous, plutôt…

— Vrai ? Tu as la carrure. Tu t'entraînes où ?

— Sur la 133e Rue, chez Jimmy.

— Jimmy le Chauve ? Je le connais bien. J'ai distribué quelques raclées là-bas, il y a longtemps.

— Oui, juste avant le match contre Sonny Liston, en 64 à Miami. Quelle attaque dans le sixième round !

— Dis donc, tu pourrais devenir mon attaché de presse !

— Jimmy a épinglé sur le mur une photo de votre visite. Je m'entraîne en la regardant.

— Ah oui ? Eh bien, on va vérifier tout de suite.

Et il se met en garde, arme ses bras, joue des poings. J'entre dans le jeu, sans l'effleurer bien sûr. Il esquive sans mal et je pense à sa phrase fétiche : « Je vole comme un papillon, je pique comme une abeille. » Il danse, esquive mes assauts grâce à son jeu de jambes hypersouple. Soudain, sans que j'aie rien vu venir, il est sur moi. Poing levé. Mélange poivré de son eau de Cologne. Aussi vivement qu'il a bondi, il recule, me sourit.

— Pas mal du tout. Comment t'appelles-tu ?

— Shawn. Shawn Pepperdine.

— Tu vois, Shawn, c'est ça la boxe ! De la poésie en acte, une danse dans la lumière, entre hommes qui se respectent. Pas seulement une affaire de muscles, de fric, de combines.

Il remonte nonchalamment le col de son imper et disparaît dans le ventre de l'immeuble après avoir donné une pichenette sur ma casquette de portier. Je n'ai pas songé à lui demander chez qui il se rendait, ni comment se présentait son prochain combat, dans trois semaines, contre Evangelista. Je reste KO debout. La rumeur de la ville, le staccato des taxis me réveillent. Si Sly avait pu voir cela ! Bizarrement, je pense à mon père. Serait-il fier de moi ? Est-il seulement encore vivant ? Ce soir, on trinquera à la santé d'un descendant d'esclaves du Kentucky qui, parce qu'on lui avait volé son vélo, à douze ans, avait décidé d'apprendre à boxer et de devenir le plus grand.

— Tu dors ? Et les bagages de Mme Bacall à monter !

John, le superviseur, brandit son talkie-walkie. Je hausse les épaules et m'exécute, la tête ailleurs.

Le reste de la journée a passé comme sur un nuage. J'ai surveillé l'entrée, appelé beaucoup de taxis – mais jamais pour Ali –, rabroué un type qui fait le pied de grue devant l'immeuble dans l'espoir de photographier Lennon avec son fils, comme tous les mardis. Ce jour-là, il va à la piscine municipale du YMCA de la 63e Rue pour faire découvrir la natation à Sean. Personne ne le dérange, il n'y a que des obsédés de la tête sous l'eau. Comment le paparazzi le savait-il ? Sans doute par des employés de l'immeuble qui refilaient des tuyaux sur les stars moyennant un billet. Je remontais de la cave, un problème de clé, quand Juan est venu à ma rencontre. Je me suis dit qu'il avait vu Ali et j'ai ressenti une pointe de jalousie.

— Shawn, tu dois rentrer chez toi. Ton cousin est mort.

Ma mère pleurait tellement que j'ai eu du mal à comprendre. On avait trouvé Jorge dans les toilettes d'un fast-food, une seringue entre les orteils. Tante Clorinda hurlait dans la pièce. Il n'y avait rien à dire. Juste à les soutenir dans une épreuve banale à Harlem. Une autre sale guerre.

13 juillet 1977.
À l'intérieur du Dakota

Il y a chaleur et chaleur. En plein mois de juillet, on peut s'attendre à des températures élevées, mais depuis quelques jours le soleil cuit la ville ; la canicule s'est installée et rien ne semble pouvoir soulever le couvercle étouffant et moite tombé sur New York. Un air chaud et lourd, d'une matière trouble. Manhattan prend des allures tropicales et fonctionne au ralenti, sauf les gosses qui jouent à s'éclabousser autour des fontaines qui se forment au pied des bouches d'incendie. C'est interdit, mais qui aura le courage de les empêcher sous 39 °C à l'ombre ? Au Dakota, les résidents se cloîtrent dans leurs appartements souvent réfrigérés. C'est en bas que l'on souffre. Les semelles de Shawn collent au macadam, il lui tarde de rentrer chez lui prendre une douche fraîche, s'allonger nu sur son lit et tenter de trouver le sommeil, même si les nuits apportent peu de répit.

La mégalopole semble grésiller. Plus qu'une demi-heure à tenir dans cette fournaise. Aucun visiteur à signaler, évidemment. Shawn scrute le ciel qui incendie Manhattan. Ce soir, l'humidité semble encore être montée d'un cran. Peut-être va-t-il enfin pleuvoir ? Une bonne rincée apporterait un peu de fraîcheur et nettoierait au moins les trottoirs collants de saleté, ce cloaque à ciel ouvert. Le jeune homme se terre dans le hall où les murs médiévaux gardent le frais. Soudain, à 21 h 27, soit trois minutes avant la fin de sa journée de travail, tout s'éteint.

— Mais enfin, c'est quoi ce bordel ?

Il sort en tâtonnant dans la cour. L'immeuble entier se trouve plongé dans l'obscurité. Une panne ! Il ne manquait plus que cela. Oncle Eddy allait obliger toute l'équipe à donner un coup de main pour réparer. Le Dakota avait beau avoir été inauguré la même année que le Brooklyn Bridge, contrairement au pont, il avait un peu vieilli…

— Shawn, tu es là ?

C'est Mike, le portier.

— Que se passe-t-il ? Heureusement que je n'étais pas dans l'ascenseur. Je suis descendu à pied.

— Je ne sais pas, répond Shawn.

— Moi, si ! crie quelqu'un d'un étage. Panne générale. De mes fenêtres, je vois tout l'East Side privé de lumière !

— La radio vient de le confirmer, ajoute une voix. De violents orages dans le New Jersey. La foudre a frappé toutes les centrales électriques sur l'Hudson.

— Et on n'a même pas une goutte ici ! s'écrient en chœur Shawn, Mike et Juan, rejoints par un Oncle Eddy mutique.

Il devrait aboyer des ordres, tout incident au Dakota lui semblant d'ordinaire un affront personnel. Mais, depuis la mort de son fils, il gobe des cachets qui l'assomment.

— J'ai rendez-vous *midtown*..., proteste Juan. Avec une jolie pépette en plus !

— Tu attendras, lance Mike. De toute façon, elle ne sera pas au rancard. La ville entière va devenir impraticable si ça dure. Comme en 65 !

— On n'y est pas encore, raisonne Juan. Peut-être que les types de Con Edison se grouilleront, cette fois-ci !

Oncle Eddy retrouve la parole et organise ses troupes. Mike vérifie que personne n'est prisonnier d'un des quatre ascenseurs, Juan cherche des lampes et Shawn rassure les résidents qui descendent dans la cour : certains croient à un exercice d'évacuation, d'autres redoutent un incendie. Bientôt, une vingtaine d'entre eux se massent autour de la fontaine. Nigel a apporté des bougies, des couvertures pour s'allonger, il y a quelques chaises. On étouffe encore, comme si la cour gardait jalousement la chaleur emmagasinée. Pas étonnant que Manhattan se soit électrocuté ! Au-dessus du Dakota, le ciel s'étend, noir et lourd. Même les étoiles ont déserté.

Abigail évite soigneusement Andrew et s'assoit près de Nathan, le dernier arrivé à cause de sa jambe encore raide. Steve parle à mi-voix avec Chris, Abigail surprend quelques mots : faillite, ville du tiers-monde, crimes, inadmissible, réseau électrique antédiluvien...

— On ne va pas se laisser abattre ! clame Mme Dickinson d'une voix de stentor au premier étage. Qui vient m'aider à descendre de quoi patienter le gosier au frais ?

Les six bouteilles de chardonnay de l'imposante voisine sont vite éclusées. Avalés aussi les feuilletés au fromage de son frigo et les glaces du congélateur, maintenant hors-service. Les Bicker, très chic en robe de chambre siglée, ont apporté serviettes et biscuits. Une sorte de pique-nique s'improvise.

— Il ne manque plus qu'une ballade de John Lennon, s'amuse Nigel. Où se cachent-ils, d'ailleurs, les Lennon ?

— Au lit, comme d'habitude, plaisante quelqu'un.

— Imagine…, entonne une voix de fausset.

— Si la panne se prolonge, on aura un pic de naissances, comme en 65, s'amuse Juan.

— Non, répond Shawn, il fait trop chaud pour les galipettes.

— Mais vous êtes ici ! s'époumone soudain une voix féminine. J'ai cru que je n'arriverais jamais à rentrer !

Cherie apparaît à la lueur fugace des bougies. Ses cheveux collés de sueur lui donnent l'air d'un oiseau.

— Vous n'imaginez pas l'enfer en ville ! J'ai pris le dernier taxi, à qui j'ai donné cinquante dollars. Comme les feux ne marchent plus, des accidents de voiture ralentissent encore la circulation. À part une pauvre lumière perchée au-dessus du World Trade Center, c'est le noir absolu !

— Et les gens ? s'inquiète Nathan.

— Eh bien, ils s'amusent, font la fête et bouffent, comme vous ! Restaurants et bars distribuent ce qui pourrait se gâter, à la lumière des phares. J'en ai vu se balader avec cinq cornets de glace !

— C'est la fin, cette ville court au désastre ! chevrote M. Bicker.

— Je ne vous le fais pas dire, répond Cherie après une lampée de vin.

— Certains se portent volontaires pour assurer la sécurité aux carrefours, mais on ne voit pas beaucoup la police !

Elle se dégage prestement des bras de son mari.

— Je monte me changer. Je suis en eau. Quelle moiteur infecte !

— Je viens avec toi, dit Steve. Il fait noir comme dans un puits !

— Penses-tu ! J'en ai pour cinq minutes.

— Mais où avais-tu rendez-vous si tard ? chuchote-t-il en lui tendant une lampe torche.

Cherie venait de se débarrasser d'Edward. Quelques séances à l'hôtel avaient suffi à la lasser. Le boss de son mari se ruait sur elle, en chaussettes blanches, puis s'agitait sur son corps de façon grotesque. On aurait dit un nourrisson géant. Passé l'excitation d'être allongée sous un corps étranger, l'expérience l'avait répugnée. Ce soir, Edward n'avait pas insisté, ce qui avait irrité la femme de Steve plus que de raison. Cherie ouvre la porte de son appartement, se dirige vers la salle de bains et se fige : tous ses flacons sont renversés, les tiroirs de la coiffeuse, disloqués, il y a du talc partout. Ses bijoux… Elle cherche, à genoux, la lampe à la main. La trousse où elle range ses petites pièces, bagues et bracelets, a disparu. Pour autant qu'elle puisse en juger, les autres pièces n'ont pas été visitées. Le voleur est entré sans effraction, sûrement renseigné. Et s'il se trouvait tapi dans un coin ? Elle s'arme d'une brosse à cheveux, court dans le couloir, claque la porte et descend en criant.

— J'ai été cambriolée ! Et je connais le coupable !

— Mais qu'est-ce que tu racontes ? demande Steve en l'évitant de peu.

Au même moment, un éclair de foudre illumine la scène.

— C'est Shawn ! Cela crève les yeux ! Il a accès aux clés des résidents et il est venu plusieurs fois dans l'appartement apporter des tapis et des tableaux trop lourds pour moi ou M. Bernstein. C'est lui, j'en suis sûre.

Shawn bondit comme un ressort.

— Je ne suis jamais entré chez vous que pour porter vos saletés de paquets !

— Cherie, proteste Andrew. Vous êtes sûre qu'il s'agit d'un cambriolage ? Qu'est-ce qui a disparu ?

— Une trousse entière de bijoux. Il a profité de la panne. Il a appris à voler avant de marcher celui-là, comme les autres !

— Du calme, reprend Andrew. De toute façon, on ne voit rien. Quand le courant sera rétabli, on fera un état des lieux.

— Pas question d'attendre qu'on répare une centrale électrique à cinquante bornes d'ici ! hurle Cherie. Il faut le fouiller, ouvrir son casier et appeler les flics !

— Commençons par le commencement. Quelqu'un a-t-il vu le suspect quitter la cour ? questionne Mme Dickinson, qui s'imagine dans sa série policière favorite.

— Je ne me suis pas absenté plus de deux minutes, tonne Shawn. Le temps de prendre des lampes et des bougies dans le local d'entretien.

— Je confirme, ajoute Nigel. Il se trouvait près de moi.

Piotr, le liftier, copain de Jerzy, s'avance dans le rond de lumière créé par les lampes.

— C'est faux, je l'ai croisé dans l'escalier. Il montait au quatrième et je descendais…

— Je ne suis monté nulle part ! Répète cette craque, si tu l'oses.

— Bagarre en vue, ricane Christopher.

— Dans une minute, c'est le Madison Square Garden, avec spectacle gratuit de castagne.

— C'est toi le menteur, sale négro !

Shawn se rue sur le Polonais malgré un geste d'Andrew. Les employés s'attrapent par les épaules, faisant valser des bougies. Cherie en profite pour bourrer Shawn de coups de pied. Ce dernier, dont le sentiment d'injustice décuple les forces, frappe Piotr au visage, le saisit au cou, avant de se figer. Quelque chose a brillé dans le faisceau d'une torche. Shawn écrase de son genou la poitrine de Piotr et avance la main sur le sol.

— Et ça, c'est quoi ? Un cadeau pour ta fiancée ?

Piotr tente de désarçonner Shawn, mais ce dernier écrase son plexus et brandit une bague. Puis il bascule le portier sur le ventre et lui fait les poches.

— Et ça ? demande-t-il en sortant un collier de perles. Pour ta maman peut-être ?

Les Dakotiens se rapprochent, médusés. Des poches de l'uniforme du liftier s'échappent bagues, colliers, bracelets. Cherie se précipite et fourre les bijoux dans son sac.

— Je savais Shawn innocent, lâche Nigel, dégoûté. Maintenant que vous tenez le coupable, vous pouvez les appeler, les flics…

— Pas sûrs qu'ils se déplacent, remarque Judith en rejoignant le petit groupe. On commence à piller dans le Bronx, à Harlem et dans le bas de la ville… À l'hôpital, on parlait de barricades, de voitures renversées.

— Mon Dieu ! gémit Mme Bicker. Et si la lumière ne revenait pas ? Ce serait la fin du monde.

Au loin, on entend des sirènes, des cris surexcités, des rires énormes.

— Monsieur Binx, il y a des gens dehors, annonce Eddy d'un ton inquiet.

— Qu'est-ce qu'ils veulent ?

— Entrer. Ils en ont assez de marcher, ils voudraient se reposer un peu. Ici…

— C'est le pompon ! tempête Christopher. Ils n'ont qu'à aller à l'hôtel !

— Ne dites pas de bêtises, rétorque Nathan. Les hôtels doivent être pris d'assaut. On ne va pas les laisser dans le parc…

— Comment savoir s'il s'agit d'honnêtes gens ou de crapules ? s'interroge à voix haute une voisine.

— Surtout que le Fils de Sam court toujours ! lance Judith avec un sourire en coin. Déjà cinq meurtres dans le Queens et le Bronx…

Un instant, Nigel pense à Don, se demande s'il collabore à l'enquête.

— Judith, s'il te plaît ! l'implore Nathan. Si la panne dure toute la nuit, il faudra bien héberger des inconnus.

— Pas question d'ouvrir à n'importe qui ! fulminent les Bicker. Si un de nos employés nous cambriole, imaginez ce que pourraient manigancer des étrangers…

— Moi, je prête volontiers mon salon.

Andrew est consterné : la panne, le vol, la bagarre, ce Piotr qu'il va falloir renvoyer… Et Abigail qui le snobe depuis cette fameuse nuit. Il devrait s'en moquer, c'était une erreur, mais cette exfiltration furtive à l'aube l'a blessé.

— Vous êtes irresponsable ! s'exclame Christopher. On n'entre pas au Dakota comme dans un moulin. De toute façon, vous n'en avez pas le droit, les statuts sont très clairs : c'est au *board* de décider…

— Non, le coupe Andrew. Dans les cas exceptionnels, je décide seul. Et la situation l'est, non ?

Chacun approuve, mais Christopher se plante devant lui.

— Je ne vous laisserai pas nous mettre en danger, espèce de gauchiste !

— La mairie n'a qu'à s'en occuper, renchérit une femme âgée. On paie assez d'impôts.

— Vous savez quoi ? explose Andrew. Débrouillez-vous ! Je démissionne. Ras-le-bol de votre égoïsme, vos travaux, vos commérages. Vous me trouverez un remplaçant. Bonne soirée…

Andrew disparaît dans un silence de mort.

— Quelle mouche l'a piqué ? Comment va-t-on faire sans lui ? s'interroge quelqu'un.

— On fera mieux, lâche Christopher. Maintenant, excusez-moi, il est presque minuit, je vais me coucher.

— Et ce Piotr, on le boucle dans la chaufferie ? demande Cherie.

— Elle se prend pour la propriétaire de la plantation, la Scarlett ? glisse Shawn à Juan. Tu crois qu'elle veut le fouetter ?

— Laissez-le, on s'en occupera demain. Le *board* a son adresse, je déposerai plainte.

— Bon, on fait quoi ? interroge Shawn.

Il craint pour sa famille, là-haut, à Harlem. Il appréhende les bandes de vandales à l'assaut des magasins, cassant les vitrines… C'est toujours chez les pauvres que les dégâts sont les plus importants. Pourvu qu'elles soient en sécurité, ses femmes chéries. Sa mère a dû cadenasser les fenêtres, pousser un meuble contre la porte et aller prier dans son lit, les trois filles à ses côtés !

L'accusation de Piotr et les réactions qu'elle a suscitées l'ont meurtri plus qu'il ne l'aurait imaginé. Sept ans qu'il travaille ici et certains résidents le prennent toujours pour un voyou ! Il a envie de cogner et pas que sur le polack.

— Alors, on l'ouvre, cette grille ! On installe les gens dans la cour, ils seront toujours mieux que sur le trottoir !

Aussitôt dit, aussitôt fait. Un couple se présente, puis une, deux familles. Tous habitent loin, parfois à une cinquantaine de pâtés de maisons de l'Upper East Side. Ils dînaient au restaurant, sortaient du cinéma, et les voilà coincés, sans taxi, ni bus, ni métro. Judith distribue de l'eau, les restes de nourriture, les couvertures. Shawn dirige les gens et les installe comme il peut. Des zébrures bleutées déchirent le ciel, mais pas une goutte de pluie. À 2 heures du matin, les drôles de réfugiés sont prêts pour le reste de la nuit. Nigel se tourne vers Shawn.

— Tu veux prendre une douche chez moi ? Et on a bien mérité un verre, non ?

— Ce n'est pas de refus, je ne supporte plus cette chemise.

— Je t'en prêterai une.

Ils escaladent péniblement l'escalier dans la pénombre. Nigel ouvre enfin la porte, allume deux chandeliers à l'entrée et guide Shawn au salon dans une ambiance très *Barry Lindon*.

— Ce sera un whisky sans glace, j'en ai peur…

Les deux hommes sirotent à petites gorgées, en silence.

— Je pourrais m'endormir dans ton fauteuil, murmure Shawn.

— Je te montre la salle de bains, viens !

Shawn suit Nigel dans un couloir au parquet crissant qui lui semble interminable, en songeant à cette ordure de Piotr. Il mettrait sa main à couper que Jerzy était également dans le coup !

— Je t'apporte une serviette.

Shawn commence à se dévêtir. Quand il se retourne, Nigel l'observe dans l'encoignure de la porte, des serviettes sous le bras et sa lampe de poche à la main. On dirait un extraterrestre, une sorte d'*alien*.

— Tu m'as foutu la trouille !

Shawn n'est pas gêné de se montrer torse nu, il a l'habitude des vestiaires collectifs, mais c'est la première fois qu'il se trouve la nuit chez Nigel. Et celui-ci le fixe étrangement. Pour masquer son embarras, Shawn attrape un savon. Nigel s'approche, caresse son épaule d'un geste trop tendre.

— Tu joues à quoi, là ? s'écrie Shawn en se cognant au lavabo. Laisse-moi !

Il attrape ses affaires, trébuche sur quelque chose de mou – un pouf ? des coussins ? –, bouscule son hôte et s'enfuit. Il savait que Nigel était homosexuel, il l'a toujours su et il l'a vu le soir ramener des types chez lui, mais ils n'ont jamais abordé la question ensemble. Ce n'était pas son affaire, après tout ! Jusqu'à maintenant, car le geste de Nigel ressemblait à une invite.

Dans la cour, couchées sur des couvertures, une trentaine de personnes somnolent. Il en avait presque oublié cette maudite panne. Où dormir ? Il se cale au pied de l'escalier, en évitant de penser à Cherie, à Piotr, à Nigel. Est-ce la chaleur qui les a rendus fous ?

13 Juillet 1977. Tyler. *Downtown*

— C'est Noël en plein mois de juillet !

À côté de Tyler, un type exulte. Il trimballe sur ses épaules une télé qu'il vient de voler dans un magasin d'électronique sur Broadway. Il n'est pas le seul : des hordes de gens brisent les vitrines, empilent fringues, parfums, alcools dans leurs bras ou, pour les plus prévoyants, dans de larges sacs en plastique. Les alarmes hurlent mais ne dissuadent personne. Nul policier dans ce coin livré à une joie sauvage, cathartique.

Au milieu de la mêlée, Tyler grimace : comment s'est-il fourré dans ce guêpier ? La soirée avait pourtant débuté idéalement. Il avait enfin rendez-vous avec Telete ! Après moult discussions dans le parc, elle avait accepté de le retrouver devant le magasin de disques de l'East Village, sur la 4e Rue. Ils flâneraient entre les rayons, écouteraient les Sex Pistols, Siouxie and the Banshees, tous ces groupes punks britanniques qu'elle vénérait et qu'elle avait promis de faire connaître à Tyler. Mais il fallait d'abord s'échapper du Dakota et fuir la nounou, une grande bringue anglaise aux cheveux gris. Tyler avait trouvé une méthode radicale : des Valiums piqués dans la salle de bains, réduits en poudre et versés dans le thé que Meredith, en bonne *Brit*, comme disait l'ami Lennon, absorbait après le dîner. Elle était tombée comme une masse et Tyler avait filé.

Le métro qui menait au bas de la ville était bondé, étouffant. Il était sorti à la station Bleecker Street, soulagé d'échapper aux 35 °C du métro, puis il avait marché au hasard. La nuit tombait quand le tonnerre avait éclaté. Pourvu qu'il ne pleuve pas ! Tyler n'avait pas assez d'argent pour se réfugier au restaurant, surtout s'il fallait inviter Telete ! Soudain, tout s'était éteint : les feux de circulation, les lampadaires, les lumières des bars, nombreux dans l'East Village. L'adolescent n'y avait guère prêté attention, car New York disjonctait souvent et la lumière ne tardait jamais à revenir. Mais, cette fois, le noir persistait. Il se retrouvait complètement perdu. Où se situait la 4e Rue ? Telete l'y attendait-elle ou était-elle coincée dans le métro ?

Ces gens qui déferlent dans la rue lui donnent le tournis. En face, des matrones jaillissent d'un supermarché avec des montagnes de barquettes de viande, en poussant des cris de joie. Des plus jeunes emportent des paquets de couches, des fioles de whisky, des kits de maquillage. Trois types déménagent les machines à écrire d'un cabinet d'assurances à la vitrine pulvérisée. Des papiers virevoltent dans l'air comme des mouettes. Un *ghetto blaster* crache à fond *Love Gun*, de Kiss. La ville ressemble à une termitière éventrée, en plein affolement.

— Tire-toi de mon chemin, petit !

Un barbu armé d'un club de golf défonce le pare-brise d'un van ; plus l'alarme crie, plus il s'acharne. Tyler cherche à se repérer, distinguer le nom des rues dans le faisceau des lampes de poche, des torches, des bougies. Désorienté, il gagne Astor Plaza, à hauteur de la 8e Rue, au lieu de descendre vers Houston Street. Il s'écroule sur un banc, en nage, quand il aperçoit une silhouette fine, une tête blonde qui traverse la rue.

— Telete ! Je t'ai retrouvée… Ça va ?

Elle lui saute au cou, radieuse.

— Tu as vu ? Incroyable ! Il paraît qu'à Brooklyn, Harlem, dans le South Bronx, tout crame, même les voitures. Les Noirs, les Blancs, les latinos sont dans la rue. Tu crois que c'est la révolution ? L'étincelle qui va tout enflammer ?

— *La Tour infernale* à l'échelle d'une ville…, sourit Tyler.

Elle ouvre sa main et lui montre un collier de perles.

— Regarde, un type m'a donné ça. Il a attaqué une bijouterie à la batte de base-ball.

— Moi, j'aurais bien piqué une radio, mais elles sont trop lourdes ! Il faut se tirer d'ici, Telete. Il va y avoir du grabuge…

— On ne va pas rater la fête, dit-elle en sautillant sur place. Pour une fois qu'on s'amuse… De toute façon, je ne peux pas rentrer chez moi et toi non plus.

Les voilà partis dans les rues noires, parmi la foule qui se répand comme une coulée de lave. Des gamins s'amusent avec des mannequins jetés par terre ou aident leurs parents à embarquer vêtements, sacs et valises. Tyler essaie d'entraîner Telete vers des coins plus calmes, mais la jeune fille entre dans les boutiques saccagées et brandit ses trouvailles.

— Et ça, tu crois que ça m'irait ?

On dirait une déesse ivre qui batifole. Elle pose sur son visage un masque de loup-garou abandonné dans un magasin de farces et attrapes. À côté, un homme corpulent en caleçon tente en vain d'enfiler une combinaison de Batman.

— Waouh ! On se croirait à Halloween.

— Tu n'as pas soif ? Moi si. J'ai la dalle aussi.

En face de l'université de New York, on vient de piller une épicerie et le trottoir propose un vrai menu : canettes de soda, œufs écrasés, fromage piétiné. Pas de propriétaire en vue. Telete attrape un paquet de biscuits, une bouteille de limonade, des barres chocolatées.

— On a de quoi tenir une semaine !

Elle rit, de ce rire en cascade dont Tyler raffole.

Arrivés à Washington Square Park, ils cherchent un endroit pour s'installer. Assis dans l'herbe, ils se restaurent en silence tout en observant les alentours. On entend bien des hurlements, des éclats de rire, les sirènes de voitures de police, mais rien qui puisse vraiment troubler leur quiétude dans ce havre de verdure. La fatigue commence à poindre. Il est au moins 1 heure du matin.

— J'ai apporté de quoi nous faire planer. Tu en veux ?

Telete sort un sachet en plastique contenant deux joints et de l'herbe. Elle en allume un – une luciole s'embrase dans la nuit – et tire une longue bouffée, qu'elle expire les yeux clos.

— C'est de la bonne, avec un peu d'opium en plus... Tu y as déjà goûté ?

— Bien sûr. Tu me prends pour un bleu ?

Il ment. Tyler n'a jamais fumé de marijuana, même si on lui en a déjà proposé, mais pas question de se dégonfler. Il porte le joint à sa bouche, se délecte du goût de gloss, un truc à la fraise, et inhale longuement pour frimer. Il se sent vite étourdi, euphorique. Allongée, Telete respire lentement. Tyler se met à pouffer : tout lui paraît drôle, le noir qui les cerne, le souvenir du masque de loup-garou, la pelouse subitement douce comme un tapis volant. Il a chaud, mais ce n'est plus la touffeur oppressante, plutôt un bain généreux dans lequel il s'étire, aux anges. Il reprend la main de Telete, joue un moment avec ses longs doigts aux ongles vernis de noir, se penche sur elle.

— Ça va, Tyler ? demande-t-elle, à moitié endormie.

— Je ne me suis jamais senti aussi bien.

Il fond sur sa bouche et l'embrasse. La langue de Telete ! Un sorbet, une fontaine. Déjà ses mains s'égarent sur son pantalon, ôtent son tee-shirt, dégrafent son soutien-gorge ; ses forces semblent le quitter tant le désir martèle en lui. Alors Telete l'attire à elle, le guide là où il n'est jamais allé, et il a l'impression d'être sur un manège. Tout va vite, trop vite. L'explosion le propulse dans un autre monde. Ils s'endorment, emmêlés, indifférents aux clameurs d'un New York déchaîné.

1979

Nigel

Da Ya Think I'm Sexy ? Ce matin, le tube de Rod Stewart parasite l'oreille interne de Nigel au milieu de son cours consacré à Stendhal et Sartre. Est-ce à cause de cet étudiant à la tête d'ange assis au troisième rang, Nicholas Bedford ?

À la sonnerie, le garçon rassemble ses affaires et s'éloigne, ses livres contre la hanche.

— Professeur ! l'interpelle une bande d'adolescents. Vous vous joignez à nous vendredi soir ?

— Que se passe-t-il vendredi soir ?

— On va explorer les sous-sols, fanfaronne une rousse replète. Vous savez, le fameux tunnel de Broadway…

Columbia University était bâtie sur un immense réseau de tunnels, la plupart à moitié comblés. Chaque week-end, des intrépides tentaient leur chance pour trouver leur voie sous terre, espérant relier une unité du campus. On gravait sur les murs le nom de ceux qui avaient réussi.

— Désolé, s'excuse Nigel en souriant, mais les souterrains, ce n'est pas mon truc. Au Vietnam, je n'aurais pas fait un bon rat de tunnel…

Des filles froncent les sourcils, ignorant cette expression en vogue pendant la guerre qui désignait les soldats chargés de « nettoyer » les galeries où les Viêt-congs se terraient entre deux embuscades. Pourtant, le conflit s'était achevé seulement quatre ans plus tôt ! Ces étudiants étaient encore au lycée à l'époque, et sans doute peu politisés. Nigel se sent soudain vieux. Quarante ans au début de l'été. Grâce au sport, il se juge en meilleure forme qu'il y a neuf ans, à l'époque de Don. Il voit un journaliste du *Village Voice*, Robert, avec qui il entretient une liaison irrégulière. D'où lui viennent ces accès d'angoisse ? Il ne le sait que trop. Il n'a rien écrit depuis le succès d'*À corps défendant*. Du moins, rien de bon. Sa maison d'édition lui avait pourtant proposé un contrat mirifique. En lisant le document, face à une petite armée d'avocats, Nigel et son agent littéraire avaient cru voir double. Tant de zéros !

— Tu as carte blanche, avait dit Becky. Tu tiens un sujet ?

— Bien sûr, avait menti Nigel.

Becky s'était fendue d'un large sourire.

— Chez Simon & Schuster, nous avons hâte de te lire.

De retour au Dakota, il s'était mis à son bureau, avait ouvert la housse de sa Remington, laissé ses doigts se promener sur le clavier. Et puis ? Et puis rien, deux paragraphes, banals à pleurer. Une bouillie de mots grumelée de clichés. Nigel s'y était remis les jours suivants, pendant trois mois. Les mots lui échappaient, semblaient le narguer. Les feuilles déchirées s'accumulaient sous ses pieds, comme à Central Park en automne. Nigel ne comprend pas : son premier roman avait jailli comme un torrent furieux, et cette fois il n'arrive pas à s'exprimer ni, plus grave, à décider d'une forme de narration. Il hésite entre le récit autobiographique où on l'attend au tournant et un récit de voyage dans lequel il se perd. Il en vient à ne plus pouvoir s'asseoir à cette table, ni même ouvrir la porte du bureau. La vision de la machine à écrire le révulse. Alors il baratine. À Becky, quand il la rencontre au Dakota, il assure : « Oui, tout avance du tonnerre. » Il évite les questions, oppose le secret de la création, change de conversation avec ses amis. Il vit sur son à-valoir faramineux, mais désirs et plaisirs coûtent cher. C'est ce qui l'a poussé à revenir à Morningside Heights, retrouver les étudiants, sans grand enthousiasme mais avec le sentiment d'échapper au moins quelques heures par jour aux tourments de la page blanche. Et le soir, il sort avec Robert, ou sans lui.

Au Studio 54, devenu son quartier général, le portier qui l'accueille ne vérifie même plus son coupe-file. Il tient table ouverte au sous-sol, dans le carré VIP, fait la fête avec Calvin Klein ou Robert Mapplethorpe, devenu un proche. Quand Bianca Jagger était apparue sur un cheval blanc pour son anniversaire, Nigel était là, de même les soirs où l'on se passait une salière de cocaïne. Il goûtait à tout, l'acide, le LSD, des pilules qui explosaient comme une bombe dans son cerveau. Défoncé jusqu'aux yeux, Nigel quittait la bulle de savon qu'était la boîte de nuit pour *downtown*, Alphabet City et ses bas-fonds. Tout le New York gay se retrouvait dans ces nuits fauves, adolescents, athlètes, artistes, hommes d'affaires entre deux âges, parfois mariés. Nigel plongeait dans ce fleuve noir, en émergeait à l'aube, empruntant les rues désertes pour admirer l'Empire State Building illuminé comme une fusée prête à décoller, ou le gigantesque panneau publicitaire du café Maxwell qui scintillait de l'autre côté de l'Hudson. Pour la première fois, il se sentait non pas fier, mais au moins en paix avec lui-même. En chemin, il trouvait souvent un garçon pour l'accompagner au Dakota. Parfois pourtant, la conquête du soir se muait en sinistre brute. Au début, on l'avait mordu au sang, on lui avait craché dessus, volé ses lunettes, son portefeuille, ses stylos en or. Alors Nigel avait travaillé abdominaux et pectoraux à la salle de gym, joignant ainsi l'utile à l'agréable, la défense à l'esthétique.

De retour chez lui en début d'après-midi après son cours à la fac, Nigel pensait se mettre à ce roman qui n'avance pas, mais la vision de ce Nicholas aux yeux rieurs l'obsède. Après tout, rien ne vaut une balade pour exciter l'imagination et prendre l'écriture à bras-le-corps. Il fait valser ses vêtements, change de tenue. Enfilant son jean très évasé et sa chemise cintrée, il se trouve un air de Robert Redford dans *Le Cavalier électrique*, vu en avant-première la semaine précédente. La même moustache fine, la chevelure blonde portée un peu longue, moins drue cependant.

Passant dans le hall du Dakota, il dépasse Shawn qui se contente d'un hochement de tête. Depuis « l'incident », comme il l'appelle, son ami portier ne monte plus chez lui. Fin des discussions sur la littérature ou la vie. Shawn affecte une politesse froide qui le blesse et l'exclut. Tout cela est sa faute, il n'aurait jamais dû lui montrer son désir, son émotion. Il n'a pas d'excuse, n'en cherche pas, mais ne trouve pas non plus la force de s'amender, de renouer avec un Shawn redevenu un étranger, simple portier sous sa casquette dorée. Pour les étrennes, Nigel lui a glissé une grosse enveloppe : six cents dollars, le double de l'année précédente. Le prix de la culpabilité ? Revigoré par l'air frais, presque printanier, il traverse Central Park West et pénètre dans le parc. Direction le Ramble, trente-huit acres de mini-forêt à l'écart des allées et des pistes cavalières. Un coin cher aux amoureux de la nature pour ses rochers, ruisseaux et clairières survolés par vingt-cinq espèces d'oiseaux et qui, la nuit venue, se transforme en happening gay. Mais, même le jour, Nigel ne peut s'empêcher de reluquer les garçons seuls perdus dans leurs pensées.

— Hé, pédé, tu fais ton marché ?

Nigel se retourne. Trois types d'une vingtaine d'années s'avancent, une batte de base-ball à la main.

— Pas du tout, je passais seulement.

— Ah oui ? Tu ne viendrais pas plutôt chercher un petit copain dans les buissons ?

— Laissez-moi passer, je n'ai pas d'argent sur moi.

— On se fout de ton fric. On veut juste te dérouiller.

Le type se rue sur lui mais Nigel se déporte, roule en boule dans l'herbe sucrée. Des années de drague pédestre et de salle de gym lui ont appris à esquiver les coups des « casseurs de pédés ». Ce n'est jamais gagné d'avance, mais là, il se relève comme un chat et détale en laissant sur place les petites frappes. Il vient d'avoir une idée de chapitre.

Abigail

— Tu n'as pas le droit de l'empêcher de venir me voir !

— Il n'est pas en état. Je sais m'y prendre, moi, avec les malades, idiote !

— Mais je suis sa fille, espèce de sorcière !

Surpris par la véhémence du ton et les noms d'oiseau, Shawn sort devant l'immeuble. Blême, Abigail Marbury lève les bras pour se protéger du sac d'une femme rousse déchaînée. Entre les deux femmes, un vieil homme, qu'il reconnaît avec difficulté comme le père de la jeune femme, tant il paraît frêle et prêt à s'effondrer.

— Il y a un problème ? demande-t-il.

— Ne t'approche pas de moi ! hurle maintenant Abigail à pleins poumons en direction de l'autre femme.

D'un geste autoritaire, Shawn sépare les deux furies et, attrapant fermement le bras de M. Marbury, le fait s'asseoir.

— C'est fini.

— Oui, répond la rousse toute rouge. Viens, Henry, tu as rendez-vous avec le spécialiste.

Et dans un mouvement brutal, elle lève de force et pousse l'homme épuisé dans un taxi.

La scène n'a duré que quelques minutes mais Abigail a l'air en état de choc. Elle vacille et son foulard, puis ses clés tombent sur le sol.

— Vous avez déjà détesté quelqu'un au point de lui vouloir du mal, vous ? demande-t-elle à Shawn.

— Oui, cela m'est arrivé.

Si elle savait quelle haine l'a habité toutes ces années ! Il ressent une certaine empathie pour celle qui a soudain perdu de sa superbe.

— Mon père est malade et elle refuse qu'il vienne chez moi, ou de m'ouvrir leur porte ! Un vrai prisonnier, voilà ce qu'il est devenu !

— Elle n'en a pas le droit, répond Shawn. Et si vous en parliez au médecin ?

Le cauchemar avait commencé par un coup de fil de Henry annonçant une chimiothérapie à commencer dès le lendemain.

— Pourquoi ne m'as-tu rien dit ? Une chimio… cela veut dire un cancer, papa… Tu es sûr ? Tu m'as toujours dit que tes check-up étaient rassurants.

— Ce n'est rien, chérie. Et si jamais cela tournait mal, je veux être incinéré.

Henry aimait l'humour noir. Elle avait raccroché, perdue. Et les examens avaient débuté, les rendez-vous chez les spécialistes, les séances de chimio, la vie rythmée par les résultats de laboratoire, de plus en plus alarmants. Henry tentait de passer quelques heures par jour au journal, mais le cancer l'attaquait de toutes parts : amaigri, la peau parcheminée, il s'était voûté sous les coups de cravache de cette saloperie.

— Les médecins ne peuvent rien pour moi, ni pour mon père d'ailleurs…, reprend tristement Abigail en pénétrant dans l'immeuble avec Shawn.

La semaine précédente, elle avait trouvé son père très affaibli à l'hôpital, le visage cyanosé, atteint d'une pneumonie, ce qui, compte tenu de son déficit de plaquettes, était très préoccupant. Ses jambes décharnées se crispaient sous le drap blanc, il lançait des phrases sans queue ni tête. Maureen allumait la télévision, avalait des talk-shows stupides « pour passer le temps ». Elle s'était disputée plusieurs fois avec les infirmières, avait même failli en venir aux mains quand on avait voulu changer Henry de chambre.

Abigail s'engouffre dans l'ascenseur occupé par Mike, le liftier. Andrew est là aussi… Formidable, justement celui qu'elle voulait éviter. Elle reconnaît son eau de Cologne au vétiver.

— Bonjour, dit-elle poliment.

— Bonjour, répond-il d'un air glacé.

Deux ans après, elle se souvient de leur nuit d'étreintes. Elle avait poussé des cris aigus qui l'avaient surprise, et même retenu un sanglot d'exultation. Pourtant, terrifiée, elle avait fui à l'aube. Et s'il voulait la revoir ? Ou s'il regrettait déjà leurs ébats ? Abigail avait beau rencontrer une multitude d'hommes, cela ne durait jamais longtemps. Elle se protégeait, coupant les ponts dès qu'on lui demandait plus qu'elle ne pouvait donner. Elle multipliait les liaisons pour n'en avoir aucune. Et, en quelques heures, Andrew semblait l'avoir percée à jour, dépouillée de son armure. Cela l'effrayait. Quand la maladie de Henry s'était déclarée, Abigail avait tout oublié. Ou presque.

— Comment vas-tu ? demande Andrew.

Abigail ose à peine lever les yeux. Il suffirait qu'elle se hisse sur la pointe des pieds pour effleurer sa bouche, son nez busqué.

— Bien, très occupée, répond-elle en triturant son sac à main.

— Moi aussi, lance Andrew en lui cédant le passage. Bonne journée, alors !

Abigail passe devant lui, raidie par l'inquiétude et les regrets. Cet homme n'est pas pour elle, elle n'a pas besoin de lui, ni d'aucun autre. Depuis cette affreuse soirée à Vassar, le jour de ses vingt ans, elle était incapable de se lier, faire confiance, s'abandonner. Elle fuyait dès que l'ombre d'un bonheur s'approchait.

Andrew la regarde s'éloigner. Elle flotte dans un pantalon de laine et un pull violet, elle a encore maigri et il peut deviner les anneaux de sa colonne vertébrale. Il se souvient de ses clavicules, saillantes comme de petites ailes, de son rire qui tintait comme des glaçons dans un verre. Ils avaient tellement bu, aussi… Il chasse ces pensées d'un mouvement d'humeur. Il a eu raison de ne pas chercher à la revoir ; sa vie était parfaite ainsi, avec son agence, ses nombreux amis, ses sorties…

Quelques jours plus tard, en route pour le Mount Sinai, Abigail laisse la ville verticale défiler sous ses yeux. New York semble se disloquer, se concasser, un enchevêtrement de boutiques, de gratte-ciel, de falaises géométriques, de millions de tonnes de briques, une ville aux artères couvertes de suie grise qui pue et qui tue. Pourtant rien n'a changé, à part le maire, Ed Koch, un autre démocrate et ami de Henry, qui a succédé à Abraham Beame. Le déclin de son père assombrit son regard, comme si la maladie logeait aussi en elle.

À l'hôpital, elle retrouve toujours le mélange écœurant d'odeurs de cantine, de désinfectant et d'éther. Dans la chambre, le lit est vide, les draps en papier que son père déteste, pliés avec une rigueur militaire, ses affaires envolées. Affolée, Abigail rebrousse chemin, trouve une infirmière.

— Je cherche mon père, Henry Marbury. Pourquoi a-t-il changé de chambre ?

— Désolée, je n'appartiens pas à ce service.

Abigail s'enfonce dans les couloirs éclairés au néon quand elle avise une crinière rousse et un manteau rouge. Maureen, en grande discussion avec deux blouses blanches.

— Que s'est-il passé ? Où est mon père ?

— Il a eu deux accidents cérébraux vasculaires cette nuit, répond un interne. On l'a placé en unité de soins intensifs. Il lutte, mais les dégâts sont sévères.

— Je peux le voir ?

— Oui, mais pas longtemps.

Henry gît, le torse nu, gris, les yeux enfoncés dans les orbites, comme s'il se retirait en lui-même. Des machines l'aident à respirer, son cœur zigzague sur les écrans. Abigail s'approche, ouvre la main de son père et y enfouit son visage, un geste de tendresse qu'ils partageaient autrefois. Elle reste ainsi de longues minutes sans penser à essuyer ses larmes qui mouillent la main aux doigts glacés.

Abigail se met à prier. Elle supplie sa mère, là où elle est, d'insuffler encore un peu de force à Henry. Maureen revient bientôt en portant un costume de Henry sur un cintre.

— Qu'est-ce que tu fais avec ça ? demande Abigail, sidérée.

— C'est sa tenue préférée. Celle qu'il a choisie pour ses obsèques…

— Mon père n'est pas mort, que je sache. Tu es devenue folle ! Et s'il t'entendait ?

— Ma pauvre fille, ouvre les yeux ! Il ne se réveillera pas…

— Tais-toi ! Mais tais-toi donc ! hurle Abigail. Tu n'as donc aucune décence ? Va-t'en ou je te passe par la fenêtre !

Muette pour une fois, Maureen, bat en retraite.

Quand les infirmiers arrivent pour transférer son père dans une chambre particulière, enlever les tuyaux qui l'encombrent, elle y voit une petite victoire. Il va se réveiller, son état s'améliore, il sort de l'unité intensive… Épuisée, la jeune femme pique du nez, la tête sur ses genoux, assise sur une chaise inconfortable, avant d'être réveillée par un râle animal. Où se trouve-t-elle ? La pénombre l'empêche un instant de se repérer. Toujours endormi, son père gémit, le drap remonté jusqu'à sa poitrine. Elle se précipite à son chevet, allume la lampe.

Ses joues ont fondu, son nez s'est allongé, sa peau a pris une consistance cireuse. On dirait une momie. Et cette plainte qui s'échappe de ses lèvres desséchées ! Abigail court chercher une infirmière.

— Chambre 203, vite ! lance-t-elle à la cantonade. Aidez-le !

L'infirmière écarte le drap, examine les genoux, les pieds, les mains. À la vue de ce corps langé d'une humiliante couche blanche, Abigail enfonce ses ongles dans ses paumes.

— Votre père est entré en phase d'agonie. Le râle que vous entendez provient de l'obstruction des voies respiratoires. Les marbrures, le teint jaune pâle, l'odeur ne trompent pas, malheureusement.

— Mais c'est impossible ! Il semblait aller mieux il y a…

— C'est souvent ainsi. Voulez-vous que j'appelle quelqu'un ? Vous connaissez Judith Mendelsohn, je crois ?

Abigail secoue la tête, incapable de parler. Qui pourrait-elle contacter ? Il n'y avait jamais eu qu'eux, Henry et elle.

Le jour s'est levé. La Terre ne s'est pas arrêtée de tourner pour celle qui perd son père. Henry est maintenant pris de convulsions. Abigail tente de l'apaiser, respire à son rythme, au son râpeux de son souffle. Elle lui parle, chante quand elle ne trouve plus rien à dire, lui raconte leurs meilleurs souvenirs, lui répète qu'elle l'aime. Elle fixe son visage, le gravant à jamais dans sa mémoire. Seuls ses yeux n'ont pas changé. On dit qu'ils ne vieillissent pas, qu'ils restent les mêmes du premier au dernier jour. On y est.

8 h 18. Soudain Henry inspire violemment, un spasme, puis plus rien. Qu'un silence où les minutes s'étirent. La mort qui rôdait dans la pièce a fait son œuvre. Alors Abigail enlève ses chaussures, grimpe dans le lit et se blottit contre sa poitrine. Elle sent la chaleur de son père le quitter. Son âme s'attarde-t-elle encore un peu dans la pièce ? La jeune femme voudrait le croire et continue à lui parler, à prier tout bas pour lui, pour sa mère. Un moment, elle a peur qu'il ne devienne froid entre ses bras, peur de ne plus le reconnaître. Elle embrasse ses lèvres bleues.

— C'est fini, glisse-t-elle aux infirmières.

Devant l'hôpital, elle croise une bourrasque rousse.

— Tu t'en vas ? demande Maureen. Comment va-t-il, aujourd'hui ?

— Il est parti tout à l'heure.

Maureen écarquille ses yeux griffés de petites rides.

— Hé bien, après un divorce, me voilà veuve ! Je n'ai pas de chance, décidément.

Abigail arrête un taxi, sans un regard pour la « veuve » qui continue à déblatérer sur le trottoir. Le ciel céruléen brille, comme lavé par la dernière pluie. Sur la banquette du véhicule, quelqu'un a laissé un numéro du *New York Times*. Elle y voit un signe et caresse doucement les pages du journal, comme si elles lui parlaient encore un peu de son père.

En l'apercevant devant le Dakota, Shawn se fige. Il a compris. Tous les endeuillés ont le même visage. Abigail lui serre le poignet de ses doigts glacés, sans un mot, reconnaissante pour ce répit. Elle a mal jugé ce garçon, elle s'en rend compte maintenant. L'humanité ne connaissait pas de barrières sociales ou de peau, elle aurait dû s'en souvenir. La houle d'angoisse monte dans sa gorge.

Devant sa porte, elle rebrousse soudain chemin et emprunte l'escalier. Elle sonne à une autre porte. Personne ne répond. Elle frappe avec son poing.

— Abigail.

Andrew lui ouvre ses bras.

Plus tard, elle racontera son père, la fin, le début, et leur vie au milieu. Plus tard, elle lui révélera ce qui s'est passé à Vassar. Elle ne veut aucun mensonge, aucune omission, aucun mystère entre eux. Elle avait dix-neuf ans, elle était vierge, elle avait accepté une invitation à dîner, suivie d'une virée en voiture avec un garçon qu'elle appréciait, sans plus. Éméché, il l'avait violée sur la banquette arrière, en lui serrant le cou très fort. Violée, oui, car, si elle l'avait laissé l'embrasser, elle lui avait dit non plusieurs fois dans la voiture. Elle avait eu l'impression qu'on l'ouvrait à la pince-monseigneur. Elle n'avait rien dit, pas même à Henry. Les viols dans les campus étaient connus, mais passés sous silence. Les coupables étaient souvent des fils de généreux donateurs ou des membres influents des fraternités. L'université aurait sûrement étouffé l'affaire pour préserver son image. Un *date rape* comme il en existait tant. Andrew l'étreint en pensant à ce qu'elle a enduré, à son père qu'il a croisé plusieurs fois avec elle, sans jamais lui parler. Il veut la garder contre lui, se réveiller neuf contre elle.

Nathan

— Je vous l'ai déjà dit, docteur Mendelsohn. Appelez-moi Betty. Lauren est une invention de cet affreux Howard Hawks, comme ma voix, mon allure, mes tenues. Un vrai Pygmalion, mais antisémite, celui-là.

L'actrice braque son regard métallique sur Nathan et lui parle, de ce timbre rauque et sourd reconnaissable entre mille. Heureux de se trouver dans son cabinet, au milieu de ses affaires personnelles, Nathan se rencogne dans son fauteuil. Pendant sa convalescence, il avait pris des risques en recevant Miss Bacall dans l'appartement familial. Et si Judith ou les filles rentraient à l'improviste ? Sa femme n'aurait pas manqué de lui rappeler sa règle d'or : ne jamais prendre pour patient quelqu'un de célèbre, encore moins une voisine qu'on risquait de croiser dans l'ascenseur ! Pourtant, quand Lauren avait frappé à sa porte deux ans plus tôt, il n'avait pas eu le courage de la renvoyer. Il s'ennuyait tellement à cette époque, coincé chez lui ! Elle était revenue et ils avaient parlé. Elle surtout, bien sûr, de manière informelle. Ensuite elle l'avait invité au quatrième étage et poussé sa chaise roulante dans les couloirs, toujours pour une conversation à bâtons rompus.

— Miss Bacall, je ne peux pas m'occuper de vous. C'est contraire à toute déontologie !

— Mais qui a dit que vous vous occupiez de moi, docteur ? Quel mal y a-t-il à discuter entre adultes ?

Elle lui avait décoché un sourire si désarmant qu'il avait siroté son espresso, croqué ses petits fours italiens et écouté attentivement. L'héroïne de *Key Largo* n'avait jamais surmonté la disparition de Humphrey Bogart, son mari pendant onze ans et demi.

— Vingt-deux ans qu'il est mort et j'y pense encore. Nous étions merveilleusement assortis. Aujourd'hui, j'ai l'impression que ceux qui ont compté sont tous partis. Ma mère, qui fut mon premier grand amour, ma grand-mère, Spencer Tracy, Robert Kennedy… Tous m'ont quittée. Il y a en moi un vide immense qui ne se comble pas.

Nathan avait réfléchi à ce sentiment d'abandon. Derrière son flegme et son assurance, la star cachait des fissures. Dès qu'il avait remarché normalement, il avait bon gré mal gré accepté de la revoir, à son cabinet. Il ne pouvait plus courir le risque d'être découvert et il se sentait incapable de lui dire non. Cette femme éveillait quelque chose en lui, non du désir – même si, à cinquante-cinq ans, elle dégageait un charme magnétique –, plutôt de la curiosité et une certaine compassion. Étrange de parler de compassion pour une diva adulée, mais les apparences, comme toujours, étaient trompeuses et la profondeur de son désarroi le touchait.

— Ah merci ! Merci, docteur Mendelsohn !

Elle avait saisi ses mains, les avait serrées avec effusion.

— Je savais que je pouvais compter sur vous. Vous, au moins, vous ne vendrez pas mon histoire aux tabloïds !

Bacall viendrait à la fermeture du cabinet, pour éviter toute rencontre gênante. S'ils se croisaient dans l'immeuble, ils ne se parleraient pas. Shawn et Juan, dans le hall, semblaient posséder un sixième sens pour découvrir ce qu'on préférait taire. Parfois, elle s'aventurait à l'heure du déjeuner, au moment de la pause de Nathan. La comédienne commençait invariablement par évoquer son père.

— Il m'a abandonnée quand j'étais petite. Lorsqu'on a commencé à parler de moi, il s'est manifesté. Il a réclamé une douzaine de places pour lui et des amis quand je me suis produite à Broadway. Il a même accordé des interviews à mon sujet.

— Vous aviez quel âge quand il est parti ?

— Trois, quatre ans. Il s'est volatilisé, n'a jamais rien payé. J'avais huit ans la dernière fois que je l'ai vu, il est venu me reprendre une montre en or qu'il m'avait offerte. Ma mère a dû se débrouiller seule. Ce n'était pas facile. Elle venait de Roumanie, pauvre comme Job, on l'avait retenue un moment au centre d'Ellis Island. Mon grand-père vendait des ustensiles de cuisine dans la rue. Chez moi, on parlait roumain ou allemand. D'ailleurs Bacall, le nom de ma mère, signifie « verre à vin ».

Si Lauren parlait beaucoup de sa famille, de sa mère disparue en 1969 et à qui elle continuait d'écrire dix ans après son décès, elle s'inquiétait aussi pour sa carrière. Elle n'avait pas tourné depuis *Le Dernier des géants* avec John Wayne, un film de 1976 qui n'avait pas marqué les esprits.

— J'ai cinquante-cinq ans et on ne me propose rien, à part un petit rôle dans *Health*, le nouvel Altman. Quelques heures devant une caméra en Floride... J'adore me trouver sur une scène de théâtre, mais depuis *Applause* où j'interprétais Margo Channing, la star vieillissante d'*All about Eve*, on me dit que je n'ai pas besoin de travailler. Que faire ? Passer mon temps à faire du shopping ? Je ne me sens pas si décatie. Qu'en pensez-vous, Nathan ?

Nathan adorait qu'elle l'appelle par son prénom.

— Vous n'êtes pas vieille, Lauren. Vous êtes loin d'avoir décroché. Parlez-moi du livre que vous préparez.

— Il avance bien. On cherche le titre. Je songe à *Seule*... Cela résume assez bien ma situation, vous ne trouvez pas ? On dit que je suis une légende, mais je ne veux pas finir ma vie abandonnée, avec mes trophées. L'amour me manque, Nathan, les bras d'un homme me manquent. Pas le sexe, l'amour.

Elle sort un mouchoir en batiste délicatement monogrammé.

— Et si vous laissiez la vraie Lauren vivre un peu ? Les livres, les amis, les voyages… Tout cela peut vous aider. Pensez à vous…

— C'est une partie du problème. Je me suis pliée aux désirs des autres pendant si longtemps que j'ai oublié les miens. Mais vous avez raison, j'ai des amis merveilleux. Ici, au Dakota, Noureev et Roberta Flack. Ou ailleurs, Gregory Peck, Sinatra, Katharine Hepburn. Des inconnus aussi… Il me faut m'appuyer sur eux. À défaut d'amour…

Nathan devrait clore la séance, mais il accorde encore quelques minutes à cette patiente très particulière. Il se surprend à attendre leur rendez-vous hebdomadaire. Va-t-elle parler du mythe de Bogart, dont elle avait profité mais qui l'écrasait des années après ? Évoquerait-elle encore sa mère ? Voudrait-elle discuter de judaïsme, elle qui avait été élevée par une grand-mère pieuse ? Ou plutôt de ses convictions de gauche ? L'imprévisible Bacall avait vécu plusieurs vies. Il admirait l'actrice, mais plus encore la femme, l'amoureuse, l'activiste. N'avait-elle pas protesté avec Gene Kelly et John Huston contre le maccarthysme et le House Un-American Activities Committee dès 1947 ? Elle s'était montrée courageuse sur tous les fronts. Elle n'avait que vingt ans quand elle avait épousé ce macho de Bogart et dû essuyer commentaires malveillants et propos acerbes. L'ex de Bogie, Mayo Methot, l'avait traitée de « putain juive ».

Cette complicité avec elle le flattait. Pourquoi le nier ? La star aurait pu s'offrir n'importe quel psy d'Amérique et elle l'avait choisi, lui. Elle avait confiance en son jugement, en son silence.

C'est bon de se sentir nécessaire, de l'accompagner sur le chemin d'une reconstruction, d'être mis ainsi au défi par quelqu'un d'intelligent et d'entier. Lauren Bacall représente son jardin secret. Il s'est mis à suivre l'actualité du cinéma, s'informe des meilleures pièces, relit les articles dont elle est l'objet. Judith a ses serial killers, il peut bien s'intéresser à Hollywood ! N'importe qui, en apparence, le croirait épris, mais c'est plus simple que cela : il a besoin d'elle autant qu'elle de lui.

L'heure terminée, elle se lève pour attraper son sac quand soudain on fourrage sèchement dans la serrure. Nathan pose un doigt sur ses lèvres pour lui intimer de se taire.

— Nathan ? lance une voix excédée. Nathan, tu es là ? Ouvre-moi !

Judith, armée du trousseau de clés qu'ils gardent en haut « au cas où ».

— Il y a une grosse fuite d'eau, tu devrais…

Judith s'interrompt, cligne des yeux stupidement en embrassant la pièce du regard. Nathan, empourpré, et leur célèbre voisine qui ajuste son manteau comme si de rien n'était.

— Judith, je peux t'expliquer…

Expliquer quoi ? Il a l'horrible impression de se trouver dans un vaudeville français. C'est à Lauren de dévoiler leur lien si elle en a envie, pas à lui. Question de déontologie, là encore.

— Cela vaudrait mieux, lance Judith, l'air sombre. En attendant, j'ai besoin de toi pour la serpillière.

La porte claque. Nathan et Lauren se dévisagent piteusement.

Cherie

— Où étais-tu passé ?

Fulminant, le regard mauvais, Cherie ressemble soudain à une vieille fille un peu folle dans sa robe de chambre matelassée mauve. Steve file à la cuisine se servir un verre de whisky. Court répit.

— J'ai appelé ton bureau ! éructe-t-elle, le visage cramoisi. Et dû attendre que ta mijaurée de secrétaire daigne me répondre. Monsieur était sorti, Monsieur ne repasserait pas… C'était il y a quatre heures. Alors, chez qui as-tu bien pu passer l'après-midi ?

— Mais enfin, je t'avais prévenue. J'ai un gros client dans le New Jersey, à Hoboken, qui voulait faire le point. Sois gentille, je suis épuisé. Les embouteillages dans le Lincoln Tunnel, tu n'imagines pas…

— Tu mens ! Tu es allé retrouver une de tes poules. Avec ta nouvelle cravate Ralph Lauren pour jouer au play-boy. Pathétique !

Depuis quelque temps, son mari avait changé. Et pas seulement de garde-robe. Il s'était mis au vélo d'appartement, avait minci, sifflotait sans raison. Il parlait moins de son job assommant et s'absentait davantage, toujours en réunion ou en déplacement quand Cherie l'appelait. Il cherchait, semblait-il, à prendre du champ. Eh bien, ça ne se passerait pas ainsi.

— « Mes poules » ? répond-il en allumant la télévision. Mais tu deviens vulgaire, ma pauvre Cherie.

— Ça t'étonne ? ricane-t-elle. Après tout, tu m'as ramassée dans un bar, non ?

— Pas une raison pour en garder le vocabulaire ! Je te suis fidèle, tu le sais bien...

— Et la fille d'hier, au dîner, qui n'arrêtait pas de te toucher l'épaule en gloussant, tu crois que je ne l'ai pas remarquée ?

— Tu es folle ! Elle a vingt-cinq ans, ça pourrait être ma fille. Et puis, c'est ta faute aussi, tu ne m'as pas adressé la parole de la soirée !

— Oh, ma conversation n'a pas l'air de t'avoir trop manqué, si ?

— Cette jeune femme m'écoutait et me questionnait, c'est un crime ?

Steve hausse le ton. Ça aussi, c'est nouveau. Dans leur couple, jusqu'à présent, elle hurlait et lui filait doux. Elle soupçonne quelque chose sans arriver à mettre le doigt dessus et ce mystère la rend folle. Il refuse désormais de l'accompagner aux soirées caritatives, sous prétexte qu'il est trop fatigué. Pour la première fois, il contrôle ses dépenses, allant jusqu'à lui interdire d'acheter un tapis persan qui lui avait tapé dans l'œil. Aurait-il des problèmes d'argent ? Cela faisait belle lurette que Cherie n'écoutait plus ses lamentations sur Wall Street et ses montagnes russes, mais il lui semblait l'avoir entendu parler au téléphone d'une dégringolade du sucre… ou du blé. Elle ne se souvenait plus.

— Tu crois vraiment qu'elle voulait un conseil pour placer ses économies ? riposte Cherie. C'est fou comme tu peux te montrer naïf, parfois…

— J'ai rendez-vous avec elle demain au bureau, figure-toi. C'est une Hastings, des tours Hastings. L'héritière d'une famille fortunée. Elle souhaite…

— Je me moque de ce qu'elle souhaite ! Je t'interdis de la voir… Tu m'entends ? Je te l'interdis !

Elle attrape un plat décoratif, cadeau de Posh. La soucoupe volante en faïence traverse la pièce et vient frapper son mari au bas du visage avec un bruit mat. Les yeux écarquillés, Steve porte la main à sa bouche ensanglantée.

— Tu m'as ouvert la lèvre ! Tu es givrée, ma parole. Mes enfants avaient raison…

Steve lui fait face puis claque la porte.

— Ne m'attends pas pour dîner.

Incroyable ! Ce pantouflard qu'elle avait essayé d'initier au bon goût new-yorkais, ce type vieillissant qui, sans elle, n'aurait que son boulot et ses deux nigauds de fils, osait la laisser seule ? Il ne la craignait plus, tout le montrait. Un moment, Cherie a envie de jeter ses affaires par la fenêtre ou de distribuer ses costumes et chaussures au personnel. Sauf à Shawn bien entendu.

Mais la fatigue la saisit, comme toujours à la fin de ses crises de rage. La descente après la montée d'adrénaline, la sueur qui refroidit sous ses aisselles et dans son dos la laisse glacée. Elle s'arrête devant le miroir et, malgré tous ses efforts, ne voit qu'elle. Ses lèvres gonflées, son visage empourpré, hébété. Ses paupières fripées ressemblent à des pruneaux secs, ses joues à des plaines désolées. En l'espace d'une semaine, semble-t-il, ses seins ont succombé à la gravité ; on dirait deux gants de toilette à moitié vides sous sa chemise de nuit. Pourtant, quarante-quatre ans, ce n'est pas si vieux aujourd'hui. À New York, les hommes de soixante ans triomphaient, mais une femme devenait vite invisible, superflue. Les boutiques, les salons de thé, les musées fourmillaient de beautés au rancart qui cherchaient à tuer le temps avant de s'éteindre dans l'indifférence. Elle ne ferait pas partie du troupeau !

Si encore sa carrière avait décollé ! Après la salle de bains, Leonard Bernstein n'avait pas donné suite à ses autres projets. Il l'évitait dans les couloirs, ignorait ses invitations. Elle avait sollicité Noureev, mais la star employait déjà des éphèbes, taillés comme des dieux, pour lui dénicher les plus beaux objets. En vérité, Cherie s'ennuyait. Malgré ses efforts, elle avait échoué à présider une soirée caritative de renom et s'était lassée des intrigues et des minauderies des ladies de la bonne société. Une fortune dépensée à inviter des douairières chichiteuses dans les meilleurs restaurants de New York et tout cela pour quoi ? Essuyer des postillons pendant le déjeuner, subir les ragots de Palm Beach et regarder son interlocutrice trop liftée découper avec circonspection une feuille de salade facturée au prix du caviar ! Cherie siégeait dans plusieurs comités mais on ne lui confiait que les tâches ingrates, les coups de fil de dernière minute, alors qu'elle voulait briller. Elle souffrait de n'être pas reconnue socialement et ce manque semblait la définir. Elle s'était bien essayée à des cours d'art floral, de cuisine française, de peinture et même d'origami. Une catastrophe : elle se piquait sur les roses, se brûlait avec les plats, salissait ses vêtements… Elle renonçait vite et rentrait piteusement au Dakota, où sa voisine Becky ne lui ouvrait même plus quand elle passait à l'improviste. De plus, depuis peu elle accumulait les pépins physiques. La tête, le dos, les genoux et, depuis trois mois, des maux de ventre tenaces. Elle courait les médecins, multipliait les examens. On n'avait rien trouvé qu'un début de ménopause. Elle avait claqué la porte de l'hérétique qui avait osé le mentionner. Le retour d'âge ne passerait pas par elle. Elle était contre, voilà tout. Et son corps lui obéirait, comme son mari.

Le lendemain, Cherie a rendez-vous chez une nouvelle masseuse qu'on lui a recommandée. Elle en a déjà usé une dizaine. Trop brusque ou trop molle, bavarde ou revêche, quelconque ou trop jolie : Cherie n'a jamais trouvé l'oiseau rare. Et elle refuse de se confier à un masseur, se faire triturer par un étranger la répugne.

L'immeuble aux briques peintes se trouve dans une rue étroite du Village. Cherie n'en mène pas large, elle aurait dû faire appel au chauffeur de Steve qui l'aurait attendue, au lieu de prendre un taxi. Elle frappe à la porte d'un rouge écaillé. On entend de la musique, les volutes disco du groupe suédois Abba en vogue en ce moment. La fenêtre à guillotine du premier étage s'ouvre sur une fille blonde aux longs cheveux retenus en queue de cheval. Trente ans à peine.

— Oui, c'est pour quoi ? demande-t-elle avec un grand sourire et un fort accent étranger.

— Eh bien, répond Cherie déjà froissée, nous avons rendez-vous. Dans deux minutes exactement, madame Kelly.

— Ah bon ? s'exclame l'étrange créature. Je vous avais oubliée. J'étais en plein yoga, je descends vous ouvrir.

Cherie s'engouffre dans une petite maison du XIXe siècle avec des murs en brique et un escalier en colimaçon, qui sent l'ambre et le santal. Le vélo dans l'entrée, les chats glissant sur le parquet, des livres adossés à des flacons multicolores forment un amusant chaos.

— Une infusion de romarin ? propose la masseuse. Souverain pour votre foie ou un rhume comme le mien en ce moment. À propos, mon nom est Pia, je suis danoise.

En débardeur blanc et pieds nus, pas étonnant qu'elle ait pris froid ! Cherie remarque qu'elle a aussi oublié son soutien-gorge et que ses seins pointent insolemment.

— Où se trouve le vestiaire ? demande-t-elle d'un ton pincé.

— Vous voulez dire l'endroit où se déshabiller ? Le plus simple est d'enlever vos affaires ici. Je vais vous faire de la place.

Cherie se dévêt en frissonnant. On dirait qu'on joue du tam-tam sur ses ovaires.

— Voilà. Allongez-vous.

La chambre est plongée dans la pénombre, à peine trouée par quelques bougies qui laissent apparaître une guitare, des posters aux murs, une tour Eiffel géante entre deux coussins. Une chambre d'adolescente. La masseuse plaque ses mains chaudes et douces au creux de son dos et commence à lui pétrir les muscles. C'est plus vigoureux que d'habitude, mais agréable.

— Hou là, là, vous êtes drôlement contractée. Vous voyez là ? Et là ?

Elle appuie sur des points du dos qui déclenchent une forte douleur chez Cherie. L'huile sent le sésame.

— Il faut dénouer tout ça, vous connecter à votre corps.

Au bout d'un moment, elle demande à Cherie, somnolente, de se retourner.

— Je vous sens tendue là aussi. L'énergie doit circuler. Vos chakras sont bloqués au niveau du plexus solaire. Et là, sous le nombril.

— C'est vrai, j'ai souvent mal ici, admet Cherie en pointant un doigt au-dessus de sa culotte.

— On va s'en occuper. Ne pensez à rien.

Elle appuie légèrement sur son bas-ventre, relâche la pression, effleure, réappuie. Cherie sent cette région de son corps se réchauffer, et naître une sorte de gratouillis entre les jambes, comme quand elle montait à vélo, gamine. Elle met du temps à identifier la sensation, cela ressemble au toucher d'une plume, qui l'excite, la provoque, la défie. Elle soupire discrètement, embarrassée. D'où vient cette soudaine crue de désir ? Elle palpite, tendue vers cette main étrangère, lente, imperturbable. Bientôt elle halète dans un silence complet, ses orteils s'écartent, se tordent. Elle se met à trembler, s'embrasant à chercher l'air. Tout à coup, la jouissance la cisaille. Elle serre convulsivement les cuisses l'une contre l'autre.

— Très bien, l'encourage Pia qui lui effleure le front d'un geste apaisant. Le ventre va se calmer. Toute votre énergie était prisonnière, c'est impressionnant.

Les yeux gorgés d'eau, Cherie semble chavirer.

— Laissez-vous aller. Je peux vous aider à retrouver qui vous êtes. À être enfin heureuse.

Cherie saute de la table, pose une poignée de billets sur la commode et se rhabille à la hâte, la tête baissée. Il faut sortir d'ici. Cette étrange séance, cet orgasme venu de nulle part la déroutent. Le santal lui soulève le cœur. Elle balbutie un merci, se rue dehors, hèle un taxi.

— Au Dakota, vite.

Elle trouvera une nouvelle masseuse. L'aider à être enfin heureuse… Et puis quoi encore ?

Becky

— Je n'ai pas d'autre choix que de vous licencier, Rebecca… Rebecca, vous m'entendez ?

Une fois de plus, Becky laisse son esprit vagabonder. Il fait trop chaud dans le bureau du directeur général de Simon & Schuster. Ce n'est pas un mauvais bougre, il aimerait sûrement être ailleurs en ce moment. Comme Becky.

— Expliquez-moi au moins ce qui s'est passé avec Charles Bronson. On ne laisse pas filer un tel projet…

Qu'avancer pour sa défense ? Elle avait appris par son voisin Andrew que l'acteur d'*Un justicier dans la ville* cherchait un éditeur pour un ouvrage destiné aux enfants et elle l'avait contacté. Le macho de Hollywood lui avait montré le premier chapitre : c'était charmant, inattendu, les gosses adoreraient. Mais, après les révélations de Chris, Becky avait perdu tout intérêt pour son travail. Elle avait oublié un rendez-vous avec Bronson, puis un autre. Et la star venait d'annoncer publiquement la signature d'un contrat avec Knopf, leur concurrent direct. Les murs avaient tremblé au bureau. Virée.

— Je peux vous offrir un mois de salaire, continue-t-il, en vertu des quelques années passées chez nous. Et une lettre de recommandation honorable.

L'homme en face d'elle semble plaider en sa faveur. S'il savait comme elle se moque de se retrouver sans job ! Elle avait déjà manqué un nombre de jours impressionnant. Elle se réveillait les paupières gonflées, seule dans son lit désormais trop large et, d'une voix qui trébuchait, elle prévenait le secrétaire d'une nouvelle grippe, de la venue du plombier, du décès de son chat… Tout pour se rendormir, roulée en boule, et ne plus penser. Après des semaines à se côtoyer comme des étrangers, Christopher était parti. Son parfum flottait encore dans la chambre qu'ils destinaient à l'enfant. Son mari n'avait pas dit où il allait, mais elle le savait. Il avait emménagé avec Beverly dans un appartement loué à la hâte face au Reservoir sur Central Park. Celle-ci était enceinte.

— Je suis désolé, Becky. Ce n'était pas prévu ainsi.

Christopher n'avait pu cacher l'éclat dans ses yeux quand il avait annoncé la nouvelle. Elle en avait eu le souffle coupé. Un coup de pied dans le ventre. Beverly enceinte ? C'était la trahison suprême, l'abomination. Christopher serait donc papa, loin d'elle, et elle imaginait un bébé qui lui ressemblerait et qu'elle ne serrerait jamais dans ses bras. Il n'aurait pu la blesser davantage, même s'il l'avait voulu. Car elle l'aimait toujours, malgré tout.

— Ça ira, Rebecca ? chuchote son directeur, de plus en plus décontenancé par son mutisme.

— Bien entendu.

Dans les couloirs, on évite son regard, les collègues avec qui elle prenait un verre après le travail dans les bars de la Sixième Avenue ont soudain tous un manuscrit à lire. Becky ne s'en offusque pas, l'esprit de compétition est inhérent à Manhattan. Elle ramasse quelques objets sur son bureau, enlève des livres des rayonnages, les repose. Elle n'en aura pas besoin. Elle prend deux photos, la citation de Hemingway recopiée par Shawn, fourre le tout dans un carton : une vie professionnelle se résume finalement à peu de chose ! On frappe à la porte. C'est Hazel, sa secrétaire, bouleversée.

— Mais ils n'ont pas le droit ! Vous auriez dû les en empêcher… Qu'est-ce que je vais devenir ?

Elle tapote le dos de la femme à la permanente d'un autre âge en passant, d'un geste maladroit. Elle a perdu le sens des contacts physiques depuis sa répudiation. Dans l'ascenseur qu'elle a pris si longtemps, elle ne se reconnaît pas dans la glace. Le désespoir a biffé ses traits, opacifié ses yeux, gommé ses contours ; il semble s'être infiltré sous sa peau. Elle soupire. Rentrer, rentrer au Dakota.

Pas de trace de Shawn dans le hall. Tant mieux : elle n'aurait pas accepté sa compassion, ni même son aide pour porter le carton de sa disgrâce. L'appartement désert la rappelle à sa solitude. Elle n'a plus de parents, de travail, de mari, pas de bébé non plus. Qui est-elle alors ? La femme de personne, la mère de personne, la fille de personne. Elle s'effondre et ne trouve pas la force de se relever. Aimée, elle avait été princesse et s'était crue reine. Elle n'était plus rien. Elle se noie dans le temps, songe à ses parents. Ils semblent l'appeler, lui demander de les rejoindre. Prise d'une sorte d'exaltation, elle ouvre en grand le robinet de la baignoire, enlève ses vêtements. Elle choisit la nuit, une nuit humide et chaude, qui emportera son corps inutile. Elle ferme les yeux et se souvient des îles de Floride qui n'étaient qu'une palpitation d'oiseaux, des poissons par centaines, de l'argent fondu dans les vagues bleu clair. L'eau l'accueille comme une vieille amie, l'entoure, l'enserre, et elle la laisse monter inexorablement pour dissoudre son chagrin.

Tyler

— Tu sors encore ?

Lovée sur le canapé, sa mère lisait *Variety* et d'autres journaux de cinéma, armée d'une paire de ciseaux.

— Je te l'ai dit ce matin, répond Tyler, déjà énervé.

— Mais tu es sorti hier soir ! J'en ai assez, moi, de passer mes soirées seule !

Tyler déteste quand elle prend cette voix flûtée, plaintive. Sa mère se croyait irrésistible et lui tapait juste sur les nerfs. Compliquée, la vie, depuis que ses parents avaient ouvert un bureau à New York en plus de leur activité à Los Angeles. Sur la côte Ouest, son père travaillait sur des projets cinématographiques tandis que Stella, flairant le potentiel de la télévision, cherchait à produire téléfilms et talk-shows à Broadway. Enfin, c'est ce que ses parents lui avaient expliqué, mais il ne les avait crus qu'à moitié. Pour lui, cela ressemblait à une séparation. Ils avaient juste trouvé le prétexte pour mener leur vie chacun de son côté : Zachary, l'homme avec qui son père s'était battu un soir, venait régulièrement dîner, restait tout l'après-midi du dimanche avec sa mère. Quand Tyler rendait visite à son père à Los Angeles – le moins possible, car il détestait la villa, le ciel toujours bleu, ces palmiers ridicules et les sempiternelles discussions sur l'industrie du film –, ce dernier sortait tous les soirs avec une starlette différente. « Pour le boulot... » Tu parles ! Tyler se serait moqué des arrangements de ses parents si ceux-ci n'avaient perturbé sa propre vie. Pour la première fois depuis qu'il pouvait s'en souvenir, il vivait à temps plein avec sa mère et cette promiscuité lui pesait : les petits-déjeuners en commun, sa façon horripilante de laper son café au lait, son besoin nouveau de le cajoler. Un peu tard pour jouer à la maman de choc. Tyler s'était construit avec l'aide de sa grand-mère, de José, de Telete et, soyons honnêtes, d'une flopée de nounous. Aujourd'hui, il avait presque dix-sept ans, une petite amie et aucune envie de veiller sur celle qui se découvrait mère si tard.

— Je ne comprends pas que tu aies pu quitter l'école, déclare-t-elle. Tu fous ton avenir en l'air.

Le sujet revenait tous les jours sur la table. À la rentrée, il ne s'était tout simplement pas présenté à l'école si chic de l'Upper East Side. Plus les jours et les semaines filaient et moins il avait envie d'y retourner. Son père, qui ne l'avait su que deux mois plus tard, par courrier, avait tenté de le faire changer d'avis. Sa mère l'avait traîné chez des psychologues, des conseillères d'orientation, des médecins. Tout allait bien, il rejetait seulement la scolarité classique. Il prenait donc des cours à la maison – il excellait en maths – et s'était trouvé un stage à *Rolling Stone*, le magazine branché, où il servait le café, distribuait le courrier et parfois, insigne honneur, légendait une photo quand le journaliste avait la gueule de bois, ce qui arrivait à peu près tous les matins.

— Écoute, maman, j'ai rendez-vous…

— Pas de diplôme, pas de boulot… Et l'argent ne tombe pas du ciel, surtout en ce moment.

— Il y a les petits jobs de mannequin. Et mon groupe… Un jour, le public payera pour nous entendre jouer.

La musique, les rythmes, les sons se déchaînaient. Dans le Bronx, de jeunes DJ aux coupes afros commençaient à *scratcher* leurs disques, à se livrer à des *battles* arbitrées aux applaudissements. Le hip-hop prenait son envol tandis que la guérilla punk envahissait le Lower East Side.

— Parlons-en, des photos ! reprend Stella. Depuis combien de temps n'as-tu pas réussi un casting ? Six mois, au moins. Remarque, cela ne m'étonne pas, avec ta mine décavée.

Tyler arborait ces jours-ci un blouson noir orné de badges, les cheveux longs, des tee-shirts à moitié déchirés. Son style choquait les clients. On lui préférait des garçons plus jeunes, aux oreilles dégagées et au sourire éclatant pour vanter sodas, dentifrices ou déodorants. Peut-être était-ce aussi à cause de sa taille. Il avait grandi d'un coup, mûri et perdu cette touche spéciale qui attirait l'œil, avait expliqué sa *bookeuse* à l'agence.

— Tu n'y connais rien ! s'énerve Tyler.

Sa mère s'y entend pour le mettre hors de lui. Peut-on aimer quelqu'un qu'on ne supporte pas près de soi ?

Ce soir, il retrouve Telete au CBGB pour un concert des Talking Heads, avec l'inquiétant chanteur David Byrne. Comme le Mudd et le Roxy, le bar était devenu leur repaire, même s'ils n'avaient légalement pas le droit d'y entrer (plus âgée que Tyler, Telete n'avait que dix-neuf ans). Grâce aux bons offices de Lennon qui connaissait le propriétaire, Hilly Kristal, Tyler avait été reçu à bras ouverts. La première fois qu'il avait emmené son amie, elle lui avait sauté au cou.

— Quand je mourrai, je veux être enterrée ici, avait-elle hurlé pour se faire entendre au-dessus du vacarme.

— C'est promis ! J'y veillerai personnellement.

Pourtant, le CBGB, CB pour les habitués, paraissait plutôt modeste. Situé sur le Bowery comme des dizaines d'autres bars, il était tout en longueur, composé d'une petite scène et de murs pisseux recouverts de graffitis et d'affiches. Mais l'ambiance et un public particulièrement composite le différenciaient des autres. Bikers, rockers, étudiants cow-boys, bouchers ou Hells Angels acclamaient, les Ramones, Mink DeVille ou les Talking Heads qui s'y produisaient régulièrement, salués par la presse musicale qui encensait ce nouveau son, mélodique et brutal. Au sein de leur groupe, baptisé Red Oax, Tyler et ses copains, tous en veste de survêt très *old school*, s'efforçaient de reproduire le rythme du moment, les riffs rageurs de l'underground ; à la recherche d'un hit, ils traquaient le refrain accrocheur.

À l'entrée du CB, Tyler salue un type coiffé à l'iroquoise et vêtu d'un kilt du plus bel effet, embrasse deux ou trois filles très bracelets cloutés. Telete ne va pas tarder. Sa petite amie vient toujours, même si Staten Island, où elle habite, près de la décharge de Fresh Kills, se situe à des années-lumière de Manhattan. D'ailleurs, certains habitants, dont ses frères, militaient pour que la petite voisine de Manhattan fasse sécession ! Telete attendait d'avoir assez d'argent pour s'installer *downtown* avec Tyler, dans Alphabet City où les loyers étaient accessibles, devenir barmaid chez Max's Kansas City ou, mieux encore, tailler la route ensemble, à la Kerouac, direction San Francisco. Enfin, c'était le plan.

L'escalier est bondé, évidemment. Des types échangent du LSD ou fument de la marijuana coupée de PCP, un truc puissant qui transforme votre cerveau en lave-linge. Tyler s'abstient : la dernière fois, il a eu du mal à atterrir. En descendant l'escalier, son pied glisse sur une marche mouillée. De la bière ou de la pisse ? Il part en arrière, en avant, agite les bras et atterrit la tête la première sur le sol avec un bruit mat, provoquant la chute de deux clients.

— Hé, mec ! T'es bourré ou quoi ?

Tyler ne peut répondre, sa mâchoire semble coincée. Les premières mesures du concert et les vivats du public perforent ses tympans. Et il y a ce goût métallique dans sa bouche.

— Bon, bouge mon gars…

Tyler doit retrouver Telete. Autour de lui, il y a de plus en plus de monde. Le groupe attaque ses morceaux à la tronçonneuse et joue à une vitesse infernale son hit, *Take Me to the River*. Des dealers bien achalandés font leur business juste à côté de lui. Soudain, il aperçoit un soleil blond dans les bras d'un type gothique, avec un chapeau haut de forme. Il s'approche en boitillant.

— Telete ? Qu'est-ce que tu fais exactement ?

Elle se retourne. Le regard flou, les yeux injectés de sang, le teint grisâtre. Défoncée.

— *Hi Baby !* Waouh ! Tu t'es battu ? Tu ressembles à Rocky !

Elle lui effleure le menton de ses doigts fins, Tyler se détourne. Il se passera de sa sollicitude dans ce moment où il vient de la voir plonger sa langue dans une autre bouche.

— C'est qui, lui ?

— Personne, glousse-t-elle. Laisse tomber. Viens, on va boire un verre.

Elle passe son bras autour de Tyler, en claudiquant toujours.

— Pourquoi as-tu embrassé ce type ?

— On ne va pas en faire un plat. Il était là, on a un peu fumé, voilà tout…

— Comment ça, « voilà tout » ? Pas question que tu te colles à n'importe qui dès que j'ai le dos tourné.

— Tu es gentil, Tyler, mais on n'est pas mariés ! J'ai le droit de respirer et de m'amuser… Tu devrais faire pareil. Alors, disons qu'on est libres tous les deux. Bonne soirée.

Elle se dirige vers le groupe qui entonne *Psycho Killer* dont le refrain en français donne à peu près : « Ce que j'ai fait ce soir-là, ce qu'elle a dit ce soir-là… » Tyler en sait assez pour comprendre la phrase, parfaitement adaptée à la situation. Vexé, incapable de suivre Telete dans la horde de jeunes, il décide de rentrer chez lui en taxi. Derrière la vitre de séparation maculée de taches, le balancement d'une grosse croix orthodoxe pendue au rétroviseur l'hypnotise. Il lui faut de l'aspirine et son lit. Demain, il appellera Telete, exigera de la voir ailleurs qu'au CB, dans un lieu où ils pourront discuter. Sortir avec d'autres gens ? Belle idiotie ! Rien de mieux qu'une « relation ouverte », comme disaient les magazines pour bonnes femmes de sa mère, pour torpiller une belle histoire.

Arrivé au Dakota, il s'extrait avec difficulté du taxi tant il a mal partout. Curieusement, aucun portier n'est là pour lui ouvrir la porte. Et il n'y a personne devant l'immeuble. Dans la cour, un attroupement s'est formé. Il s'apprête à passer en douce – des affaires d'adultes, quel intérêt ? – quand il se ravise. Dans l'air flotte une odeur de drame. Shawn est penché contre le mur, John parle à mi-voix… Il s'approche, voit des pieds sous un pantalon d'uniforme dépasser de la mêlée. José ! Pourquoi entoure-t-on le concierge assis par terre ?

— Il y a un problème ? croasse-t-il.

Shawn se retourne.

— C'est José, répond-il, les yeux embués de larmes.

— Quoi, José ?

Tyler veut s'approcher mais Shawn lui barre le passage.

— Mais qu'est-ce qui se passe ?

— On l'a trouvé près de son tabouret. Trop tard…

— Non. Je ne te crois pas, tu es un menteur, un sale menteur !

— Il était plus fatigué que d'habitude, son cœur a dû lâcher, commente John, le superviseur, d'une voix sourde.

— Je veux le voir !

Le portier s'écarte. Tyler s'approche. José… ou plutôt un pantin qui lui ressemblerait, désarticulé, presque dégonflé. Appuyé au mur, comme s'il se reposait ; mais il y a quelque chose d'étrange, d'absent, dans cette tête penchée, cette bouche béante, ces yeux clos. Rien à voir avec les siestes dans son petit studio ou dans le hall. « Chez moi, fiston, à Porto Rico, la sieste est considérée comme un sport national. Alors je m'entraîne tous les jours. » Tyler s'accroupit, prend la main du vieil homme. Un sanglot forme une boule dans sa gorge. Il songe à celui qui a embelli ses années au Dakota, à leurs goûters pantagruéliques, à leur entente simple, parfaite. José avait remplacé son grand-père inconnu, le copain quand on le rejetait à l'école. L'ambulance s'annonce avec sa sirène et Eddy ouvre la grille en fer forgé de l'immeuble. Tyler note l'absence des résidents. José aura passé sa vie à chercher à les contenter – l'avant-veille, il l'avait encore croisé qui partait récupérer des lunettes pour un Dakotien du troisième étage – mais aucun n'était là quand il s'était effondré. Pour son départ, il n'y a que ses collègues. Au revoir, capitaine.

— Hé, Tyler, reste avec nous ! lance Shawn, inquiet.

L'adolescent a l'air groggy. Et s'il allait s'attirer des ennuis dans le quartier ?

Mais le garçon se fond dans le noir. Ce soir, le Dakota a perdu son âme.

Andrew

Andrew pianote sur son volant, il est en retard et le Fort Hamilton Parkway à Brooklyn est bloqué. Un accident peut-être. Pour tenter de se calmer, il interroge le ciel marbré de pluie. Les nuages ressemblent à des mouchoirs jetés en boule, l'air sent l'essence : aucun répit à espérer de là-haut. Il est saisi d'une envie irrépressible de fermer les yeux et de poser le front sur le volant. Ses yeux le brûlent, asséchés par des nuits d'insomnie, d'hébétude boueuse. Malgré lui, il repense à la discussion houleuse de la veille avec Mark. Leur premier clash en douze ans. Toute l'agence en avait profité.

— Une morte, Mark ! Et trois autres filles à l'hôpital… Qu'est-ce qu'on attend pour retirer la campagne ?

Malgré son désaccord, son associé avait accepté un client dont le laboratoire du New Jersey fabriquait des pilules amaigrissantes. Cela ne disait rien de bon à Andrew : il se méfiait des budgets relatifs à la santé, encore plus de ce genre de substances. Les *housewives* à qui on les destinait n'avaient qu'à freiner sur la crème glacée ! Là d'où il venait, personne n'était gros. Mais Mark avait insisté : le client jouait au golf avec lui, il avait déjà accepté, et puis c'était de l'argent facile, non ?

Une étudiante de vingt ans avait avalé six comprimés d'un coup et son cœur avait lâché. On avait découvert qu'ils contenaient du dinitrophénol, une substance hypertonique utilisée en 1917 pour fabriquer des bombes et détournée de son usage initial pour accélérer le métabolisme. La jeune fille s'était consumée de l'intérieur, personne n'avait pu la sauver. Trois autres femmes étaient hospitalisées, dont une dans un état critique.

— La presse est déchaînée, Mark ! Les journalistes ne nous lâcheront pas. Il faut faire montre de contrition à la télévision et se rendre au chevet des malades…

— Surtout pas ! Nous aurions l'air d'être coupables. On ne pouvait pas savoir qu'il y avait un problème avec le contenu des pilules.

— « Un problème » ? La fille a ingéré un poison dont nous avons vanté les mérites et qui l'a tuée ! Imagine si c'était ta fille…

— Arrête de te flageller ! Robert nous a payés pour une campagne d'affichage jusqu'à la fin du mois, je ne vois pas pourquoi on la retirerait avant les conclusions de la Food and Drug Administration. Ce serait envoyer un signal désastreux à nos clients !

— Si tu n'enlèves pas les affiches, je le fais moi-même, avait explosé Andrew. Avec les dents s'il le faut !

Il avait claqué la porte du bureau du Mark. Cela aussi, c'était une première. Secrétaires et chefs de projets massés dans la grande salle l'avaient suivi du regard, médusés. Qu'adviendrait-il si les deux fondateurs de WinStewart en venaient à se déchirer ? Une rumeur inquiète l'avait accompagné jusqu'à l'ascenseur. Andrew s'était engouffré dans sa voiture et, sur un coup de tête, dirigé vers Brooklyn où vivait la famille de l'étudiante décédée, dans le quartier de Bensonhurst qu'il ne connaissait pas. Les habitants, en majorité chinois, n'arrivaient pas à le renseigner. Enfin, il avait atteint les abords de la Dix-Huitième Avenue, avec ses restaurants italiens et ses échoppes asiatiques. L'entrevue avait été pénible. Les parents de Lisa Carlucci avaient d'abord refusé de le recevoir dans leur maison proprette, semblable à toutes celles de la rue, avant de lui ouvrir leur porte. Des photos de leur fille trônaient partout. Andrew les avait écoutés longuement, s'était confondu en excuses, avait accepté un jus d'orange mais refusé une part de brownie.

— Notre Lisa n'avait pas besoin de maigrir, s'était mise à sangloter la mère. Elle était parfaite, parfaite, je vous assure…

— Je vous crois, madame. Si je peux vous aider…

— Je vais retrouver celui qui a fabriqué ces pilules, avait rugi le père. Et lui faire avaler tout son stock jusqu'à ce que son cœur explose lui aussi.

Andrew s'était éclipsé en promettant de revenir. Ces pauvres parents ! Son cœur se serrait en pensant à leur peine et à cette chambre vide, un rien enfantine, avec son oreiller rose et ses peluches sagement alignées qui attendaient en vain.

Andrew a la migraine et pas d'eau pour avaler ses cachets. Dans la voiture règne une chaleur fétide. Dehors, l'averse quasi tropicale ne rafraîchit rien.

— Mais avance, mec ! lâche-t-il en klaxonnant.

Il laisserait bien sa voiture pour continuer à pied, mais il n'est jamais venu par ici. Qui sait où se trouve la station de métro ? À la première occasion, Andrew oblique dans une ruelle puis remonte McDonald Avenue, miraculeusement déserte. Il appuie sur le champignon et ouvre la fenêtre en grand. L'envie de dormir ne le quitte pas, la nausée crucifiante non plus. À un carrefour, soudain, devant lui, surgit un animal. On dirait un loup d'un noir luisant qui le fixe de ses yeux jaunes. Andrew braque pour l'éviter, la voiture glisse sur l'asphalte mouillé. Il cherche le frein, mais son pied ripe, enfonce l'accélérateur, propulsant la voiture contre un lampadaire dans un fracas de tôle.

Il essaie de démarrer, en vain, soulève le capot. Comme s'il s'y connaissait en mécanique… Il sent la rage monter, contre Mark, contre ce client et ses pilules de mort, contre cette voiture et surtout contre lui-même. Il n'a qu'une envie : rentrer au Dakota, gober une poignée de Vicodin et d'Ambien pour effacer la peur tapie au creux de ses tripes et dormir. L'ironie de la situation ne lui échappe pas. Ces pilules pour maigrir d'un côté, son addiction de l'autre. Il avait bien essayé d'arrêter mais la première journée avait été épouvantable. Avec la sensation d'être emporté par un typhon d'anxiété, il suait de tous ses pores, comme une éponge gorgée d'effroi. Chaque bruit l'agressait, ses vieilles blessures se rouvraient. Dès le lendemain, il avait avalé ses pilules avec une longue rasade de Jack Daniel's au goulot.

Il inspecte les environs : la rue est vide, les stores partout baissés dans cette zone résidentielle. Seul l'animal qui a causé l'accident, ce chien étrange aux poils ras, le fixe d'un air hostile. Il marche au hasard sous la pluie oblique puis avise un immeuble rouge avec une porte ouverte et une lumière. Il s'y traîne, trouve un banc dans le hall. Il va appeler un taxi, rentrer chez lui, prévenir un dépanneur. D'où vient cette vrille d'angoisse dans sa poitrine ?

— Shalom. Je peux vous aider ?

Un homme aux cheveux blancs coiffé d'une kippa s'avance. Son visage est étonnamment lisse et ses yeux bleus, empreints de curiosité. Andrew remarque les murs jaunes couverts de prospectus en hébreu. Une école juive ou une synagogue.

— J'ai eu un accident. Rien de grave. Ça va aller.

— Ne bougez pas, je reviens tout de suite.

Andrew voudrait partir mais n'arrive même pas à se lever. Le vieux lui tend une serviette nid-d'abeilles, si douce qu'il y enfouit le visage et demeure ainsi, les yeux dans le blanc bienfaisant.

— Eh bien, vous avez l'air de venir de loin, jeune homme.

Andrew ne peut réprimer un sourire : « jeune homme » à cinquante-quatre ans ne manque pas de piquant.

— Pas vraiment. De Manhattan…

— Peut-être que vos valises paraissent bien lourdes. Parfois le voyage peut sembler plus long.

Andrew regarde ses chaussures trempées.

— Je suis le rabbin Alan Leibovitch. J'ai l'impression de vous avoir déjà vu. Est-ce possible ?

Andrew fait non de la tête.

— Un jour, raconte doucement le rabbin, on demandait à l'un de mes guides spirituels à quoi l'on reconnaissait que la nuit s'achève et que le jour recommence. Savez-vous ce qu'il a répondu ? Eh bien, c'est lorsqu'en regardant le visage de n'importe quel homme, tu reconnais ton frère et ta sœur. Jusque-là, il fait encore nuit dans ton cœur.

Andrew sent une boule se former dans sa gorge, il craint de se mettre à pleurer, là, devant l'inconnu. Il n'entend que le tumulte de son cœur.

— Quoi qu'il vous soit arrivé, vous avez les ressources en vous. J'en suis sûr.

Le rabbin pose sur son bras une main bleue, nervurée de veines. Andrew n'ose pas la repousser. Bientôt elle semble le réchauffer tout entier.

— Vous n'y êtes pour rien…

Il voudrait raconter le scandale des pilules, la jeune fille morte, sa vie devenue incontrôlable, comme la voiture tout à l'heure, mais d'autres mots se pressent, des mots qu'il n'aurait jamais cru prononcer un jour.

— Je les ai tous perdus.

Le regard du rabbin l'incite à continuer.

— Je suis né en 1925 à Berlin. Mes parents, des Juifs patriotes, appartenaient au gratin de la société allemande. Je me souviens de mon enfance comme d'une période enchantée. Une superbe maison sur l'avenue

Unter den Linden, une mère au foyer. Sur Kurfürstendamm, mes parents nous emmenaient, mon petit frère Kurt et moi, au cinéma ou manger une glace au café *Wien mit Schlag*. Puis les SA sont arrivés, les SS, les parades militaires, l'autodafé place de l'Opéra et les croix gammées partout. J'ai supplié mes parents de partir, de quitter l'Europe, mais ils possédaient des terres, effectuaient des travaux dans la maison et ne voulaient rien abandonner. Mon père disait : « Hitler est *meshuggeneh*, fou, mais notre famille vit ici depuis 1600 ! Ils ne peuvent rien contre nous. » Et puis fuir où ? En France ? Nous ne parlions pas la langue. Le *Saint-Louis* est parti du port de Hambourg pour Cuba en mai 1939, avec à son bord 963 passagers juifs qui cherchaient à se réfugier aux États-Unis, mais il a dû rebrousser chemin. Après la Nuit de Cristal, le piège s'est refermé.

Le rabbin le fixe toujours intensément.

— Les boutiques juives marquées d'un signe, les jardins publics et les colonies de vacances *verboten* pour Kurt et moi, l'usine de textile de mon père confisquée par l'État hitlérien. Comme les cent cinquante mille autres Juifs berlinois, nous avons été exclus, privés d'école et de travail, humiliés. J'avais la rage, mais elle n'a rien empêché.

— Quel âge aviez-vous ?

— Seize ans. Nous avons été déportés au ghetto de Minsk en novembre 1941 avec des Juifs de Hambourg. Les pogroms se multipliaient : j'ai vu le chef de la police égorger des enfants avec un couteau. Mes parents ont été conduits un matin à Koïdan, et fusillés. Mon frère, lui, est mort de faim à huit ans et je n'ai rien pu faire.

— Et comment…

— J'étais vigoureux, je pouvais travailler. Les travaux forcés… Un jour, j'ai réussi à m'enfuir et un petit passeur de onze ans, Simia, m'a emmené chez un paysan. Le ghetto a été liquidé en octobre 1943. Treize survivants sur quatre-vingt-dix mille Juifs. Je n'ai revu personne… J'aurais dû rester avec eux. Je ne me le suis jamais pardonné.

Andrew appuie sa tête contre le mur et ferme les yeux.

— Vous n'avez rien à vous reprocher, lui assure le rabbin. Vous avez survécu, c'est le plus beau cadeau que vous puissiez offrir à vos parents. De là-haut, ils vous suivent et vous encouragent.

— Je n'ai pas réussi à les convaincre quand on pouvait encore partir. Comme j'ai échoué à nourrir Kurt. Le jour de sa mort, il ressemblait à un squelette. Vous avez déjà vu un squelette vivant, vous ?

— Ce sont eux les responsables, pas vous. Et sur la question du pardon, la loi juive est très claire : seules les victimes peuvent pardonner à leurs bourreaux. Dieu ne saurait absoudre un criminel tant que la victime souffre de son crime.

— Pas question de pardonner. Comment parler au nom des miens qui ont été assassinés ?

— Personne ne vous le demande, répond le vieil homme en prenant le visage d'Andrew entre ses paumes chaudes. Mais vous pouvez vous pardonner à vous-même. Ce serait déjà un grand pas.

Des souvenirs affluent. Sa mère en fourrure avant une soirée, son père dans son costume trois pièces du dimanche, l'adorable gouvernante, Liesl, qui veillait sur eux, tout ce qu'il avait caché aux autres et à lui-même, enfoui dans une vie si américaine.

— Comment vous appelez-vous ?

— Andrew Binx, dit-il avant de se reprendre. Non, en fait, Samuel. Samuel Binder. Je suis arrivé aux États-Unis en 1948, en provenance d'un camp pour personnes déplacées administré par les Alliés. Je suis passé par Ellis Island, l'île des larmes, où l'on m'a enfin soigné car j'avais attrapé toutes sortes de saletés, notamment un herpès oculaire. Le cousin de mon père, Isaac, employé de mairie à Philadelphie, dont le fils avait été tué à Omaha Beach, m'a pris sous son aile…

— Eh bien, je suis ravi de vous rencontrer, Samuel Binder.

Le rabbin tend une main qu'Andrew-Samuel, hébété, serre mécaniquement.

— Vous avez tant surmonté, vous pouvez être fier de vous.

— Je n'ai rien dit. Jamais. À personne. J'avais honte d'avoir survécu. Je n'ai pas pu partager mon histoire, même avec mon associé.

— Mais vous venez de le faire à l'instant, car vous deviez vous sentir prêt. C'était le bon moment, « le point intérieur », comme disent les textes. Je suis infiniment reconnaissant d'avoir pu partager ce moment avec vous.

Nous avons plusieurs fidèles qui viennent d'Allemagne, après être passés par Dachau. Joignez-vous à nous, si vous voulez…

Andrew opine. Samuel Binder… Cela fait si longtemps qu'il n'a pas prononcé ce nom, même pour lui-même ! À son arrivée à New York, il avait choisi un prénom américain et contracté son nom, pour laisser derrière lui chagrins et remords. Cela avait réussi, du moins au début. Tout le New York artistique connaissait Andrew Binx, le Superman de Madison Avenue, le pape de la révolution publicitaire des années soixante. Mais qui avait rencontré Samuel Binder, l'adolescent dégingandé, dont les cheveux ondulaient dans le vent lorsqu'il marchait avec Kurt dans le parc du Tiergarten, avant de s'attaquer à une saucisse géante ? Le cousin de son père avait succombé à un emphysème et Andrew n'avait aucun contact avec l'Allemagne. Restait-il des Binder à Berlin ? Il en doutait, il n'avait jamais eu aucune nouvelle. Il s'était étourdi, de filles, de succès, de fêtes, de drogues, pour congédier son passé. Il avait repoussé les assauts de la mémoire, mais peut-être était-il temps d'affronter son histoire et celle de sa famille. D'une voix raffermie, Andrew remercie cet homme qui, par sa seule présence et son regard limpide, a su ouvrir les portes de sa prison. Il se lève et sort. Dehors, tout semble nouveau. Les nuages brillants et denses, le ciel vaste et lisse. Après la pluie, la ville resplendit. Il a du mal à s'éloigner, comme si un fil invisible le retenait.

— Je reviendrai, je vous le promets.

— Je vous attendrai, Samuel. Et rappelez-vous, nous avons survécu au pharaon comme aux Allemands. Notre peuple possède cette force-là.

Sur cette pirouette philosophique, le vieil homme le quitte au moment où un taxi surgit. Andrew repense à cette curieuse conversation, à cet homme sage et discret, à ces souvenirs qu'il a évoqués pour la première fois. L'envie lui prend de téléphoner à Mark, de lui raconter enfin sa jeunesse en Allemagne, lui qui s'était inventé une enfance banale à Philly. Fini la dissimulation, les fictions, les prothèses chimiques. De retour chez lui, après une douche, il inventorie son arsenal de médicaments. Sur son bureau, au-dessus d'une armoire, dans ses manteaux, dans les tiroirs, dans le frigo même, emballés dans du papier aluminium. Il s'applique à tout jeter dans la poubelle quand on frappe à la porte. Il ne cille pas, attend que l'intrus s'en aille. Les coups redoublent. Andrew lâche un juron et, en ouvrant, se fige. Abigail lui fait face, cheveux scintillants, yeux humides et implorants.

— Entre, finit-il par dire en lui tendant les bras.

Deux miracles en une journée qui commençait si mal.

Shawn

— Mais enfin, Shawn, laisse-toi faire si tu veux être beau !

Les jumelles m'ont pris comme cobaye dans leur spa personnel. Voilà pourquoi je me retrouve en caleçon, couché sur le canapé familial à écouter *Grease*, leur disque préféré, et elles s'emploient pour l'une à peindre mes ongles de pied en fluo, pour l'autre à me poser des rondelles de concombre sur les paupières. Ma mère fredonne des airs sirupeux dans la cuisine, son eau de toilette fleurie envahit le salon. Chanelle m'a mis au courant : maman fréquente un prédicateur grisonnant, impassible, au rire rauque et rare. Ma mère ne me confie rien, c'est mieux ainsi. Je ne lui parle donc pas de Kyumi, mon aimée, cet être de soie. J'ai finalement suivi les conseils de Juan et je l'ai abordée. Un jour qu'il pleuvait des cordes, je lui ai proposé de l'abriter jusqu'au métro sous l'un des parapluies que je conserve précieusement. La météo est tellement changeante à New York ! À ma grande surprise, elle a accepté et j'étais tellement tendu que j'ai parlé jusqu'à la station. Je lui ai raconté la dernière de Mme Bicker qui m'a glissé une enveloppe crème pour les étrennes avec un large sourire, en insistant pour que je l'ouvre devant elle. Cela me gênait, mais bon, elle jubilait tellement… En déchirant l'enveloppe, j'y trouve un billet de cinq dollars soigneusement plié. Cinq dollars ! De quoi s'offrir deux bières. Quand Mme Bicker a ajouté « Faites-en bon usage », je lui ai répondu du tac au tac « Merci pour votre don, mais gardez plutôt l'argent pour vos bonnes œuvres ».

Kyumi a éclaté d'un rire cristallin et frais, un torrent au printemps.

— Vous êtes marrant, vous. Cela tombe bien, j'aime m'amuser.

Ses cheveux brillants ont voleté, une brise citronnée m'a effleuré le visage, j'étais déjà conquis. Elle m'a raconté qu'à Bakersfield, sa ville natale, les garçons se prennent tous pour James Dean, « la Porsche 550 Spyder en moins… ». J'ai ri à mon tour. Son visage nacré, un verre de lait, s'est rapproché, elle m'a embrassé sur la commissure des lèvres. Depuis ce petit choc électrique, on se voit plusieurs soirs par semaine et le week-end, toujours chez elle, à Astor Place, quand je ne travaille pas. Elle m'appelle « mon chocolat » pour se moquer des filles qui s'offrent des copains noirs comme elles craqueraient pour une friandise prohibée avant de revenir à un régime plus classique de mâle caucasien. Kyumi ne ressemble à aucune autre, elle ne me parle pas comme à un demeuré ou sur un ton condescendant. Sa famille aussi s'est brûlée au rêve américain. Ses parents, des

Japonais pourtant naturalisés, ont été internés à Manzanar en Californie en 1942 : la peur de la Cinquième Colonne. Au bout de trois ans de détention, ils ont reçu un ticket de bus et quelques dollars comme seul viatique. Bien que née des années après, Kyumi n'a pas échappé aux regards haineux, aux insultes, aux portes closes. On se comprend. On va au zoo car elle aime les animaux encore plus que moi. Elle m'a initié à la beauté des sept tapisseries de la *Chasse à la licorne* des Cloisters, le musée médiéval du haut de la ville. Elle est ma dame à la licorne, elle en a les traits d'albâtre. Mon passeport pour l'ailleurs. Un cadeau du Dakota alors que je me croyais condamné à la solitude.

— Ouille ! Les filles, vous me scalpez ?

— Le scalp, c'est pour la tête ! On t'enlève juste les poils des jambes, fanfaronne Thelma en brandissant une bande de cire froide hérissée de quelques poils.

Vision terrifiante.

— Pas question ! Je dois sortir. J'ai promis à un copain de la boxe de l'aider à déménager.

Mon copain Wesley habite près de Fordham Road, dans le Bronx. Son quartier ne me dépayse pas : salons de coiffure afro, musique dans la rue, murs tagués, maisons blessées, énergie mêlée de colère, gangs qui s'affrontent pour une rue, un bloc. Là aussi bat le pouls de New York, peut-être mieux que derrière les façades chic du West Side. La foule m'entoure, elle parle espagnol, nigérian, haïtien.

Il a fallu remplir l'antique Cadillac Fleetwood de Wesley jusqu'à la gueule avec son matelas, deux chaises, des caisses de vêtements et le frigo flambant neuf acheté par sa mère. On n'aurait pas pu ajouter un stylo à ce capharnaüm. Pour me remercier, mon pote m'a offert quatre cartouches de cigarettes tombées du camion. Je les donnerai à Oncle Eddy, qui fume comme un dragon hors du Dakota. J'entre dans le premier bar, la gorge tapissée par la poussière du déménagement. Une fille au comptoir ricane. Je lève mon verre, savourant déjà la gorgée de bière et sa couleur de miel, son goût de houblon frais et de mousse victorieuse, quand je le vois. À trois mètres. L'homme qui peuple mes cauchemars, l'assassin de Sly, occupé à jouer aux fléchettes. Il n'a pas changé, seuls ses cheveux ont grisonné. Je reconnaîtrais n'importe où ce regard hostile, ce visage creusé. Il est seul, sans son copain balèze. Le sang bat à mes tempes, comme cette nuit-là. Je l'observe en me rencognant contre le mur : il semble à l'aise. Habite-t-il par ici ? Sly avait bien parlé d'une embrouille dans le Bronx. Après le meurtre, le type n'a pas jugé bon de déménager. On peut donc tuer de sang-froid un gamin de dix-huit ans et continuer à vivre sans se cacher pendant neuf ans ? La sueur inonde mon dos, mon ventre semble s'avaler lui-même. Un moment, le malfrat pivote sur lui-même. Je me détourne. Il a dû sentir mon regard. Si je me plante devant lui dans la lumière artificielle du bar, me reconnaîtra-t-il seulement ? Cela fait si longtemps. Nos regards se sont croisés ce soir-là, mais je n'étais pas la cible. Sly l'était. Il l'a jeté sur les voies du métro comme un mégot. Je me retiens de me ruer sur lui, de le tuer à poings nus, pilonner son crâne afin qu'il rende la vie qu'il a volée. Mais les autres clients suivent la partie d'un œil torve. Mieux vaut l'attendre dehors, en espérant que les flics ne rôdent pas dans les parages. J'entends déjà le bruit des os de son visage quand ils se briseront sous mes coups. Mais, soudain, un doute. Suis-je prêt à passer le reste de mes jours dans le parc à bestiaux de la prison de Rikers Island ? Que deviendraient maman et mes sœurs ? Et Kyumi ? Tout d'un coup, je suis perdu. Quand je revois Sly chuter sur la voie, mes poings se serrent. Une voix intérieure, impérieuse, me supplie de réfléchir, de peser le pour et le contre. Trop lourd pour moi, je dois m'en ouvrir à quelqu'un. Je pars vers les toilettes en baissant la tête. Précaution inutile. Tout à son jeu, le type ne lève même pas la sienne. Il paraît plus petit que dans mon souvenir, le géant n'existait peut-être que dans mes cauchemars. Je compose un numéro entouré d'une odeur d'urine et de cigarettes.

— Allô ?

— C'est moi, Shawn.

— Oh, répond simplement Nigel.

Un silence. Et puis sa voix, visiblement émue et plus basse.

— Comment vas-tu ? Je suis content… Je regrette tant.

Je le coupe. Pas le moment pour les excuses.

— Le type est là. À quelques mètres de moi. Qu'est-ce que je fais ?

J'ai assez parlé à Nigel de ce jour-là pour qu'il comprenne tout de suite. J'entends un grésillement sur la ligne, j'imagine des kilomètres de fil noir reliant le Bronx au Dakota.

— Ah, mon Dieu ! Où es-tu ? J'arrive…

— Non, non… Je suis dans le Bronx, dans un bar. Et ce mec, ce mec…

— Tu es sûr de toi ? demande Nigel.

— Aucun doute. Je ne risque pas de l'oublier. Je vais lui faire sauter la cervelle, tu sais…

— Quoi ? Tu es armé ? me demande-t-il, affolé. Ne fais pas ça ! Tu ne peux pas le tuer, même si tu en crèves d'envie.

— Et pourquoi pas ? Il a bien pris la vie de Sly, lui.

— Oui, mais tu n'es pas comme lui. C'est un assassin, un être capable de vivre avec le meurtre. Je te connais, Shawn, je te connais bien, tu n'as rien d'un criminel…

Ma paume moite retient à peine le combiné.

— Il le faut, dis-je d'une voix plus faible. Pour Sly…

— Tu crois que ton copain serait heureux de te savoir bouclé comme un lion en cage ? Cette ordure ne mérite pas que tu gâches ta vie. Écoute bien, voilà ce que tu vas faire. Raccroche et téléphone à la police. Je les appelle de mon côté. D'accord ? Tu es toujours là ?

— Oui.

— Sors du bar immédiatement après avoir appelé les flics et attends-les dehors, ils ne vont pas tarder. Explique-leur la situation. D'accord ?

— D'accord, articulé-je, vaincu, soulagé, reconnaissant, heureux aussi d'avoir reparlé à Nigel.

Après, tout s'enchaîne très vite, trop presque. Je donne le coup de fil, paye ma bière, fixe l'homme de dos qui joue avec son briquet à une table et me faufile dehors. Deux inspecteurs arrivent en bagnole banalisée. Je les repère tout de suite (l'expérience du ghetto), leur façon insouciante de se garer, de parler et même de marcher. J'explique mon histoire et ils entrent dans le bar pour en ressortir avec le type menotté. Je le regarde alors droit dans les yeux.

— Sly, ça te dit quelque chose ?

Le mec secoue la tête, comme groggy.

— C'était mon ami, mon frère. Il avait dix-huit ans. Tu l'as poussé dans le métro, un jour de septembre.

Le type affiche d'abord une moue incrédule puis un sourire effrayant gangrène son visage. J'ai envie d'effacer ce rictus en forme de lame, mais l'inspecteur, après avoir pris mon numéro de téléphone pour l'enquête, s'impatiente.

— Tu ne reverras plus jamais la rue, craché-je tout près de son visage. Alors profite de ta dernière vue du Bronx…

Je le regarde partir dans la voiture des flics, qui actionnent tout de suite le gyrophare. Autour, les gens continuent à entrer dans les magasins, à monter dans le bus, les gosses imitent les sirènes des policiers. Rien n'a changé, sauf moi. Euphorique – l'assassin de Sly dormira sous les verrous ce soir –, mais aussi triste et vidé. Le dernier lien avec Sly s'est rompu sur ce trottoir encombré. Son meurtrier arrêté, il est mort pour de bon cette fois, bientôt il basculera dans le néant. Pendant des années, je l'ai gardé vivant en rêvant de tuer son assassin. Comment le laisser s'éloigner de moi désormais ? Mes pas me portent vers le Dakota.

— Tu en fais une tête ! me lance Juan. Tu as vu un revenant ?

Je lui fais un petit signe de la tête et prends l'ascenseur. Pas la force de parler. Un fantôme ? Oui, celui de Sly qui disparaissait au-dessus du ciel de Manhattan. Je monte sur la terrasse du Dakota, dans la lumière où j'aime me réfugier pendant mes pauses. Tout autour, du bleu apaisant, des massifs de cubes, de tours, de surfaces planes. Les rues grouillantes semblent avoir disparu et les gratte-ciel qui surgissent de nulle part en reflètent d'autres sur leurs façades de verre. Je pourrais presque toucher les Twin Towers, fières sentinelles à l'autre bout de Manhattan, la statue de la Liberté, figurine qui vue d'ici semble avoir été jetée dans la mer par un géant folâtre. J'inspire l'air avidement, pour me laver de toute l'horreur revécue, la traque, la chute de Sly, le tueur. Ignorant le remords. Pourrais-je regarder sa mère dans les yeux ? J'observe le ballet des nuages qui filent au-dessus des immeubles du quartier. Il me semble enterrer de nouveau mon copain, avec un pan de ma jeunesse. Toutes ces années, j'ai traîné ce mélange de désespoir et de rage, cette soif de revanche, ce sentiment que la vie d'un gosse de Harlem ne compte pas. Maintenant, je dois déposer ce fardeau. J'ai envie de serrer Kyumi dans mes bras, de parler à Nigel, d'embrasser mes sœurs. Relevant mon corps courbatu comme après un combat – après tout, peut-être en était-ce un –, je redescends dans l'immeuble, à pied comme j'aime à le faire, le bruit de mes pas dans le couloir m'apaise. Sly sera vengé, je ne l'ai pas laissé tomber.

— Ah, Shawn, vous tombez à pic ! Venez, ça coule dans notre appartement. Il faut monter au-dessus…

En chaussettes, Mme Mendelsohn agite furieusement un trousseau de clés.

— C'est insupportable, il pleut dans mon salon !

Judith Mendelsohn est dans tous ses états. Elle a pourtant dû en voir d'autres à l'hôpital… Au quatrième étage, rien à signaler. Mais en approchant de l'appartement de Becky, mes chaussures émettent un drôle de clapotis. La moquette est gorgée d'eau, qui passe sous la porte. Je frappe.

— Becky, c'est moi, Shawn !

La femme du psychologue fronce les sourcils. Elle doit ignorer que nous nous connaissons bien, Becky et moi.

— Frappez plus fort.

Je m'exécute.

— Becky, il y a une sacrée fuite. Ouvre la porte.

Rien.

— On n'a qu'à ouvrir. C'est un cas de force majeure. Regardez les dégâts…

Je sors le passe de l'immeuble que je garde avec moi et colle mon oreille à la porte. Rebecca cultive la discrétion, surtout depuis que son imbécile de mari l'a quittée. Elle n'appréciera pas notre intrusion. L'appartement est plongé dans le noir, comme lorsque j'y suis monté la première fois. Aujourd'hui, on dirait un mausolée désert qui sent le renfermé. Depuis combien de temps n'a-t-on pas aéré ? La tristesse règne dans le couloir où Becky a enlevé toutes les photos, comme en témoignent des traces claires sur les murs.

— Il y a quelqu'un ?

Dans le salon, des piles de livres et de magazines, des assiettes sales, des vêtements par terre, des boîtes de céréales et des bols vides traînent partout. Cela craque sous les pieds : des miettes mêlées à de la sauce.

— Dégoûtant ! s'exclame Mme Mendelsohn en dérapant sur une poire blette.

Comment Becky a-t-elle pu se laisser aller ainsi ? Un mauvais pressentiment m'accompagne jusqu'à la salle de bains. Les lèvres entrouvertes, Becky sourit, le visage à moitié immergé dans la baignoire pleine, les mains croisées sur sa toison pubienne. Ses cheveux blonds flottent comme ceux d'une Ophélie moderne. Je reste interdit. Judith Mendelsohn me bouscule, relève Becky dans la baignoire, cherche son pouls, commence un bouche-à-bouche.

— Appelez une ambulance, vite.

Je trouve le téléphone sous un amas de couvertures et compose le 911.

— Allô, c'est le Dakota. Venez vite, c'est pour une noyade.

8 décembre 1980

Toute la journée, l'immeuble est resté assoupi, semblant se reposer entre les orgies de dinde de Thanksgiving et les courses de Noël. Chacun reste paisiblement chez soi, à emmagasiner des forces pour affronter une journée que la radio annonce grise. Pas uniquement côté météo. Les démocrates comme Nigel, Nathan et Judith ne décolèrent pas depuis l'élection de Ronald Reagan, ce raté de Hollywood, il y a un mois. Son programme ? Moins d'impôts, plus d'armes. Un bras de fer avec la Russie, un État fédéral amoindri et un virage à droite toute, au nom des valeurs de l'Amérique. Nigel rageait : comment un ancien gouverneur de Californie pouvait-il déclarer que « l'homosexualité n'est pas une maladie contagieuse comme la rougeole » ? Reagan avait beau être vieux, soixante-neuf ans, le plus âgé des Présidents américains à ce jour, ce n'était pas une excuse. Et, malgré ses manières de shérif, on verrait bien comment il négocierait la libération des cinquante-deux otages américains détenus en Iran depuis plus d'un an… Tout cela incitait Nigel à se réfugier sous sa couette. Le monde attendrait un jour de plus qu'il retrouve l'envie d'écrire.

Shawn vient d'arriver dans le hall. Une fois encore, il a rencontré ce matin la mère de Sly, chez leur avocat. Le procès s'annonce et il a dû répéter son histoire dix ou vingt fois, répondre à des salves de questions, accomplir encore et encore le chemin jusqu'au métro avec la police. L'avocat, Freddy Winter, un homme aux tempes grisonnantes, se bat contre la violence du quartier, de l'administration, des flics. Des familles attendent parfois une journée entière pour être reçues dans son minuscule cabinet installé au-dessus d'une église en ruine à Harlem. Ancien camarade de classe de la mère de Sly, il avait pris l'affaire à cœur, gratuitement, car on ne roulait pas sur l'or.

Juan file un coup de coude à Shawn.

— Regarde, ils sont mignons tous les deux, non ?

Andrew et Abigail s'avancent main dans la main. Elle paraît moins pâle, moins maigre aussi, et un sourire l'éclaire. Les tourtereaux ne vivent pas ensemble, pas encore, mais le bonheur se lit sur leur visage.

— J'aimerais que Rebecca retrouve aussi quelqu'un, dit Shawn.

— Tu t'inquiètes trop, réplique Juan en lorgnant les longues jambes d'Abigail moulées dans un pantalon en daim beige. Elle sortira de son chagrin d'amour, comme nous tous.

Stupéfait, Shawn dévisage son copain.

— C'est l'expert qui parle, là ? Tu n'as jamais été marié et, que je sache, ton record de longévité avec une femme a été d'un week-end ! Tu es donc effectivement bien placé…

— Waouh ! Mais tu en pinces pour la jolie Mme Ravoine, on dirait. Et Kyumi alors ?

— Laisse-la un peu tranquille, tu veux ? Et arrête tes bêtises. Tu ne sais pas tout pour Rebecca.

Juan ignorait en effet la trahison de l'amie qui portait l'enfant de son mari. Shawn n'en avait soufflé mot à personne, pas même à sa mère qui demandait des nouvelles de chaque propriétaire comme s'il s'agissait de membres de la famille alors qu'elle ne les rencontrerait sans doute jamais.

Après dix jours à l'hôpital et deux mois en Floride chez une amie de ses parents, Becky était revenue au Dakota, bronzée, mais avec le regard vide de ceux qui ont tout perdu. Shawn veillait sur elle, passait à l'improviste sous des prétextes dont ni l'un ni l'autre n'étaient dupes. La route de la reconstruction serait longue.

— Parlons plutôt de choses importantes, continue Juan. Tu crois qu'on va recevoir combien aux étrennes ?

— Qui sait ? répond Shawn en haussant les épaules. À boulot égal, l'enveloppe peut varier du simple au double en fonction de leur humeur du moment.

— Tiens, regarde celle-là…, glisse malicieusement Juan. Toujours des oursins dans la poche ?

Cherie traverse le hall, l'air affairé, un tapis de yoga sous le bras. Ça aussi, c'est nouveau. Depuis quelques mois, l'épouse de Steve Kelly semblait apaisée, resplendissante, et les gratifiait même d'un sourire en biais en passant dans le hall du Dakota. De là à imaginer une soudaine générosité…

Shawn salue Nathan, qui rentre de sa promenade quotidienne dans le parc, quand son œil est attiré par un jeune homme aux traits bouffis, portant de grosses lunettes, en tee-shirt et pull fin malgré le froid mordant. Il se tient à l'écart sous le porche.

— C'est qui, lui ?

— Encore un fan de John, il est là depuis ce matin, répond Juan. Je l'ai vu ce week-end, on a discuté un peu. Calé en Beatlemania, le mec !

— Tiens, justement, voilà les Lennon.

John semble avoir enfoui son visage pâle dans sa barbe mais, en voyant les fans et le photographe sur le trottoir, il s'arrête gentiment.

— Tu as vu ? s'exclame Juan. Ils se rendent à une session d'enregistrement. Signe que John va mieux. C'est formidable !

Juan se précipite vers la petite foule. Quand Lennon a fini de dédicacer des exemplaires de son dernier album, *Double Fantasy*, double disque d'or, le gardien demande à tous de se disperser. Les Dakotiens n'apprécient pas le cirque sous leurs fenêtres. La soirée s'annonce tranquille. Michael, le concierge qui remplace José, un jeune au crâne presque rose tant il est rasé, est passé plusieurs fois, stressé. Un résident tenait absolument à goûter un plat traditionnel éthiopien et il avait dû passer une dizaine de coups de fil avant de dénicher un restaurant du Queens qui acceptait de livrer le *mesir wat*, un mijoté de lentilles à l'éthiopienne ! Le mets arrivé, le gastronome du cinquième étage hésitait maintenant entre une spécialité mexicaine ou un bon hamburger ! Shawn et Juan échangent un sourire en voyant le pauvre Michael repartir ventre à terre pour satisfaire le type. Bienvenue au Dakota ! À un mois des étrennes, le concierge n'a pas le choix.

À 22 h 50, la limousine couleur argent de Lennon stoppe dans le virage de la 72e Rue au lieu de passer sous le porche. Le chanteur doit vouloir se dégourdir les jambes ou filer retrouver Sean dont il n'aime pas se séparer, même pour une soirée. Shawn se tient près de la guérite en cuivre quand le type du matin, celui à la face bouffie, sort de l'ombre. Lennon le reconnaît, sourit d'un air fatigué et lui demande :

— Tu veux quelque chose ?

Shawn n'entend pas la réponse. Rien qu'un coup de feu, puis un autre. Quatre en tout déchirent l'air. Yoko Ono, qui marchait vers la réception, se retourne et hurle. John Lennon tombe en criant « On me tire dessus ! ». Shawn se précipite vers le chanteur, touché à plusieurs endroits. L'épaule, le dos peut-être. Du sang noircit le bitume. Sans réfléchir, le jeune portier fonce sur l'agresseur, fait tomber son arme, un pistolet 38 mm. Tétanisé, le mafflu aux grosses lunettes ne réagit pas.

Quelques étages plus hauts, Nigel se réveille en sursaut. Bizarre, ce bruit de pétards, on est pourtant loin du nouvel an chinois.

Juan déclenche l'alarme, appelle la police tandis que Shawn maintient le tireur au sol, à quelques mètres de sa victime.

— Tu sais sur qui tu viens de tirer ?

— Oui, répond le type imperturbable. Sur John Lennon.

Dans la rue, le vacarme des taxis continue, indifférent au drame qui se joue. Une mare rougeâtre s'étend maintenant autour de Lennon et Shawn songe un instant à Sly. Le chanteur gémit doucement. À ses côtés, Yoko n'en finit pas de hurler. Shawn déchire la chemise de John, grimace devant la gravité des blessures, tente un garrot, avant de le couvrir de sa propre veste et de lui ôter délicatement ses lunettes ensanglantées.

— Il a visé John Lennon, s'étrangle Juan en courant vers la voiture des flics. Comme ça, à bout portant…

Deux policiers se précipitent vers l'agresseur, dont Shawn maintient toujours la tête au sol. Celui-ci a de lui-même enlevé son manteau et son chapeau, comme pour se préparer à son arrestation.

— Excusez-moi, lieutenant, je ne voulais pas causer d'embêtements, explique-t-il posément.

— Ordure ! crie Juan.

Le lieutenant passe les menottes au type qui lui tend ses poignets. Un livre dépasse de la poche de son pantalon. Shawn jette un coup d'œil machinal : *L'Attrape-Cœurs*, de Salinger. L'ouvrage culte sur l'errance d'un adolescent qui s'enfonce et transpire la haine, le dédain, la déception. Qui est ce type et pourquoi a-t-il tiré sur l'idole d'une génération, muni de cette histoire de jeune viré de son lycée ?

Yoko Ono quitte la réception où elle s'était réfugiée pour s'approcher de la voiture. Sans un mot, le visage crayeux, elle dévisage l'agresseur qui ne cille pas. Puis celui-ci est emmené. Stella Johnson apparaît alors, les bras chargés de dossiers. À la vue du Beatle allongé, en sang, elle pousse un cri et laisse tomber ses documents. Shawn l'éloigne de cette vision terrible. Elle tremble de tous ses membres.

— Où est Tyler ? Il n'était pas avec lui ?

— Non. Il est là-haut, ne vous inquiétez pas.

Elle fonce vers l'ascenseur.

Piétinant au passage quelques cassettes tombées avec la star, deux officiers du NYPD s'approchent de Lennon, qui gît le visage contre le sol. L'un d'eux, un moustachu avec des pattes qui lui mangent le visage, s'agenouille, cherche le pouls, le trouve, très faible. Il fait signe à son équipier : pas le temps d'attendre une ambulance.

— Allez, on l'emmène. Aidez-moi, les gars.

À quatre, ils soulèvent le corps frêle et le déposent à l'arrière de la voiture. Son visage cireux semble apaisé, on dirait qu'il dort. La voiture fonce vers le Roosevelt Hospital. La scène a duré le temps d'une chanson.

— Et maintenant, on fait quoi ?

— On attend, répond Shawn. On aura des nouvelles assez vite, je pense.

— Tu crois qu'il est…

— Je n'en sais rien.

Shawn passe un bras autour du cou de Juan pour le ramener à l'intérieur du Dakota. Mais Juan se dégage.

— Tu vois ce ciel ?

Shawn acquiesce.

— Eh bien, le 9 octobre, Yoko a offert le ciel à Sean et à John. Les nuées de Manhattan.

Shawn fixe les étoiles au-dessus du Dakota. Il fait froid et elles semblent si loin.

— Pour de vrai, Shawn ! Le 9 octobre, c'était l'anniversaire de John, quarante ans, et de Sean, cinq ans. Ils sont nés le même jour. Et Yoko a fait écrire dans l'azur « Joyeux anniversaire, John et Sean. Je vous aime, Yoko », juste au-dessus de leur appartement.

En état de choc, Juan titube. Shawn le prend par le bras, le ramène vers le hall, la lumière, la sécurité. Il est 23 heures, le Dakota semble s'être figé depuis les coups de feu, comme un animal qui attend que tout danger soit écarté. Shawn prend la bouteille de whisky que Juan garde dans un tiroir du *desk*. Il lui en sert un gobelet bien tassé, en prend un plus petit. Le feu du malt fait fondre l'étau qui serrait sa gorge. Un peu plus tard, Shawn va nettoyer la flaque de sang devant l'entrée. Consciencieux, il lui est impossible de laisser *ça* sous le porche. Il en a des haut-le-cœur, ce sang-là n'a rien à voir avec celui d'une bataille réglo. Lennon a été exécuté froidement, comme Sly. L'histoire se répète. Soudain le refrain d'*All My Loving* s'échappe d'une voiture décapotée. La guitare de John, joyeuse et libre. Shawn ne peut réfréner la prière qui monte à ses lèvres.

— Mon Dieu, faites qu'il s'en sorte !

Quelques jours plus tard

Tous ont répondu présents à son invitation. Arrivés en avance, certains patientent dans le couloir ou discutent dans la cour. Quand Nathan ouvre la porte de son cabinet à 9 heures ce matin-là, les habitants du Dakota ont la mine défaite, les traits tirés, les yeux gonflés. Tyler ressemble à une grenouille. Bientôt, il n'y a plus assez de chaises ni de place pour se faufiler et Nathan décide d'ouvrir le studio servant de salle d'attente. L'atmosphère est lourde. Certains restent dans le couloir, adossés au mur.

— Bonjour à tous, merci d'être venus si nombreux. J'ai voulu vous réunir aujourd'hui pour échanger sur les événements de lundi soir.

— Vous voulez parler de l'hystérie dehors ? demande Steve.

Certains approuvent mais d'autres protestent et sifflent.

— On a tué un homme, dit sèchement quelqu'un. Et pas n'importe qui !

— Après Kennedy, Lennon, poursuit un autre. C'est une tragédie nationale. Le pays ne s'en remettra pas.

— Pourquoi faut-il qu'ils s'agglutinent sous nos fenêtres ? demande Cherie.

Depuis l'annonce de la mort de John Lennon sur la chaîne ABC, au milieu du match entre les Patriots et les Dolphins, on dirait que la ville entière afflue vers la 72e Rue.

Munies de radiocassettes, de bougies, de peluches, de photos des Beatles ou brandissant un disque, des milliers de personnes se massent au pied du Dakota et dans le parc. Yoko a demandé une veillée silencieuse. Les filles tanguent dans leurs tee-shirts à l'effigie de John, des grappes de garçons allument des briquets, font les cent pas, miment un riff endiablé. On entonne *Day Tripper*, *Hey Jude*, *Stand by Me* et surtout *Imagine*. Des signes Peace and Love éclosent partout, formés de galets, de branches ou de fleurs, sous le bourdon des hélicoptères. La circulation a ralenti, comme si la cité cherchait à retrouver son souffle après les coups de feu fatals. Rideaux et volets tirés, les Dakotiens se terrent chez eux. La presse, les badauds posent mille questions, prennent des photos, tentent de pénétrer dans le hall. John, le superviseur, n'a pas dormi chez lui depuis le drame. Avec Shawn, il protège l'entrée d'un Dakota en état de siège.

— Quand va-t-on pouvoir recommencer à sortir ? demande M. Bicker, accroché à sa femme dont la main tremble de manière inquiétante. Parkinson.

— Nous faisons notre maximum, répond Jeremy Hopkins, un grand maigre élu président du *board* après la démission d'Andrew. Nous avons demandé à la police de doubler ses effectifs. D'ici peu, nous devrions pouvoir circuler sans…

— Cela m'étonnerait, le coupe Abigail. Un immense meeting est prévu dans quatre jours, avec le maire. On attend cent mille personnes… Koch va se prononcer pour un contrôle des armes à feu.

— Il paraît que c'est l'amant de Yoko Ono qui a fait le coup, lance tout à trac Mme Dickinson.

— N'importe quoi ! s'indigne Nigel. La pauvre, on l'accusait déjà d'avoir « volé » John. Maintenant, voilà qu'elle l'a tué ! Femme, originaire d'Asie, étrangère, c'est le bouc émissaire parfait !

— Je le tiens d'une source bien informée.

— On va enfin se retrouver peinards chez nous. La veuve n'aura pas le culot de rester au Dakota, maintenant… Elle ne veut même pas de funérailles, paraît-il !

— L'après-midi du meurtre, il s'en passait de belles dans l'appartement, avance Cherie. On a vu la photographe Annie Leibovitz, il paraît qu'ils étaient tous nus là-haut.

— Et alors, vous n'avez jamais entendu parler de performance ? répond Becky. Le *bed-in* en 1969, avec Lennon et Yoko au lit pendant une semaine, c'était déjà osé, non ?

Elle a des cernes sous les yeux, des lignes dessinées comme au crayon sur le front, la voix altérée par les médicaments. C'est la première fois qu'on l'entend depuis « l'accident », comme disent pudiquement les résidents.

— La vraie question, maintenant, avance un locataire, c'est le prix de nos appartements. Que l'on appelle désormais le Dakota « la porte de l'enfer », c'est un vrai problème, non ?

— Mais vous êtes ignobles ! explose Judith. Un déséquilibré a tué un chanteur, un père de famille, et tout ce qui vous intéresse, c'est le marché immobilier ?

— On s'égare, dit Nathan. Il n'est pas question de relayer les rumeurs ou de commencer à s'écharper. Ceci est un débriefing psychologique. Après un traumatisme, il faut revenir sur ce qui s'est passé. Nous éprouvons tous des sentiments d'angoisse, de révolte, de peur. C'est là-dessus que nous devons échanger.

— On s'allonge où pour la consultation ? grince Steve.

D'un regard, Shawn le fait taire. Chez lui, tout le monde a accusé le coup : ses trois sœurs inconsolables et sa mère qui conduisait des prières auxquelles, pour une fois, il s'était joint sans protester. Le Dakota était devenu une part de son identité.

— L'un d'entre vous a-t-il assisté à la scène ?

— J'étais au lit, j'ai entendu le coup de revolver, commence Nigel.

— Moi, j'ai cru à un feu d'artifice, ajoute Abigail.

— J'ai tout de suite compris, glisse Judith. À l'hôpital, on a l'habitude. L'an dernier, un fou a tiré dans le plafond parce qu'il n'était pas pris en charge assez vite…

— Moi, j'ai tout vu, l'interrompt Stella. Horrible… Il était étendu là… Je me demande si je pourrai retraverser le hall. Je reste claquemurée dans l'appartement avec Tyler.

— Ressentir une certaine angoisse est logique, dit Nathan. Mais veillez à très vite reprendre une vie normale. Et cela veut dire circuler dans l'immeuble, vaquer à ses occupations…

— Mon fils n'a pas dormi depuis deux jours, explique Stella. Il ne veut rien manger…

Tous les regards se posent sur Tyler qui semble sidéré, le regard vide. Unis pour une fois, son père et sa mère passent un bras autour du garçon. Sa main dans celle d'Abigail, Andrew sourit au spectacle des Johnson qui forment de nouveau une famille. D'une tragédie peut-il naître un bien ?

— Depuis lundi, je ne pense qu'à ça. Impossible de me le sortir de la tête, explique une jeune résidente angoissée.

— On peut en parler comme on le fait ici, entre voisins, avec des proches, reprend Nathan. Assumer aussi la tristesse. Nous connaissions John Lennon, nous avions tous des anecdotes à son sujet. C'était l'un des nôtres.

L'aura du Beatle plane sur l'assemblée.

— C'est bien beau tout ça, intervient Lauren Bacall, du fond de la pièce, la voix encore plus grave, éraillée par l'émotion. Mais moi, j'ai peur. Peur de tous ces dingues. Et si j'étais la suivante ?

— Vous, nous… On est tous en danger, fulmine Steve. Avec tous ces fêlés en liberté. On devrait les envoyer à Ward's Island.

Nathan s'émeut de la panique de Lauren. Il aimerait la rassurer, mais il doit attendre une hypothétique prochaine séance. Elle lui a confié récemment vouloir s'installer à Paris où elle a des amis. Ces rendez-vous qui emballaient son cœur – trop, il le savait – allaient terriblement lui manquer.

— C'est un acte isolé, explique-t-il. Il n'y a aucune raison qu'il se reproduise.

— Et si on installait une porte blindée à l'entrée ? demande Mme Bicker.

— Pourquoi pas un mirador ? réplique Andrew.

Au même moment, la porte s'ouvre en grinçant et toutes les têtes se tournent pour voir entrer Christopher, le mari de Becky.

— Mais que fais-tu ici ? bredouille-t-elle en blêmissant.

— Sauf erreur, je suis toujours résident du Dakota…

— Dans les faits, non, objecte Andrew. Puisque vous n'y habitez plus.

Shawn s'est rapproché de Becky, comme pour la protéger.

— Certes, mais l'appartement est à moi, cingle Christopher. Je voulais prendre de vos nouvelles, après ce drame. Comment allez-vous ?

— Aussi bien que possible, répond Nathan qui aimerait pouvoir continuer.

Certains n'ont pas desserré les lèvres et ce mutisme n'augure rien de bon. Sans compter Shawn et John qui ont été confrontés au meurtrier et n'ont rien voulu raconter. Le syndrome post-traumatique les guette, il se lit dans leurs yeux, leur état d'hypervigilance, leur colère rentrée, contre les autres et contre eux-mêmes. Nathan a étudié le phénomène à la fac, mais c'est la première fois qu'il vit cette situation en vrai.

— Vous pourriez attaquer en justice, suggère Christopher.

Une rumeur désolée accueille la proposition.

— Qui ? Le type ? Chapman ?

— On aura tout entendu !

— Mais laissez-le parler, enfin…

— Expliquez-vous…

— Dans ce cas, je vois plusieurs coupables possibles, glose Christopher, aussi à l'aise qu'au tribunal. Vous pouvez former un recours collectif contre la police de New York ou l'État, qui ne vous ont pas protégés. Mais aussi porter plainte contre Juan et Shawn. Après tout, ils étaient chargés d'assurer votre sécurité et ils ont failli.

Shawn bondit et attrape Christopher à la gorge. Des cris fusent, couvrant le lamentable « lâchez-moi » de l'avocat. Juan se jette à son tour sur le mari de Becky, qui chancelle et finit par tomber à plat ventre sur le parquet. Déchaîné, Shawn lui envoie une bourrade entre les omoplates. Cela lui fait du bien de régler son compte à ce sale type, celui qui a tant fait souffrir Becky. Si ce n'est ni l'assassin de Sly ni celui de Lennon, il paie pour les autres. Andrew tente de les séparer, mais renonce devant des résidents qui vocifèrent et rejoignent la mêlée. Les injures et les coups pleuvent sous les yeux des femmes ébahies. Une main sur la bouche, Lauren

Bacall semble horrifiée. Cherie lance une gifle à Shawn, qui l'évite de justesse, grâce à Becky.

— Mais vous êtes tous devenus fous ? hurle M. Bicker, en phase apoplectique, ce qui ne l'empêche pas de brandir sa canne comme une épée.

Heurtée par un bras, celle-ci s'envole et va percuter le front de Nathan. Qui titube et s'écroule d'un bloc sous les yeux de Judith, médusée.

— C'est fini ? rugit Nigel. On a tué un homme sous nos fenêtres et voilà votre réponse ? Se battre comme des voyous ! Vous devriez avoir honte…

Shawn et Juan relâchent Christopher, qui ramasse son imperméable froissé.

— Bande de minables, vous me le paierez ! Je vais porter plainte contre vous, vous, et aussi vous, dit-il pointant l'index sur ses agresseurs. Cela va vous coûter cher, vous m'entendez ? Quant à toi, Becky, attends-toi à recevoir les papiers du divorce dans la semaine.

Il claque la porte si fort que de la poudre de plâtre se détache du plafond et fait tousser l'assemblée.

Plus pâle qu'au début, Becky serre le bras de Shawn. Nathan se relève péniblement. Demain, il arborera un magnifique bleu au front. Pour l'instant, soutenu par Judith, il tente de reprendre ses esprits.

— Ce n'est pas tout à fait ainsi que je voyais le débriefing. Mais sachez que ma porte vous sera toujours ouverte.

Silence de mort.

— Si elle tient encore sur ses gonds, glisse Tyler qui semble se réveiller.

Nigel sourit, suivi d'Andrew, puis d'autres visages s'éclaircissent, s'illuminent. Bientôt, un fou rire contagieux secoue la pièce.

— Après tout, c'est une thérapie comme une autre, se réjouit Nathan.

Mais c'est Andrew qui conclut :

— *The show must go on !* La nuit ne tombe jamais sur le Dakota.

Épilogue

Nigel s'est installé près de Woodstock dans une petite maison des Catskills, dont il loue l'étage à des touristes le week-end. Il a presque terminé son deuxième roman, *À corps dansant*. Lorsqu'il a appris qu'il souffrait du « cancer gay », comme on appelait le sida au début des années quatre-vingt, il a écrit à Don, épargné par la maladie. Ils se téléphonent désormais tous les jours.

Abigail vit avec Andrew dans l'appartement de ce dernier, auquel elle a apporté une touche féminine. On la croise moins dans les soirées new-yorkaises, ou elle se voue à une mission qui lui tient à cœur : l'information et la lutte contre les viols sur les campus. Une étudiante sur cinq a été agressée sexuellement, rappelle-t-elle inlassablement, militant pour une plus grande sévérité envers les coupables. Au printemps, elle devra sans doute ralentir le rythme de ses déplacements. Elle attend un petit garçon.

Nathan voit toujours Lauren Bacall, mais en amie, car il ne reçoit plus de patients à son cabinet. La mort de Lennon a réveillé son intérêt pour le stress post-traumatique. Quand on a tiré sur Ronald Reagan, le 30 mars 1981, c'est lui qui s'est occupé du débriefing psychologique des policiers et des membres des services secrets. Lors de l'explosion de la navette Challenger en 1986, on a encore fait appel à son expertise, comme au lendemain d'un terrible jour de septembre 2001. Judith, elle, a quitté l'hôpital et travaille aux côtés de son mari avec les victimes et leurs proches. Les Mendelsohn sont heureux.

Cherie a rompu avec Steve, ruiné faute d'avoir anticipé le deuxième choc pétrolier et l'émergence de la Bourse de Tokyo face à Wall Street. Elle vit désormais avec sa compagne, Terry, professeur de gymnastique et suédoise. Elles ouvriront bientôt à SoHo la première boutique entièrement consacrée au plaisir féminin. Un bon créneau.

Après un long passage à vide, *Becky* a réussi, lors de son divorce, à conserver l'appartement du Dakota. Christopher n'a finalement pas porté plainte contre Shawn et les autres et s'est installé en Californie – en 1994, il assurera avec succès la défense du joueur de football américain OJ Simpson, accusé d'avoir tué son ex-femme et le compagnon de celle-ci. Grâce à Shawn et à ce qu'il lui a appris, Becky s'est investie à Harlem : elle enseigne l'anglais à des enfants de migrants et la littérature américaine à des adultes. Elle y a rencontré un certain Jean Enock Heddou, un jeune homme de vingt-six ans d'origine haïtienne qui lui a confié son premier roman, avant d'être salué comme le « Basquiat des lettres ». Elle a donc renoué avec l'édition en devenant agent littéraire, profession en plein essor aux États-Unis.

Tyler n'a plus jamais revu Telete. A-t-elle pris la route comme elle en rêvait ? Il a retrouvé une petite amie, voire plusieurs, et est devenu agent artistique pour enfants. Tyler sait les mettre en valeur, leur trouver du travail et les protéger.

Andrew a repris son vrai nom de Samuel Binder, ce qui n'a pas été sans complications pour son activité professionnelle. Il a fallu expliquer… ou pas. Lors d'un voyage en Californie en 1976, il a rencontré deux jeunes chevelus qui concevaient dans un garage de drôles d'ordinateurs pour les particuliers. Maintenant, il ne travaille plus que pour l'entreprise de Steve Jobs et Abigail, sa femme, attend un enfant. À la naissance de son fils, ce sera Alan Leibovitch, le rabbin qui lui a « sauvé la vie » selon lui, qui donnera au bébé son prénom de Nathanaël et le circoncira, marquant ainsi son entrée dans le peuple juif. Ce jour-là, il aura une pensée particulière pour sa famille assassinée à l'Est.

Juan travaille toujours au Dakota, mais son second job l'amuse davantage. Dans son hangar, il imprime des tee-shirts à l'effigie de John Lennon que les touristes s'arrachent. L'inauguration du mémorial Strawberry Fields, en face du Dakota, ouvert sous les auspices de Yoko Ono le 9 octobre 1985, l'a bouleversé. Il avait hâte de partager avec d'autres fans sa passion pour John. Après tout, il reste l'une des dernières personnes à l'avoir vu vivant…

Shawn a démissionné du Dakota avant d'être licencié pour avoir boxé Christopher Ravoine – ce qu'il n'a jamais regretté. Encouragé par Kyumi, il est retourné à l'école et a pris un job de nuit dans un parking *midtown* afin de pouvoir étudier au calme tout en finançant ses cours. Aujourd'hui, Shawn chouchoute les chats et les chiens du quartier dans une clinique vétérinaire de l'Upper West Side. Mais, dès qu'ils le pourront, Kyumi et lui iront s'établir dans le Montana, pour s'occuper de chevaux, pêcher à la mouche et contempler le flot d'une rivière depuis leur chambre. Shawn sait que Sly éclaterait de rire à l'idée de le savoir loin de Harlem, noyé dans la verdure, mais les gens évoluent, non ? Depuis que l'assassin de Sly a été condamné à la prison à vie, Shawn respire mieux, même à Manhattan. Il a le sentiment d'avoir vengé son ami, déposé sa peine et sa rage. Son passage au Dakota fut pour lui une façon de grandir, de découvrir les possibilités d'un autre monde, une étape cruciale, et de prendre son envol : avec Kyumi, il se sent prêt pour la prochaine.

Yoko Ono habite toujours au septième étage du Dakota et mène à bien sa carrière artistique.

Lauren Bacall s'est éteinte paisiblement, le 12 août 2014, dans son appartement du quatrième étage.

Mark Chapman, le meurtrier de John Lennon, purge une peine de prison à perpétuité.

Le Studio 54 a fermé ses portes le 4 février 1980 avec l'une des fêtes les plus incroyables qu'ait connues New York. Le club a rouvert en 1981 pour quelques mois de folie, mais, à partir de 1986, le lieu a été réservé aux concerts. En 1994, il a cessé d'exister, sauf dans le cœur des New-Yorkais, qui en ont fait un mythe.

Le Dakota, personnage à part entière de cette histoire, trône sur sa colline, au cœur et si loin de Manhattan.

Remerciements

Mes années new-yorkaises m'ont permis d'avoir de nombreux amis américains. Je voudrais remercier en premier lieu Steve Cohodes, qui m'a ouvert les portes du Dakota, ainsi que Pamela, George, Laura, David, Demha, Frank, Jennifer. Ils m'ont raconté « leur » New York et ont partagé avec moi les anecdotes de leurs jeunes années.

J'ai une pensée toute particulière pour Liliane, qui dès mon arrivée m'a adoptée et a su montrer à une Parisienne un peu perdue les beautés de Manhattan et ses secrets. De là où tu es, j'espère que tu es fière de moi.

Je souhaite également remercier Céline Thoulouze et Pauline Ferney, mes éditrices, qui ont cru en ce projet et m'ont encouragée à chaque étape.

Enfin, comme toujours, F., tu as été ma boussole, mon centre, mon port, mon Amérique à moi.

Éditions Belfond
12, avenue d'Italie
75013 Paris

Canada :
Interforum Canada, Inc.
1055, bd René-Lévesque-Est
Bureau 1100
Montréal, Québec, H2L 4S5

ISBN : 978-2-7144-7541-1

MIXTE
Papier issu de
sources responsables
FSC® C003309

Composé par Nord Compo Multimédia
7, rue de Fives, 59650 Villeneuve-d'Ascq

Imprimé en France
par JOUVE, 1, rue Docteur Sauvé, 53100 MAYENNE
en mars 2017

Numéro d'impression : 2526626S
Dépôt légal : mars 2017